ZHONGGUO XIAOSHUO
100 QIANG

中国小说 100 强（1978—2022）

# 布　偶

陈　河　著

北京联合出版公司
Beijing United Publishing Co.,Ltd.

图书在版编目（CIP）数据

布偶 / 陈河著. -- 北京 ： 北京联合出版公司，2023.9
（中国小说100强）
ISBN 978-7-5596-7084-7

Ⅰ.①布… Ⅱ.①陈… Ⅲ.①长篇小说－中国－当代 Ⅳ.①I247.5

中国国家版本馆CIP数据核字(2023)第117930号

布　偶

作　　者：陈　河
出 品 人：赵红仕
出版监制：张晓冬　范晓潮
责任编辑：牛炜征
特约编辑：和庚方　刘沐雨
封面设计：武　一

北京联合出版公司出版
（北京市西城区德外大街83号楼9层　100088）
北京兴星伟业印刷有限公司印刷　新华书店经销
字数152千字　650毫米×920毫米　1/16　15印张
2023年9月第1版　2023年9月第1次印刷
ISBN 978-7-5596-7084-7
定价：48.00元

**版权所有，侵权必究**
未经书面许可，不得以任何方式转载、复制、翻印本书部分或全部内容。
本书若有质量问题，请与本公司图书销售中心联系调换。
电话：010-65868687

# 中国小说100强（1978—2022）丛书

# 编委会

**丛书总策划**

　　张　明　　著名出版人
　　张　英　　资深媒体人

**编委主任**

　　吴义勤　　中国作协副主席
　　　　　　　中国小说学会会长

**编　委**

　　吴义勤　　中国作协副主席、中国小说学会会长
　　宗仁发　　《作家》杂志主编
　　谢有顺　　中山大学教授、中国小说学会副会长
　　顾建平　　《小说选刊》副主编
　　张　英　　资深媒体人
　　文　欢　　作家、出版人

# 总　序

"中国小说100强"（1978—2022）是资深出版人张明先生和腾讯读书知名记者张英先生共同策划发起的一套大型文学丛书。他们邀请我和宗仁发、谢有顺、顾建平、文欢一起组成编委会，并特邀徐晨亮参与，经过认真研讨和多轮投票最终评定了100人的入选小说家目录。由于编委们大多都是长期在中国文学现场与中国文学一路同行的一线编辑、出版家、评论家和文学记者，可以说都是最专业的文学读者，因此，本套书对专业性的追求是理所当然的，编委们的个人趣味、审美爱好虽有不同，但对作家和文学本身的尊重、对小说艺术的尊重、对文学史和阅读史的尊重，决定了丛书编选的原则、方向和基本逻辑。

从文学史的角度来说，1978年以后开启的新时期文学是中国当代文学的黄金时代，不仅涌现了一批至今享誉世界的优秀作家，而且创造了许多脍炙人口的文学经典，并某种程度上改写了20世纪中国文学史的版图。而在中国新时期文学的经典家族中，小说和小说家无疑是艺术成就最高、影响力最大的部分。"中国小说100强"（1978—2022）就是试图将这个时期的具有经典性的小说家和中国小说的经典之作完整、系统地筛选和呈现出来，并以此构成对新时期文学史的某种回顾与重读、观察与评判。呈现在读者面前的这套丛书是对1978—2022年间中国当代小说发展历程的一次全面、系统的整体性回顾与检阅，是中国当代文学经典化的重要成果，从特定的角度集中展示了中国新时期文学在小说创作方面的巨大成就。需要说明的是，与1978—2022年新时期文学繁荣兴盛的局面相比，100位作家和100本书还远远不能涵盖中国当代小说的全貌，很多堪称经典的小说也许因为各种原因并未能进入。莫言、苏童、余华等作家本来都在编委投票评定的名单里，但因为他们已与某些出版社签下了专有出版合同，不允许其他出版社另出小说集，因而只能因不可抗原因而割爱，遗珠之憾实难避免，而且文学的审美本身也是多元的，我们的判断、评价、选择也许与有些读者的认知和判断是冲突的，但我们绝无把自己的标准强加于别人的意思。我们呈现的只是我们观察中国这个时期当代小说的一个角度、一种标准，我们坚持文学性、学术性、专业性、民间性，注重作家个体的生活体验、叙事能力和艺术功力，我们突破代际局限，老、中、青小说家都平等对待，王蒙、冯骥才、梁晓声、铁凝、阿来等名家名作蔚为大观，徐则臣、阿乙、弋舟、鲁敏、林森等新人新作也是目不暇接，我们特别关注文学的新生力量，尤其是近10年作品多次获国家大奖、市场人气爆棚的新生代小说家，我们秉持包容、开放、多元的审美立场，无论是专注用现实题材传达个人迥异驳杂人生经验、用心用情书写和表现时代精神的现实主义作家，还是执着于艺术探索和个体风格的实验性作家，在丛书里都是一视同仁。我们坚信我们是忠实于自己的艺术理想、艺术原则和艺术良心的，但我们并不认为自己的角度和标准是唯一的，我们期待并尊重各种各样的观察角度和文学判断。

当然，编选和出版"中国小说100强"（1978—2022）这套大型丛书，除了上述对文学史、小说史成就的整体呈现这一追求之外，我们还有更深远、更宏大的学术目标，那就是全力推进中国当代文学"经典化"的历程和"全民阅读·书香中国"建设。

从1949年发端的中国当代文学已经有了70多年的发展历程，但对这70多年文学的评价一直存在巨大的分歧，"极端的否定"与"极端的肯定"常常让我们看不到当代文学的真相。有人认为中国当代文学达到了前所未有的高度和水平。王蒙先生在法兰克福书展上就说：中国当代文学现在是有史以来最繁荣的时期。余秋雨、刘再复甚至认为中国当代文学的成就远远超过了现代文学。也有人极端否定中国当代文学，认为中国当代文学都是垃圾。他们认为现代文学要远远超过当代文学，中国当代文学连与现代文学比较的资格都没有。比如说，相对于鲁（迅）、郭（沫若）、茅（盾）、巴（金）、老（舍）、曹（禺）这样大师级的人物，中国当代作家都是渺小的侏儒，根本不能相提并论，两者比较就是对大师的亵渎。应该说，与对中国当代文学的肯定之声相比，对当代文学的否定和轻视显然更成气候、更为普遍也更有市场。尽管否定者各自的角度和出发点不同，但中国当代作家、作品与中外文学大师、文学经典之间不可比拟的巨大距离却是唱衰中国当代文学者的主要论据。这种判断通常沿着两个逻辑展开：一是对中外文学大师精神价值、道德价值和人格价值的夸大与拔高，对文学大师的不证自明的宗教化、神性化的崇拜。二是对文学经典的神秘化、神圣化、绝对化、空洞化的理解与阐释。在此，我们看到了一个非常有趣的悖论：当谈论经典作家和文学大师时我们总是仰视而崇拜，他们的局限我们要么视而不见要么宽容原谅，但当我们谈论身边作家和身边作品时，我们总是专注于其弱点和局限，反而对其优点视而不见。问题还不在于这种姿态本身的厚此薄彼与伦理偏见，而是这种姿态背后所蕴含的"当代虚无主义"。这种"虚无主义"的最大后果就是对当代作家作品"经典化"的阻滞，对当代文学经典化历程的阻隔与拖延。一方面，我们视当下作家作品为"无物",拒绝对其进行"经典化"的工作,另一方面又以早就完全"经典化"了的大师和经典来作为贬低当下泥沙俱下的文学现实的依据。这种不在同一个层面上的比较,不仅毫无意义,而且只能使得文学评价上的不公正以及各种偏激的怪论愈演愈烈。

其实,说中国当代文学如何不堪或如何优秀都没有说服力。关键是要进行"经典化"的工作,只有"经典化"的工作完成了才有可能比较客观地对当代的作家作品形成文学史的判断。对当代的"经典化"不是对过往经典、大师的否定,也不是对当代文学唱赞歌,而是要建立一个既立足文学史又与时俱进并与当代文学发展同步的认识评价体系和筛选体系。当然,我们也要承认,"经典化"问题是一个非常复杂的问题,并不是凭热情和冲动一下子就能完成的,但我们至少应该完成认识论上的"转变"并真正启动这样一个"过程"。

现在媒体上流行一些对于中国当代文学经典化冷嘲热讽的稀奇古怪的言论,其核心一是否定中国当代文学有经典、有大师,其二是否定批评界、学术界有关"经典化"的主张,认为在一个无经典的时代,"经典"是怎么"化"也"化"不出来的,"经典化"是一个实实在在的"伪命题"。其实,对于文学,每个人有不同的判断、不同的理解这很正常,每一种观点也都值得尊重。但是,在"经典"和"经典化"这个问题上,我却不能不说,上述观点存在对"经典"和"经典化"的双重误解,因而具有严重的误导性和危害性。

首先,就"经典"而言,否定中国当代文学早就不是什么新鲜事,对当代文学的虚无主义态度在很多人那里早已根深蒂固。我不想争论这背后的是与非,也不想分析这种观点背后的社会基础与人性基础。我只想指出,这种观点单从学理层面上看就已陷入了三个巨大误区:

第一个误区,是对经典的神圣化和神秘化的误区。很多人把经典想象为一个绝对的、神圣的、遥远的文学存在,觉得文学经典就是一个绝对的、乌托邦化的、十全十美的、所有人都喜欢的东西。这其实是为了阻隔当代文学和"经典"这个词发生关系。因为经典既然是绝对的、神圣的、乌托邦的、十全十美的，那我们今天哪一部作品会有这样的特性呢？如果回顾一下人类文学史，有这样特性的作品好像也没有。事实上，没有一部作品可以十全十美，也没有一部作品能让所有人喜欢。在这个问题上，我们应该明确的是，"经典"不是十全十美、无可挑剔的代名词，在人类文学史上似乎并不存在毫无缺点并能被任何人所认同的"经典"。因此，对每一个时代来说，"经典"并不是指那些高不可攀的神圣的、神秘的存在，只不过是那些比较优秀、能被比较多的人喜爱的作品而已。从这个意义上说，当今中国文坛谈论"经典"时那种神圣化、莫测高深的乌托邦姿态，不过是遮蔽和否定当代文学的一种不自觉的方式，他们假定了一种遥远、神秘、绝对、完美的"经典形象"，并以对此一本正经的信仰、崇拜和无限拔高，建立了一整套关于中国当代文学的伦理话语体系与道德话语体系，从而充满正义感地宣判着中国当代文学的死刑。

第二个误区，是经典会自动呈现的误区。很多人会说，是金子总是会发光的。但对文学来说，文学经典的产生有着特殊性，即，它不是一个"标签"，它一定是在阅读的意义上才会产生意义和价值的，也只有在阅读的意义上才能够实现价值，没有被阅读的作品没有被发现的作品就没有价值，就不会发光。而且经典的价值本身也不是固定不变。如果一个作品的价值一开始就是固定不变的，那这个作品的价值就一定是有限的。经典一定会在不同的时代面对不同的读者呈现出完全不同的价值。这也是所谓文学永恒性的来源。也就是说，文学的永恒性不是指它的某一个意义、某一个价值的永恒，而是指它具有意义、价值的永恒再生性，它可以不断地延伸价值，可以不断地被创造、不断地被发现，这才是经典价值的根本。所以说，经典不但不会自动呈现，而且一定要在读者的阅读或者阐释、评价中才会呈现其价值。

第三个误区，是经典命名权的误区。很多人把经典的命名视为一种特殊权力。这有两个层面的问题：一，是现代人还是后代人具有命名权；二，是权威还是普通人具有命名权。说一个时代的作品是经典，是当代人说了算还是后代人说了算？从理论上来说当然是后代人说了算。我们宁愿把一切交给时间。但是，时间本身是不可信的，它不是客观的，是意识形态化的。某种意义上，时间确会消除文学的很多污染包括意识形态的污染，时间会让我们更清楚地看清模糊的、被掩盖的真相，但是时间同时也会使文学的现场感和鲜活性受到磨损与侵蚀，甚至时间本身也难逃意识形态的污染。此外，如果把一切交给时间，还有一个前提，那就是对后代的读者要有足够的信任，要相信他们能够完成对我们这个时代文学的经典化使命。但我们对后代的读者，其实是没有信心的。我们今天已经陷入了严重的阅读危机，我们怎么能寄希望后代人有更大的阅读热情？幻想后代的人用考古的方式对我们这个时代的文学进行经典命名，这现实吗？我不相信后人对我们身处时代"考古"式的阐释会比我们亲历的"经验"更可靠，也不相信，后人对我们身处时代文学的理解会比我们亲历者更准确。我觉得，一部被后代命名为"经典"的作品，在它所处的时代也一定会是被认可为"经典"的作品，我不相信，在当代默默无闻的作品在后代会被"考古"挖掘为"经典"。也许有人会举张爱玲、钱钟书、沈从文的例子，但我要说的是，他们的文学价值早在他们生活的时代就已被认可了，只不过很长时间由于意识形态的原因我们的文学史不谈及他们罢了。此外，在经典命名的问题上，我们还要回答的是当代作家究竟为谁写作的问题。当代作家是为同代人写作还是为后代人写作？幻想同代人不阅读、不接受的作品后代人会接受，这本身就是非常乌托邦的。更何况，当代作家所表现的经验以及对世界的认识，是当代人更能理解还是后代人更能理解？当然是当代人更能理解当代作家所表达的生活和经验，更能够产生共鸣。因此，从这个角度来说，当代人对一个时代经典的命名显然比后代人更重要。第二个层面，就是普通人、普通读者和权威的关系。理论上，我们都相信文学权威对一个时代文学经典命名的重要性，权威当然更有价值。但我们又不能够迷信文学权威。如果把一个时代文学经典的命名权仅仅交给几个权威，那也是非常危险的。这个危险表现在什么地方呢？就是几个人的错误会放大为整个时代的错误，几个人的偏见会放大为整个时代的偏见。我们有很多这样的文学史教训。在这个问题上，我们既要相信权威又不能迷信权威，我们要追求文学经典评价的民主化、民主性。对一个时代文学的判断应该是全体阅读者共同参与的民主化的过程，各种文学声音都应该能够有效地发出。这个时代的文学阅读，最理想的状态应该是一种互补性的阅读。为什么叫"互补性的阅读"？因为一个批评家再敬业，再劳动模范，一个人也读不过来所有的作品。举个例子：现在我们一年有5000部以上的长篇小说，一个批评家如果很敬业，每天在家读二十四小时，他能读多少部？一天读一部，一年也只能读三百部。但他一个人读不完，不等于我们整个时代的读者都读不完。这就需要互补性阅读。所有的读者互补性地读完所有作品。在所有作品都被阅读过的情况下，所有的声音都能发出来的情况下，各种声音的碰撞、妥协、对话，就会形成对这个时代文学比较客观、科学的判断。因此，文学的经典不是由某一个"权威"命名的，而是由一个时代所有的阅读者共同命名的，可以说，每一个阅读者都是一个命名者，他都有对经典进行命名的使命、责任和"权力"。而作为一个文学研究者或一个文学出版者，参与当代文学的进程，参与当代文学经典的筛选、淘洗和确立过程，更是一种义不容辞的责任和使命。说到底，"经典"是主观的，"经典"的确立是一个持续不断的"过程"，"经典"的价值是逐步呈现的，对于一部经典作品来说，它的当代认可、当代评价是不可或缺的。尽管这种认可和评价也许有偏颇，但是没有这种认可和评价，它就无法从浩如烟海的文本世界中突围而出，它就会永久地被埋没。从这个意义上说，在当代任何一部能够被阅读、谈论的文本都是幸运的，这是它变成"经典"的必要洗礼和必然路径。

总之，我们所提倡的"经典化"不是要简单地呈现一种结果，不是要简单地对一个时代的文学作品排座次，不是要武断地指出某部作品是"经典"，某部作品不是"经典"，不是要颁发一个"谁是经典"的荣誉证书，而是要进入一个发现文学价值、感受文学价值、呈现文学价值的过程。所谓"经典化"的"化"实际上就是文学价值影响人的精神生活的过程，就是通过文学阅读发现和呈现文学价值的过程。可以说，文学的经典化过程，既是一个历史化的过程，更是一个当代化的过程。文学的经典化时时刻刻都在进行着，它需要当代人的积极参与和实践。因此，哪怕你是一个对当代文学的虚无主义者，你可以不承认当代文学有经典，但只要你还承认有文学，你还需要和相信文学，还承认当代文学对人的精神生活具有影响力，你就不应该否定当代文学经典化的重要性。没有这个"经典化"，当代文学就不会进入和影响当代人的生活，就失去了存在的意义。每一个人，哪怕你是权威，你也不能以自己的好恶剥夺他人阅读文学和享受文学的权利。

从这个意义上说，当代文学的经典化当然是一个真命题而不是一个伪命题。在一个资讯泛滥的时代，给读者以经典的指引是文学界、出版界共同的责任，而这也是我们编辑出版这套书的意义所在。

最后，感谢张明和张英先生为本套书付出的辛劳，感谢北京立丰天文化传播有限公司、北京金圣典文化有限公司的资金支持，感谢全体编委和北京联合出版公司各位编辑，感谢所有对本套丛书的出版给予大力支持的作家和他们的家人。

是为序。

吴义勤<br>
2022年冬于北京

一

如今莫丘经常被一些陈旧的记忆吸引到他以前做过事的地方去，沉浸在一串串的白日梦里。比方说，南方老家W市城西街区那一座高耸入云的哥特式天主大教堂。从一九七三年起，十八岁的莫丘在这个教堂里当起了修理纺织机的技工。那个时候正是"文革"时期，基督耶稣被赶到大街上流浪去了，W城里的一部分身份特殊的人用巧妙的方法和理由占据了这个空穴，办起了一个小纺织厂。于是教堂庄严的大厅中央摆满了一台台绿色的1511型织布机，轰轰隆隆，飞纱走线；侧翼迷宫似的回廊里则布放着一排排1332络筒车和纬管车；而那个高高的圣坛成了修理技工的地盘，上面放了台C6-17型车床、虎钳和一排工具箱。莫丘每回走进教堂里上班，震耳欲聋的织布机声就会弄得他像公牛一样兴奋起来。他挥动着活动扳钳顺着纺织女工的屁股兜着圈子，随便挑几个螺丝紧一紧，或者往那些窟窿里加点机油。然后就坐在一堆松软如梦的棉纱上，瞪眼看着女工们在高得令人六神无主的白色穹隆下、在织布机排成的矩阵之间蚂蚁般地跑来跑去，并随时准备听从她们的召唤去修机器。这样的工作条件虽然很简陋，毕竟让他第一回成为了工人阶级。况且有那么多迷人的女孩子，还有手里那一把深受她们欢迎的活动扳钳。莫丘当时感到：他想成为一个男人的一切条件都具备了。

这么多年过去了，莫丘早已远离故国，栖身在美国密西西比河边上的维克斯堡小镇，正在渐渐老去。随着时光流逝，城西天主教堂在他的记忆中反而愈加清晰。他时时会想起它的伞状顶层，装饰着宗教图案的梅花大柱，华丽庄严尖塔式的六层钟楼，中门上方弧形玫瑰窗和门楣，以及坐在回廊中部给人看病的厂医裴达峰医生。裴达峰医生给莫丘留下的印象那么的深，好像他就是这座沉默而庄严的建筑的一个组成部分。裴医生所处的走廊两面是高高的石壁，一面的石壁上开着一扇扇带尖顶的高窗，窗叶上嵌着七彩玻璃；一面石壁上绘满了圣经故事画，长翅膀的天使在飞来飞去。裴达峰医生端坐在这里，腰板挺得笔直，头颈伸得长长的，眼睛闪着亮光。在他的座位的对角线上，有一架停止摆动了的英国大座钟。莫丘有一次问过裴医生，为什么他不坐在办公室里面，非要坐在这阴冷的走廊中间？裴医生说这条走廊里时常会涌来一阵阵神秘的气流，提醒他某些东西正在逝去，某些事情正在到来。说话之间，裴医生指着走廊的石壁说：瞧！那气流又来了。他这么一说，莫丘真的感觉到有一阵凉飕飕的气体拂面而过，他身上顿时起了一层鸡皮疙瘩。

裴医生身材高大，戴着一副黑边的眼镜，头发卷曲眼窝深陷，模样有点像不久前来中国访问的基辛格，他虽有古典的外族容颜，可总是穿着一身对襟的中式衣裳。裴医生除了对气流特别留心，对角线上那座停摆了的英国大座钟也是他的珍爱之物，他常常要花很多时间将它的乌檀雕花木壳擦拭得铮亮。这个钟的表盘上的指针永远指着零点七分。有一回一个手痒的女工将指针拨到了下班的时间——五点半。（谁会不喜欢下班的时间呢？）次日一早，裴医生立即将它拨回原处。当莫丘看到他擦拭座钟那副古怪而高雅的神态时，总感到他好像就是这架座钟的精灵。只要他钻进雕花木壳内部，表盘上的指针一定会咔嚓咔嚓地走动起来。

时常有人来找裴医生看病，大部分是女工。她们来看病时，神情举止好像是赴一次重要的约会。她们会把工作服脱下，梳洗打扮一番，换上自认为好看的衣服，然后才会幽静地出现在环形回廊。这时，从尖顶高窗投射下来的七彩光线涂在她们的身上和脸上，又在石板地面上画出她们的影子。她们有点拘束地坐在裴医生办公桌的一端，顺从地听任他的把脉。裴医生会把听诊器伸进她们的怀里，还会用他低沉的声音问一些问题，她们总是低声而略显紧张地回答他的询问。有的时候，她们会跟着他走进设在回廊一侧的医务室内部，那是一间垂着紫红色丝绒布幔的密室。这密室原先是神父听忏悔时的隐身之所，现在里面放了一张单人床，供裴医生检查病人身体之用。莫丘偶尔经过这里，在密室之外听到里面的宽衣解带声和含混不明的笑语，就会有一阵强烈的热浪从腰肢间往上涌。这不仅仅是因为青春期的心理骚动，还有掺杂着一种因不同经济阶层身份而引起的敏感和自卑。

莫丘那时所效力的教堂工厂并不是一个普通的工厂，它是由一群归国华侨、工商界人士及他们的子弟凑钱办起来的，按莫丘父亲的话来说：这是一个没落的贵族公社。莫丘常常从他们之间的交谈中得知某某人在国外有几万英镑存款，某某人有多少资产冻结在国家银行，还有让他吃惊的是裴达峰医生拥有一座古典式的花园。每天一上班，工厂的铁门就紧紧关闭起来了。这铁门是用五毫米的钢板做的，有两丈多高，顶上排着尖叉子。某日，传达室人员忘了给大门落锁，戴金丝眼镜、头发梳得光可鉴人的昌恕厂长声色俱厉训斥了他一顿。不过这样的事很少发生，大部分时间带装甲的铁门关得密不透风，连门外震天响的批林批孔口号也传不进来。于是，在这封闭的世界里，他经常听到一些刺耳的声音：小姐、太太、早安、Good bye、Thank you。一位解放前在上海开纱厂的老先生，每天一上班就穿上西装打上领带；一位新加坡归来的太太，有一回居然教小女工们怎样描眉涂红。但是当下班铃声打响、铁门敞开之前，那个开过纱厂的老先生就飞快地扒下西装，套上一条褪色的旧军衣，急匆匆混在一群同样神色紧张的工友中间向大门外的世界走去。

　　然而莫丘并不是华侨子弟，更不是原教堂神职人员的后裔。他能进入这个纺织厂是因为他父亲的职务。父亲以前在地委组织部当科员，"文革"中站对了队伍，有了小小的提升，这段时间的职务是华侨事务管理处的主任，这是他一生当过的最大的官。这一年，华侨纺织厂这班人已经在一起干了好几年，需要买一些新机器。他们计划自己筹集资金。每个华侨出一万人民币，然后带一个子女进去工作。他们把集资报告上报给任侨务处主任的莫丘父亲审批，并主动给了一个免费进厂工作的名额。父亲当时正为莫丘高中毕业没工作大伤脑筋。莫丘那时刚从学校出来，年纪十七岁，身躯还细瘦，可身材已拔高到了一米八三，唇边长出细须，喉结也开始突出。这个年纪正是青少年的黑暗时期，最具破坏性。他那个时候整天和一群打篮球的小子们泡在一起，是市里青少年篮球队的中锋，整天还做着去省专业队打球的梦想。父亲起初对华侨纺织厂这样一个社会背景复杂的地方很不放心，可最后还是让莫丘去了。父亲别无选择，否则莫丘将待在家里坐食他并不很多的薪水。

那一批和莫丘一起进厂的华侨子弟有三十多个人，男的只有两三个，其余都是十七八岁的女孩子。莫丘不大明白为什么都是女的。大概是纺织厂需要女工多一些吧。其次可能是那些华侨人家会把男孩子千方百计送到国外去了，女孩子在出国的事上则多些周折。莫丘被分到准备车间做保全工，就是跟班为那些做络筒和纬子纱线的女工修理机器。莫丘跟一个师傅学了一个多月之后，就马上单独跟班了。络筒车连接成一长条，两边站着穿围裙戴白帽的挡车女工。看起来和过去的电影《包身工》的画面差不多。说起来令人难以置信，他和这群女孩子一起做了大半年的工，可是和她们从来没有正儿八经说过话。那个年代男女孩子之间有隔膜。在学校里是这样，想不到进了工厂里还是会这样。他唯一不需要隔膜的女工是车间的班组长董和梅。董和梅是老女人了。其实也不是很老，才四十岁不到吧。董和梅是那种样子丑陋可又特别喜欢打扮的女人。她最大的特点是皮肤奇黑，黑得出乎人的意料。她的牙齿有很多犬牙，眼睛像猫头鹰。但是她的头发做得很好，有一串串波浪。那个时候理发店是不做烫发的，是她自己用铁钳在煤球炉上烧热了烫起来的。莫丘听说她的父亲现在还在美国得州那边。董和梅是在本地农村出生的，她的母亲从来没有到过外国，可是她的样子就好像她母亲被黑人干过了才怀孕生下她似的。董和梅爱笑，笑起来露出一大排白色的犬牙，巨大的乳房抖个不停。但有时她会哭的。有一次，她不知从哪里搞到了一条毛料的裤子。那种毛料叫凉爽呢，非常贵重。那时的裤子要烫成四条柱子才叫好看。董和梅家里没有熨斗，拿到厂里去烫。可是厂里的熨斗功率很大，烫过之后裤子有点发硬。穿到身上后，一抹竟然碎了，膝盖处露出一个大洞。董和梅站在那里，马上哭了起来。她哭的样子像个孩子，嘴巴大大咧着，眼泪哗哗就下来了。后来她哭得太伤心了，竟然倒在地上打滚，滚来滚去气厥了，口吐白沫不省人事，原来她有癫痫症的。这个时候裴达峰医生走了过来，大家马上安静下来。裴医生叫大家把董和梅抬到他的医务室里去。莫丘当时正在场，也过去搬起董和梅的一条腿。董和梅死沉，大伙好不容易才把她平放在医务室里那张单人床上。然后裴医生让大家出来，让他来处理。

那天董和梅在裴医生的治疗下，慢慢苏醒了过来，不久后不声不响地出来了，脸上带着一种庄严的神情。莫丘很多次看到女工从这个密室出来，都会有一种庄严的感觉，似乎刚从一个神庙里祭献过了似的。而裴医生这时则会又端坐在走廊里，承受着走廊里那气流的侵蚀。他的脸被气流的刻刀刻出了一条条生硬的沟壑，让他看起来像个石像。裴医生是个严格信守希波克拉底誓言的人，从来没有向人透露过女工的健康秘密。同样，他也严格保守了自己的秘密。人们只知道他是单身，可不知他是否结过婚，是离婚了还是丧妻。他的家世、他个人经历一概没人知道。而最让人觉得不可思议的是他的血统，莫丘后来知道他是在德国出生的，母亲是个德国人，所以他才会有这样一个鹰钩鼻子。裴医生一定是住在城外很远的地方，他也是骑自行车来上班，可这是一部英国的"蓝翎"牌变速自行车，用的是邓禄普轮胎。莫丘进工厂好久以后，才隐约知道了他的住家是一个庞大的花园。那是一个没有具体地址的地方，是在城外边一大片的郊野山林里。对于莫丘来说，这个花园好像是非人间的，好像是在月亮上的，至少也是在巴比伦。没有人会贸然前往裴家花园做不速之客，要有正式邀请才能前往。而这个邀请一年只有在春天的某一个满月之夜才能发出来，人数也会限制在十来个。能否收到裴医生的邀请是全厂人员极为关心的事情。很多人在五月过后就会对下年的聚会怀有希望。他们在长长的一年里会力图表现出高贵的品质，以招引裴医生的注意。之所以会这样，全在于这个聚会的神秘感。被邀请者似乎恪守着同一规则，决不在任何人面前对他们的聚会做丝毫描述，这自然倍增了聚会的诱惑力。事实上，一些受邀者回想自己身历其境的那一晚，就好像是在一个电影布景棚里度过的，似真似假，似有似无，他们即使花上十年的时间也无法弄明白在裴家花园的那一晚真正发生了什么。

裴医生通常是在冬天最寒冷的时候开始了遴选下一个聚会的名单的。因为莫丘看到那个时候，在他的那辆"蓝翎"牌变速自行车的车头篮子里，会放着几束白色的花，透着扑鼻的清香。这是梅花，也叫蜡梅。由于当时领袖毛主席那首著名的《卜算子·咏梅》的诗词，梅花那时居于百花之首，是一种政治花卉，君子兰、五针松走红那是后来的事。裴医生会把这几束花送给一些人。这些人通常会兴奋得脸色发红，收到了蜡梅通常预示着今年的聚会有希望参加了。莫丘起初并不知道里面的奥妙，居然不识好歹向裴医生讨一束蜡梅花。隔了一些日子，裴医生果真带了一束雪白雪白还带着绿叶的花束给莫丘。莫丘如获至宝，把这珍贵的蜡梅拿回来插在水里，因为他想把这花送给另外一个人。但是晚上父亲回家时看到了这束花，一脸不快，厉声问莫丘：这白桃花从哪里来？莫丘忙说：这是蜡梅花，傲霜斗雪的梅花知道吗？父亲训斥道：你真没用，居然把白桃花当成梅花。那时外面正在放朝鲜电影《看不见的战线》，电影里面有个女特务叫白桃花，所以父亲疑心莫丘是用这束白桃花做地下接头特务勾当似的。第二天，莫丘问裴医生要真的梅花。裴医生大笑着说：梅花已经谢了，现在只有白桃花了。

莫丘向裴医生要这束蜡梅本来是想送给那个名字叫柯依丽的小女工的。这些日子以来他的心思全拴在了她的身上。

柯依丽进厂比莫丘要晚好几个月，而且她进来时他根本就不知道，因为从来没看见过她人在哪里。那些新来的小女工非常地安静，不像这个年龄的女孩子叽叽喳喳的，好像在进厂之前给洗过脑。新来的女工进厂后，通常不会马上去做挡车工，而是会先去做一段时间的辅助工。莫丘知道有柯依丽这个人的存在是在某一个上午工厂突然停电的时候。纺织厂里的噪声非常大，在车间里时人们得大声叫喊才能相互听得见，所以大家练得嗓门特别大。这天突然停了电，大厅里顿时显得安静极了，感觉就像大水退潮了似的空空荡荡。但是莫丘听到噪声突然消失之后有一个唱歌的声音出现了，是一个女孩子的歌唱声音。大概她唱得高兴了，忘记了停电这件事，以为还是机声隆隆人家听不到她的声音。她唱的是一首波兰民歌《杜鹃波尔卡》，"文革"中，年轻人都传唱着这些外国民歌。她在唱着：小杜鹃叫咕咕，少年把新娘挑，看你鼻子朝天，永远也挑不着。咕咕，咕咕，奥迪里，奥迪里……她的声音很尖细清亮。在烦人的织布机噪声消退之后，这样的歌声听起来特别动听。那歌声戛然而止，大概那唱歌的女孩明白过来停电这回事了。

　　那天厂里很多人都听到了这歌声，大家都抬起头来朝教堂的大厅的楼廊上看，说着这是谁在唱啊。这些人中间也包括了莫丘。莫丘觉得这突如其来的歌声如仙乐一般好听，而且他对传出歌声的教堂楼上部分早就十分好奇。对他来说，教堂的楼层部分是禁地。打他进厂的时候，昌恕厂长就强调过没有批准谁也不能爬到教堂楼上去。到现在为止，莫丘还不知道通往楼上的楼梯在哪里呢！正当大伙在猜测楼上唱歌的女孩子是什么人的时候，董和梅过来说这是红玉的女儿柯依丽唱的。红玉的女儿柯依丽和哑巴的女儿在楼上挑选棉纱。最近场地不够，厂长临时让她们在楼上开一个地方工作。哑巴的女儿也是哑巴，不会唱歌的，所以一定是红玉的女儿唱的了。停电只持续了十几分钟，很快又是机声隆隆了。人们开始了干活，不再关注这件事。只有莫丘，眼睛还一直望着教堂廊楼上的雕花栏杆。

莫丘对于教堂楼上的兴趣由来已久，因为从这里一直往上走可以通到高耸入云的尖塔顶楼。莫丘居住的 W 市的建筑非常低矮，只有五马街一带有一些四层老房子，最高也不过五层。城里最高的建筑就是城西教堂的十字塔楼了。从松台山看过去，这个教堂的庞大建筑体像是一头巨大的狮子一样，而周围那些灰暗破败的青瓦屋顶则像是羊群绵延不绝。莫丘早就听说这个教堂是外国人建造的。这件事他没有疑问。他觉得奇怪的是如果是这样，那么当时一定会有很多的外国人住在这个城市里的，要不然他们建那么多的房子干什么呢？外国人为什么要居住在这里？为什么要盖那么多的建筑？而最让他难以想明白的是那些曾经在这里居住的外国人如今在哪里？为什么他们要遗弃他们建造的房子，离开这里呢？在莫丘的少年时期，他没有见过一个外国人。可是，他能感觉到外国人的存在。证据是他春天到郊外钓鱼，在将军桥边看见立着一块石碑，上面写着：外国人未经许可不得超越此界。这个石碑让他觉得这个城里一定还有外国人，他们想到乡下去，这个石碑会拦住了他们。少年时的莫丘的脑子里充满魔幻精灵，在他的想象里外国人就像是外星人，有无穷的魔法，可以变成各种形态藏匿在城市里。他进入外国人建造的教堂当工人时，地面一层的建筑已成了车间，看不出什么神秘的东西了。但是楼上那被雕花栏杆包围的部分，还有从这里通上去的塔楼，塔楼上的大钟，是他无法接触到的。那是禁地，厂长明令不得上去。对于莫丘来说，越是不能去的地方会越是想去。他常常会看着教堂的穹顶发呆，想象着楼上那些空间里究竟是什么样的？他习惯了这样的想法，就是楼上的部分是无人区，是那些壁画上的天使鬼怪居住的地方。可现在突然出现了一阵的银铃般的歌声，怎能不让他越想越邪乎呢？他幻想那塔楼上一定是关押着一个被巨人妖怪掳走的公主，她有着迷人的美貌，夜莺般的歌喉，还有尖刻的坏脾气，一个哑巴的女仆在伺候着她。那些日子，莫丘的心思老往那教堂的高处飞，眼睛也不时会往楼上面瞄。

终于有一天，莫丘接到了一个令人愉快的任务。昌恕厂长说楼上的日光灯坏了，挑选棉纱的女工太暗了无法工作了，让他上去修理一下。莫丘说怎么才可以上楼呢？他不知道楼梯在哪里啊？厂长说楼梯在棉纱仓库的里面，仓库保管员知道的。于是莫丘到工具库的傅西科师傅那里领了一支日光灯管和斯达脱（启辉器）。他还是第一次进入棉纱仓库，发现这里棉纱多极了，堆得像雪白的小山一样，那个通往楼上的梯子几乎被棉纱覆盖了，只在中间留了一条小道，没有仓库保管员指点的话他还真找不到了。莫丘小心翼翼地拿着长长的日光灯管，像是电影《英雄儿女》里的王成手执爆破筒一样爬到楼上，看见楼上也堆满了棉纱。他找了一圈才看见有两个女孩像是鸟雀一样待在一个鸟巢一样的棉纱堆里。她们没有看见这个闯入禁地的人。在楼上，纺织机的声音被放大了，根本听不到人的说话和脚步声。莫丘一直走到了她们的旁边她们还没看见。莫丘一眼看出其中一个是红玉的女儿，因为她和她母亲很像。她还是没看见有人来，她在明亮处，莫丘是从灯暗处走过来的。她正在工作，眼睛看着手里的棉纱，手在翻动。她一定还在大声唱歌，在机器声中虽然听不到歌声，可她的嘴巴无声地张合着，样子很滑稽，像是岸上的鱼，或者是颜面神经出了问题。莫丘走到了纱堆跟前，她们才吓得跳了起来。

"我是厂长派来修日光灯的。"他大声说。看到她们还不明白，他举着日光灯管，指着头顶上方的灯管。她们总算明白了他的意思。

莫丘发现要更换日光灯管，他得站到她们的工作台上才够得到。

他马上发现自己面临一个难堪的问题。他很为自己露出了脚跟的袜子破洞和臭气浓重的脚丫子难为情。在换好了日光灯管之后，还发现自己的潮湿的脚印不可磨灭地继续留在台子上。不过，他脱在地上的回力牌球鞋给他稍稍挽回一些面子。

"你这鞋子上怎么印着红字啊？"柯依丽大声问道。她指的是他鞋子上印着市少体校的字样。

"那是我球队里发的鞋子，公家的。"莫丘说。一说到篮球，信心回到了他身上。

"我听说厂里有个家伙去杭州参加过篮球比赛，原来就是你啊？"

"我就是那个家伙。年初去杭州打过全省少年篮球赛。"

"我认识你的！"启辉器跳了几下，灯光又亮了。柯依丽见他修好了灯，有点高兴了。她比他想象中的要瘦，脸色白皙，皮肤下面的蓝色血管隐约可见，眼睛边上还有黑圈。她对着莫丘耳朵大声说："我从楼上看见过你。从楼上看下来你没有这么高啊。你真的会修理机器吗？我怎么觉得你看起来不像是个机修师傅的，好像是在装模作样哄人似的。"

哑巴的女儿一直坐在那里，她先天没有听力的，只是很安静地看看柯依丽和莫丘笑。

柯依丽可能在这阁楼里没人说话闷坏了，话语特别多。她问莫丘楼上沿着走廊一大圈那么多的房间是什么用的，他去过没有。莫丘说他从来没有上过楼，也不知道有那些房间。她说她去看过几个，有的是空的，里面堆满了杂物。还有一些是上着锁的，从门缝里看好像是有人住过的。莫丘问她知道不知道通往塔楼顶部的楼梯在哪里。她说不知道。她曾经去找通往楼上的楼梯，可那些黑洞洞的房间她不敢进去。再说她也不敢独自爬到塔楼顶上去，万一上面有蛇怎么办？莫丘问她想不想爬到塔楼上去看看。她想了想，说你要是敢上去我也跟你去。她还答应她会去把楼梯的入口找到的。

莫丘在上面待了大概半个钟头，心里有点害怕下面的人会闲话他在上面这么长时间不下来。他说自己要下去了，柯依丽说你过几天再来吧。你要是不来，我就对厂长说你没有修好灯，让他派你来返工。不，不，这样不好，干脆这样，你在下面能看到我的这盏灯吧？你要是看到我的灯不亮了，就来修好了。

那后来的几天，莫丘的心思完全拴到了柯依丽的身上。他一直在注意着上面的那几盏日光灯，希望会灭掉一盏，那样他就可以有理由再上楼。可是这段时间这几盏灯就像永恒的真理似的一直没有扑灭。

到了第三天的上午，那电灯还是好好的。莫丘觉得那灯没有坏掉一定是中了巫婆的魔法。他在绝望中度过了半天。午后时分，他再次抬头看时，发现一盏日光灯管真的不亮了。他马上进入了棉纱的仓库。那保管员问他干什么，他说楼上的灯又坏了，得去修一下。保管员以为又是厂长让他来的，就放他上去了。

她已在等待着他，这一回，两个人已经有了老朋友一样的感觉。那个哑巴只对着他们笑着。她拖着他的袖管离开工作岗位，带他去看她刚发现的通道。那个通道的地面也是堆满了棉纱，楼梯外边有一个楼梯间，上面挂着一把锁。柯依丽说自己本来以为无法进去，可她碰了一下，那锁就开了，原来这锁早已被人撬开过。莫丘把那个小门打开了，原来这通道是通向塔楼的旋梯。虽然上升的楼梯布满了尘封，不过还是结实的。不久之后，他们就爬到了塔顶，坐在顶部的一个小平台上。天空很蓝，白云飘动，城市都在眼下了，大部分是黑灰色的瓦背，一点也不漂亮。几座小山像几个小土堆。稍远处是瓯江，江上有好几条大轮船。他们认得那一条白色的大轮船是开往上海的"工农兵 18 号"，以前叫"民主 18 号"。

"我去过那里！看到没有，江北岸那边山上的白水溪。我小时候春游去的。"柯依丽快活地指着远方。莫丘看到了远处的山上是有一道隐约可见的白水，那个地方他也去过。有一个瀑布和水潭。

"那地方其实不远，过了江走一个多小时不就到了。"

"可那是我去过最远的地方了。"柯依丽说。

"这怎么可能？你难道连到乡下学农、学校里的野营拉练都没参加过吗？"莫丘说。他读小学和中学时学校里经常有这些活动的。

"没有参加过。我小时候很会生病，一生病就会发烧好几天，所以我妈妈都不会让我到外边去。想起来现在都可怕，小时候我老是要吃一种退烧的药水。那药水的味道难吃极了，我一闻到气味就会呕吐。"柯依丽说。

"我小时最怕的是春天时候身上会生出一排排红疸，很痒很痒，现在想起来还会起鸡皮疙瘩。我一点也不喜欢小时候的事情，老是很倒霉的。

"可我还是喜欢小时候的日子。那个时候没有事情要你去考虑。"

"难道你现在要考虑很多事吗？什么事？国家大事？"莫丘说。

"其实也没什么事。算了，不想它了。哎，你看，瓯江上的那条轮船真大！"她指着远处。

"那大概是一条外轮。最近几年经常有外轮在港务局里停靠的。"

"真的很奇怪，坐上这么一只船，就可以到达外国了。哎，你说外国那些名字怎么这么奇怪，怎么会叫葡萄牙呢？是那里的葡萄长牙齿呢？还是那里的人的牙齿像葡萄？"

"不知道。不会是这个意思吧？要不西班牙怎么解释呢？"

"以后我会去很远的地方的。我妈已安排好了，要让我去葡萄牙去。一个叫里斯本的地方。"

"你们家什么亲戚在葡萄牙?"

"怎么说呢?是一个很远房的亲戚牵线要我以后嫁给那边的一个文成人,他是在那里做厨师的,其实是个炒鸡蛋饭的。我妈把我的照片寄给他看了,他们家里也把他的照片寄过来。"

"是啊,你们是华侨人。华侨人总是要到外国去的。"

"我妈就是这么说的,我很小的时候妈妈就说将来我是要出国的。以前我觉得那是很遥远的事,可现在这件事近了,我发现自己很害怕。哦,这里的风真大。"她说着,在风中抱紧了双肩。莫丘看她觉得冷,把自己的外衣脱下来交给她。她很顺从地披上了。

"你真的快要走了吗?"莫丘说。

"那倒还没有。他说明年要回过来见我,再安排带我出来。天啊,那真是可怕的事情。怎么会这么快?"

两个刚刚涉世的年轻人性情相投,他们对人世间的事充满好奇,一说起话来彼此觉得中听。他们说了自己的故事,说了许多听起来很荒谬的梦想。相比起来,柯依丽的故事更要伤感一些。本来,他们还要在上面待一会儿,可是突然有一阵乌云飘过来了,天上开始下起了雨点。于是,他们决定要下楼了。

到这里为止,一切都是正常的。如果没有下面的事,以后故事也许会完全两样。可是事情还是按照本身的意愿发生了。他们小心翼翼地从旋梯下来,在底层的楼梯间里面,也堆满了很多雪白松软的棉纱线,他们得从棉纱堆中走过去。他们一前一后,拉着手慢慢走。走到一半,柯依丽被一捆纱线绊住,摔倒在纱堆里。莫丘伸手想把她拉起来,可不知怎么的她突然会变得那么沉,让他也失去了平衡,摔倒在她身边。这一时刻,他们是并排倒在纱堆上,相互对视着,彼此能感觉到对方的呼吸热气喷过来。这两个年轻人从来没有过性的经验，在没有准备的情况下身体已经紧紧接触在一起，而且洁白的纱堆还挤压着他们。他们无法回避地开始亲吻，相互抚摸起对方身体。没多久，两个年轻人的衣服都除下了，赤裸的身体在白色棉纱堆里显得是那么纯洁。他们像蛇一样缠在一起，不断扭动，没费多大周折，莫丘发现自己已经在柯依丽里面了。莫丘虽然没有和女孩子接触的经验，但是从初中开始男生们中间都传说女生的月经前三天月经后四天是不会怀孕的。这个前三后四的理论早已成了他的革命真理，想不到真的会用到实际上了。他在不断膨胀的喷射快感来临之前问她：你什么时候来大事情啊？她含含糊糊说：大概是明后天吧。柯依丽是个那么纯洁、不设防的女孩子。她似乎有点怕，可又像女孩子贪食冰激凌一样犹豫。莫丘想明后天就来大事情，正是在前三后四的范围内。于是就忘乎所以地一直冲锋向前。

一直到那种爱丽丝梦游仙境一样的美妙感觉消失了，柯依丽才咕哝着：你真的流进去啦？我说的日子好像不对哎，因为我的大事情经常会推迟来的。莫丘一惊，现在为时已晚。可他记得同学们说的前三后四理论还有一两天的误差值，所以呢还觉得问题不会太严重。柯依丽坐了起来，看见了自己身下的那一捆白棉纱上渗透了一摊鲜血。那是她的初血。她马上变得郑重起来了，像个妇人一样拢了拢头发。她说：我们得把这捆棉纱从这里拿走。莫丘说好吧，我也这么想。他把这捆带血的棉纱从大捆中抽了出来。他看到旁边的墙上挂着一幅带着鎏金画框的圣母像，于是把这棉纱塞到了画框的后面。然后，他们走了出来，回到了各自的劳动岗位。

## 二

这里是教堂环形回廊的尽头处。回廊到了这里，慢慢收窄了，像是到了一个深邃的洞穴末端。有一道木栅栏横设着，门框上方挂着一块牌子：工具库重地，闲人莫入。这里是管工具仓库的傅西科的地盘。通常的情况下，这里看不到人的影子。傅希科不喜欢开电灯，通常时间是利用两扇拱形的七彩拼花玻璃窗户的自然光线。在天气晴朗太阳又刚好转到这一侧的时候，这里会显得色彩缤纷很是明亮。但是太阳直接照到窗户的时间很短，因为它是朝北的，加上墙外的建筑阻隔，阳光在这里逗留的时间正适合白驹过隙这样的形容。何况在这个南方的城市里，有很大一部分时间都是阴雨天。因此，工具库这个地方大部分时间都是光线不足的。这个时候傅西科会开一盏小小的台灯，在灯下登记着库房账目，或者在修理着工具：千分尺、水平仪、游标卡，还有那密密如笼子的缙版，那可是一些精密的东西。如果还有空余的时间呢，那么他就会摊开一张报纸，用放大镜一个字一个字地看过去，去揣摩这世界上的动向，寻找上帝这些天在哪里办公。他所在位置和裴达峰医生相距不是很远。裴医生是在回廊三分之二的位置，这个位置人员走动还比较多。有好多女工会找裴医生看病。但是再往前，女工就很少去了。因为她们通常是不需要领取工具的。那些个新来的小女工也就是因为好奇走到了这里，伸头往工具库里面张望了一下，就赶紧走了。然后和其他女工嘀嘀咕咕说了半天，又毫无理由地咯咯笑个不停。

# 布　偶

　　傅西科已经很老了,有七十岁了。按劳保规定早就应该退休了。可是没有人让他走,他还得以继续留在这里。他的头发斑白,一只耳朵已经全聋,走路也十分缓慢了。他的头发总是梳得整齐,衣服虽然是厂里发的劳动布工作服,可穿在他身上也有一种特别贴身的庄严感。厂里的人们对他还是比较尊重,都称呼他傅老师。厂里的人对他这么尊重是有原因的,因为傅西科在欧洲梵蒂冈的神学院读过书,通晓六国的外语,以前是这个教堂的主教。如果再往前面说,一百多年前,是傅西科的曾祖父代理意大利教会建造了这个教堂。在傅西科暗中藏匿的教堂纪年书里,这段历史清清楚楚地记载着:1884年中法战争开始不久,W城发生"甲申教案",民众在泽雅人柴岩荣带领下,焚烧周宅祠巷天主堂、城西基督堂、花园巷耶稣堂等六所教堂。1888年,由神父傅貌禄监造,在城西街重建天主教堂,历二载落成。教堂主厅可容千余人,伞状顶层,孤拱长窗,梅花大柱,上饰宗教图案,华丽庄严,前耸六层钟楼,呈四方六角尖塔式,中门上方的玫瑰窗和门楣,爱尔奥尼柱式及反复出现的垂线,显示哥特式的建筑风格。东有中西合璧的两幢"神父楼",是神父的住宅。堂东还有圣母亭和二处花坛等。北首原是保禄学堂,堂南首原是仁慈堂(亦称女堂)。史册上所提的傅貌禄正是傅西科的曾祖父。

　　傅西科在梵蒂冈取得神学士学位后又在法国巴黎圣心大教堂当过牧师。但是他在1932年执意回到了国内,在南京、上海的大教堂里停留过,最后还是回到了W城城西天主堂。在他来到之后,城西天主堂成为方圆几百里的中心教堂。那个时候,W城城内还是一片河流纵横的江南水乡景象,城西街以七十二条半巷弄出名,一半是河岸一半是街巷。当时巷随河走,河依巷流。在杨柳婆娑,波光粼粼河道里,许多来自西方的金发碧眼的修女也坐在东方的舴艋舟上迎面穿过桥洞而来，颂着《圣经》里赞美的诗歌。这样的美景不复存在，那些欧洲的修女也已灰飞烟灭。但是用花岗石建造的教堂还完好如初，尽管上帝暂时离开了这里。

这一天上午，傅西科看到了回廊里出现了莫丘的身影。傅西科对于这个年轻人印象不错，他身上的气质与厂里其他人明显不一样。他的身份里有红色的背景，那是傅西科一直都觉得迷惑的东西。在解放之后，他也一直想融入红色的力量中间。他号召信徒为抗美援朝募捐、和梵蒂冈教廷划清了界限、取消布道改为学习《毛选》。傅西科相信这一切都是上帝在考验他的意志。但是上帝的考验越来越严厉了，到了"文化大革命"的时候，教堂被捣毁了，他也被驱逐到了马路上，所幸最后被裴医生他们收留了，让他得以作为一个仓库保管员回到了教堂里面。但尽管是这样，对于红色的理念他还是怀着诚心诚意的敬畏。他很乐意看到莫丘这个充满朝气的年轻人经常会来他这里聊聊天，还经常帮他做一些他不会做的事情。

"小伙子，这几天你过得怎么样？看你神色有点不大寻常，遇上什么事了？"傅西科对他说。

莫丘一听，脸色顿时绯红了，好像自己的事被他知道了似的。

"没有什么事，傅老师。我只是来问问你，你家的阴沟通了以后还有没有堵塞？"

"呵呵！我正要说这事。那阴沟现在的水通得可欢畅了，都能看见了水漩涡，出现了负压现象。多亏你的帮助，要不然我得把污水一盆盆端到外面好远才能倒掉。"傅西科说的是前些天他家的排水管堵塞了，是莫丘不顾肮脏把水管拆开来帮他通的。

"以后有什么事只管说好了。"莫丘说。

"那真是太麻烦你了。"傅西科说。但是他看出莫丘今天像是怀有心思的，像是要找他说什么。果然，莫丘开始找话头说了。

"傅老师，你还记得前些天我在这里领过一支日光灯管和斯达脱吗？"莫丘说。

"当然记得，别说是前几天的事，就是前几年的账目我心里都一清二楚。"

"可你知道我领的灯管和斯达脱是用在哪里吗？"

"这个我可不大清楚。厂里的灯实在有点多。你说来听听。"

"我是用在大堂楼上的一盏灯上的。我以前从来没有到过楼上面，因为修这盏日光灯才有机会到上面去。"

"哦，那里可是一个圣洁的地方。以前那地方是唱诗班唱赞美诗歌的地方，还有过一架声音美妙的管风琴。我已经很多年没有去过楼上了，还真想上去看看。"

"你说得没错，那上面是一个奇妙的地方。我看到了那里堆着一堆堆洁白的棉纱，有两个新来的小女工在挑选棉纱，我就是给她们的工作台换灯管的。"

"你这么一说，我倒是想起来了。前些日子董和梅是来这里领取过两套选纱工具，说是给红玉和哑巴的女儿用的。她们两个刚刚进厂，没有地方安排，就先在楼上给找个地方干着。"

"你知道吗？那个红玉的女儿名字叫柯侬丽。她是喜欢唱歌的。她在机器声音的掩护下，一直在那里唱呀唱呀。没有人能听得到。只是有一天厂里突然停电了，她还不知道，还在不停地唱，我才听到了她的歌声。"

"要是早上个十年八年的，我就会让她进唱诗班。"傅西科说，脸带微笑。莫丘的话一再围绕着红玉的女儿，让他已听出点名堂了。

"小伙子，你是不是喜欢上她了？"傅西科说。

"瞧你说的，怎么会呢！"莫丘的脸涨得通红，分辩着。但是，他话是这么说，发现傅西科的神情是那么友善，他还是忍不住把话说下去。"我答应经常到上面看看她。她现在是被隔离在楼上了，除了一个哑巴没有人和她说话。可那道楼梯是在棉纱仓库里面，要到上面去很不方便。"

"是啊，看来你会有一条困难的路要走。"傅西科说。他不会随便说话，说出的话总是心里有判断。

但是莫丘正处在一种热度之中，完全没有察觉到傅西科话里的意思，他的话越来越不加掩饰了。他说："傅老师，你不是在这个教堂里几十年了吗？你对教堂的建筑最熟悉了。你知不知道还会有另一条楼梯能通到楼上去？"

"没有了。你要是想到楼上去，唯一的路只有从棉纱仓库内的那条楼梯上去。当然，还有其他的办法，那就是爬墙上去，像《罗密欧与朱丽叶》那样爬到阳台上。"

莫丘的脸上露出了失望的神色。他还有点不甘心地咕哝着："我以前看的课外书总是说教堂的建筑内部布满了机关暗道，你就不记得什么地方会有一条秘密的通道了吗？"

"你要是这样说，我倒是想起来了。还真是有一条机密的通道通到楼上，不过我是从来没有使用过它的。"

"是在什么地方？是在你的工具库里面吗？"

"不是在这里。是在裴医生的医务室里面。裴医生工作的那一个房间，过去是教堂的心脏部位。从这个房间里有很多条通道可以到达教堂的各个位置。"

是这样的！莫丘想。他觉得有点奇怪，凡是带点神秘色彩的事情为什么总是和裴医生有关呢？眼下，他正有件事情想和傅西科说呢！

于是，他暂时把秘密通道的事抛开，先说这件事情。

"傅老师，昨天有一件奇怪的事。一个过去住在我奶奶家隔壁的女人从国外回来，让我到华侨饭店去见她。她向我打听裴医生的情况，问了很多事情，可是裴医生的事我几乎什么都不知道。那个女人叫阿芸，她还一直问裴家花园的事，说她父亲的死和裴家花园里的蜡梅有联系。"

"有这等事？不妨说来听听。"

于是莫丘说起了这件事。

父亲当上侨务处官员后，常常会搞来一些内部放映的招待电影票。前天晚上父亲给了莫丘一张票，放的电影说是有两个，《红旗渠》和《春天来到苗岭寨》。虽然是纪录片，可总还是新的电影，比没有电影看强。电影是在华侨饭店小礼堂放的，这里不能像其他电影院一样穿背心和拖鞋进来，因为有外宾。外宾其实是一些外国货轮上的船员，还有一些回国探亲的华侨。外宾进入礼堂的时间总是比较晚，每次场内人都坐好了，才看到几个外宾列队走了进来。莫丘觉得其实看看外宾比看那些开梯田修水渠的黑白纪录片有意思。外宾都留着长长的头发（国外刚好是嬉皮士时代），穿着拖地的喇叭裤，男人也穿着颜色鲜艳的服装。莫丘有时看到父亲和外宾一起走出来。那是他的工作，要陪同他们看电影。

这个晚上，莫丘在场内坐了好久，才看到一干人出来了。里面有几个头发梳得很亮的老头，几个长发的年轻人和一个很贵气的女人。这个女人脸相丰腴，眼神飞扬，化妆油彩很重，烫着一头波浪长发，脖子和前胸一大块肌肤裸露着，挂着很粗的金项链。她的衣服也很怪，袖子像蝙蝠一样。让莫丘奇怪的是，父亲是和她走在一起，还和她很熟稔的样子说着话。莫丘知道这些人是华侨不是外宾，父亲不会外语，和他能说通话的就不会是外宾。

父亲这天回家时带回了一些礼品之类的小东西。有立体图片、香皂、锦纶丝袜等。父亲和母亲次日早上吃饭时说起了这些东西的事。父亲说昨天晚上他接待的华侨访问团中有个人是老邻居阿芸。

"哪个阿芸?"母亲问道。

"你不记得啦?就是阿妈对门的青田婶儿子袁香的老婆阿芸。"父亲说。

"我有点想起来了。就是那个有点神经质的老是和青田婶吵架的那个,她老是打着根长辫子,脸上有颗黑痣的。"母亲说。

"是,就是这个人。"父亲说。

"记得她不会生孩子的是吗?"母亲说。

"这个也很难说,说不定不是她不会生孩子,是袁香不行也不一定。"父亲说。

"她什么时候出国的?"母亲问。

"呵,有好多年了,快十几年了。阿芸先出去的,后来青田婶也出国了。不过,阿芸出国后和袁香生活了不到两年就和他离婚了。后来她就自己过日子,这是昨天她对我说的。"父亲说。

莫丘听父亲这么说,心里已经知道这个阿芸是什么人了。怪不得昨晚看见父亲陪着她出来时有点面熟。可是莫丘沉着头吃饭没吭声。小时候父亲经常训斥他大人说话时不要插嘴。而现在,他也懒得和父母说话。他只是在听父亲和母亲说话。

"袁香比我小很多。我读中学时他才读小学吧。"父亲喝着稀饭,说着这段往事。青田婶家原在青田的山里。她的老公在生下袁香之后,就被他舅舅带到了意大利,从此就没有回过国。青田婶的老公后来汇来一笔钱,买了阿妈家对面的房子,让青田婶和袁香一起住在了城里。

袁香来的时候还是个七岁的孩子，说的话是青田话，个子瘦瘦的，人很文静的。十几岁时出国到父亲那边去了，留下青田婶一个人独居。不知过了多少年，袁香回来过一趟，是来找对象的。父亲说袁香结婚时他也在吃酒。新娘阿芸是袁香来了之后在青田老家找的，是一个山里面的远房亲戚说的媒。阿芸结婚的时候她父亲刚死了不久，因此她样子看起来还很凄惨。她父亲原来是在意大利做裁缝的，去年回到青田探亲。那个时候青田的华侨回国探亲的不是很多，通常是发了些财的才敢回来，因为几乎所有的亲戚邻人都会来争讨礼品财物，要花掉很多钱。阿芸父亲回来时很热闹的，在家乡摆了好几个礼拜的酒席，后来又来到了W城继续摆酒，在华大利、天津馆都摆过。最后却失踪了，一个礼拜后才在青田山区一个水井里发现他的尸体。他的身上有伤痕。手脚都被捆着。这个奇怪的案子最后结论是乡村里的亲戚争财产结了怨，结果动了私刑。阿芸就是在她父亲死后不久嫁给了袁香的。那个时候她的父亲一死，家里就没有人在国外了。对青田人来说，家里没人在国外门庭就会衰落，所以她马上就嫁给了袁香。

　　莫丘默默听着。父亲说的事好些他都有印象。莫丘很小的时候因为父母亲工作太忙没办法带他，在祖母家里待过几年。在莫丘生长的这个南方偏僻的小城市里，人们对于财富和拥有财富的人向来怀有深刻的敬意，即使在"文化大革命"的期间也是这样。莫丘记得青田婶是个胖胖的女人。他那时虽然才四五岁，可是从祖母和人家的交谈里也隐隐知道她老公在外国已讨了个意大利"番女"。莫丘已想不起袁香的模样，因为袁香很早就去了意大利，留下他的妻子阿芸和青田婶住在一起。莫丘记忆里她们关系不和，一直在吵架的。莫丘还记得青田婶对他的父亲很好。每回他父亲来看祖母，住对面的青田婶都会请父亲到她家坐。她会烧一种青田出产的锦粉面做点心，里面有虾米，还有蛋丝，莫丘也会沾光吃到，所以印象会很深。青田婶器重他父亲是因为父亲是这条巷子里面出来在政府里做官员的，算是远近三巷六坊间最有出息的人。

阿芸来到隔壁和袁香结婚的情景莫丘脑子里还有模糊的影子。那天巷子里面摆了好多桌酒席。天黑下去的时候，响起了鞭炮，地上烧着火，从一部三轮车上下来了新娘。孩子们都在争先看新娘的到来。莫丘看到了三轮车上下来的新娘穿着一套奇特的白纱衣（他不知道这叫新娘的婚纱），那个时候 W 市人没见过外国婚纱，阿芸穿的是袁香从国外带回的。莫丘发呆地看着穿着薄如蝉翼婚纱的新娘，脑子里突然出现了一张他在一本旧画报里看到的照片。那本画报放在爷爷的发着烟草气味的雕花黑漆衣橱里面一个铁盒里的，盒里有些手写的契约、画着孙中山头像的纸币和一些莫名其妙的纸片。那是一本1942年的外国画报，全是英文的，上面有一些黑白的图片。这个杂志对于莫丘是一种禁忌。它是和爷爷神秘的过去联系在一起。据说爷爷以前是在开上海的轮船上做茶房头子，那本杂志应该就是船上的东西了。爷爷把它放在一个自认为很隐秘的地方，其实莫丘老早就找到了它。他那时很会翻找东西，他的本意是找吃的，结果找出了这么一本东西。虽然是一本解放前的外国画报，上面也没什么特别坏的东西，大部分是带外国字母的图片。图画有的是冒着烟的轮船，有奔跑的汽车，还有狮子和鳄鱼，还有骑着马的人，还有一些玻璃瓶，还有特别粗的卷烟。莫丘最早是喜欢看那些狮子和鳄鱼，可是后来他的兴趣转到了另一幅图片。那是一张白种女人的照片。头发短短的卷曲着，穿着一条很薄很薄的白纱衣裙（其实就是丝织婚纱）。在图片的一角有个穿西装的男人，用手里一柄调羹将一种白色的粉末送到女人的嘴里。女人的嘴微微张着，嘴唇很红，尽管是黑白照片，还是能感觉到那种红色。这个晚上他看到了穿着婚纱的阿芸马上联想到画报的人。他觉得等一会儿，新娘就会像画报里那幅画一样，一个男人会把调羹里的白色物体喂进她嘴里，她正在等着吃下那调羹里的东西。

就是这个阿芸，昨天通过父亲，很奇怪地请莫丘到华侨饭店餐厅里吃饭。

餐桌上的冰激凌上插着一只调羹，让莫丘再次想起了爷爷柜子里那本画报的图片。

"裴达峰和你是一个工厂的吗？他现在怎么样？他结婚了吗？"她问道。她点上了一根香烟，猛抽了一口。

这个时候莫丘才知道，阿芸是为了裴医生才找他来的。可是他对裴医生的事情一点也不了解。他能说的只是裴医生坐在那条回廊里给人看病，开药方。

"他住在什么地方你知道吗？你去过他家吗？"阿芸问他。

"没有去过。他的住处是个巨大的花园，每年都会有一些人去那里参加一个聚会，只是从来没有人会向我描述那个花园的情况。可是慢慢地，凭着想象，我对于那个花园还是有了一点印象。"

"你想象中的裴家花园是什么样子的呢？你知道那里有一棵蜡梅吗？"阿芸鼓励着他去继续这个话题。

裴家花园是什么样子的呢？莫丘问自己。自从那次裴医生给了他那束冒充蜡梅的白桃花之后，他时常会去想象那个花园的形状和地理位置。他相信这个花园不会是在城市的里面，也许是在瓯江上游清澈的水边，或者是在那些南方稻田的尽头。莫丘在早几年的时候看过一本书，那是父亲在地委图书馆烧毒草书的时候捡回的（父亲那个时候很是矛盾，一方面看那些书烧了可惜，一方面又怕莫丘看了中毒）。那本书是外国的，叫《金枝》，不是故事书，说的都是一些原始的巫术和禁忌的事。书里的扉页有一幅画，画了一个山谷里有一棵名字叫槲寄生的树。树下有个黑人奴隶手持利刃在巡游着。这个黑人奴隶是树王，在等待着下一个想当树王的人来决斗。莫丘想象着裴家花园的那棵蜡梅树一定是和这本书扉页上画的槲寄生树一样，都是生在一个水边的峡谷里。

"你说得很对，在那棵梅花树的下面，的确杀死了一个人。"阿芸说。

"谁？你怎么知道的？"

"因为死的那个人是我的父亲。"阿芸说。

"真有这事吗？你怎么知道是死在那棵树下的？"莫丘说。

"我也不知道，我只是随便说说而已。"阿芸心不在焉地说，笼罩在香烟的烟雾里。其实她真的没有根据证明父亲的死和裴家花园有关。父亲是在一百多里地之外的一个山村水井里找到的，那手掌心里是不是梅花的花瓣也值得怀疑，一切只是想象。

这个晚上阿芸从莫丘口里没了解到什么情况，大部分时间都是她自己在讲述。她喝着酒，还抽着烟，在烟雾腾腾中描述多年前父亲回来时的情形。在望江路的安澜亭码头，那条从上海开回来的"民主18号"白色轮船停靠在江边，乘客从几条窄小的跳板慢慢走下来。阿芸不认识父亲，她两岁时父亲就离开了她出国了。母亲指着轮船舷梯上一个戴着礼帽的人说那个人就是她父亲。虽然已经看到了人，可是从船上下来还要等很久。好不容易才见父亲从跳板上下来了，想不到还有另外的人在码头接她的父亲。那个人让他们一家坐上了一辆人力三轮车，盖上了车篷，飞快地朝城外骑去。这个时候天已黑下，阿芸看不清一路上的景物，起初好像是在街路上，后来是在江边，有夜鸟在旁边闪过。

十五年以前那个夜晚。父亲在失踪多日之后，族人在山后边村里一个水井里找到了他尸体。人们说他是投井自杀，也有人说是被劫财害命。阿芸看到在父亲紧握的拳头里，有几片白色的花瓣，人们告诉她这是蜡梅花。在整个气候温暖的青田地区，蜡梅生长不了的。阿芸向很多人打听哪里有蜡梅树，后来知道在W城裴家花园有一棵白蜡梅树，但那棵树距离他父亲死的水井有一百多华里的路程。

"阿云对裴家花园很感兴趣，要我带她去找。可是我根本不知道在哪里。而且，就算我找到了，也不能带她进去看的。傅老师，你说这个阿芸说的事情可能吗？那棵蜡梅真的存在吗？"

"说真的，我虽然在裴家花园住过，但是在裴家花园众多的植物中，我并不知道哪一棵树是蜡梅。我从你的叙述里，听出这个叫阿芸的人头脑里好像有幻想症。一方面说她父亲死在青田山里面的水井，一边又把裴家花园的蜡梅联系在一起，听起来像手抄本的情节。也许，她找裴医生是另有隐情的，说不定她是裴医生的病人，裴医生可以治好她的病。"

莫丘抬头望望回廊的前方，在不是很远的拐弯处，就是裴达峰医生坐诊的地方。昨天晚上，阿芸把莫丘描述的裴医生处于回廊中央的医务室位置画在了烟盒纸上。莫丘有一种预感，觉得阿芸正在一步步向那个位置走来。

这个时候，在回廊中央处的医务室里，裴达峰医生一边给人看病，一边和人聊天。他的桌上有一把锋利的手术刀，一盏酒精灯和纱布药棉，除此之外，还有一本屠格涅夫的《春潮·罗亭》合印本。他现在的病人不是女工，而是厂里的木工锡龙老师的徒弟冠良。冠良有一种奇怪的毛病，身上会不停地生出一个个脓包。一个痊愈之后，很快会从另外地方长出一个新的来。裴医生正在给他注射了一剂80万单位的油剂青霉素,那是臀部肌肉注射,极其疼痛的。但是真正痛的是接下来的事情。冠良脱下了长裤,在他短而粗长满了腿毛的大腿根部,正有一个杏子大的脓包。这是一个已经发育好的脓包,必须把它给刺破,挤出脓汁才能消肿。通常这样的小手术得用麻醉药,上医院去做。很奇怪冠良非常地信任裴医生,不用麻醉就做。所以呢,接下去发生的一幕十分惊人。裴医生用他那把消毒过的手术刀直接切开了他的皮层直到肌肉部分。按照医学标准,即使是对一只动物做试验,这样的创口不用麻醉也是不适当的。裴医生面对着痛得全身痉挛的冠良毫不手软,脸上冷静得没有一丝表情。裴医生的这个模样让痛得差点休克过去的冠良突然想起了不久前看过的那本《纳粹德国》,书里有张拿犹太人做试验的德国医生照相。他真的很像裴医生,他的鼻子和眉骨、眼睛的底色、眼底发出的凶光和此时的裴医生一模一样。裴医生挤干了脓汁,又用手术刀刮去了一些腐肉,然后用碘酒消了毒,用纱布和橡皮膏固定好。

"你的毛病看来发作得厉害了。脓包越来越大,随着你荷尔蒙的分泌而分泌出毒素。你看,又有一个新的脓包在皮下发育了。"裴医生说。

"你真的能肯定这是加勒比海梅毒吗?"冠良说。他的脸色发白,话音犹疑,这就是他不愿上医院的原因。

"一点没错。我已经在自己的实验室里培养出病毒,用显微镜观察过菌株,的确和大英百科全书的标本图案吻合。我上次说过,这种梅毒的原产地是加勒比海上的尤卡坦半岛的先民玛雅人身上,后来的西班牙航海者到达了美洲,把这种梅毒带到了欧洲。当然,这些病毒怎么会到了你身上,我不会找到答案。"

有关这件事他们已经讨论了几个月，从第一个脓疖子出来，经过逐步的推测到现在的定论。冠良知道梅毒是一种性病，但是中国那个时候性病据说是已经绝种了。都说性病是通过女人传播的，可是他根本没有接触过女人，到现在为止连女人的下体器官都没见过，哪里可能会感染梅毒？但是裴达峰的结论是有根据的。他说梅毒是可以遗传的。当然遗传下来的梅毒病毒会变种，会变得比较温和，而且可能失去了传染性。这种变异的梅毒会潜伏在人体内几十年不发作，但是发作起来时很不好对付。冠良半信半疑地接受了这种说法。这件事除了裴医生，谁也不知道。这是一个绝对的秘密，如果有人知道了他的病症，那么麻烦的事就多了。裴医生给了他最准确的处方是：快点出国，到欧洲去，法国会有治疗这种病毒的办法。

"雨燕那张放大照相听说已经在南洋照相馆橱窗里挂出来了。"裴医生写完了病历最后一个字，漫不经心地说，"是邵家业做的。"

"是的，是的。"冠良的脸一下子红了起来。他其实最想听裴医生把话说到雨燕身上。

"你的事我又跟巫姗姗说过了。她说自己和女儿雨燕说了很多话，可是雨燕似乎不会答应。因为她早已经有人了。"裴医生说。他说的巫姗姗是雨燕的妈妈，织布车间的一个加油女工。但这个人很有来历。她是个十分消瘦的女人，脸上布满了乌星，鼻子又尖又高。即使她不姓巫，也让人会想到巫婆的样子。不过她的眼睛大部分时间带着笑意，对人十分友善。她是一个加油工，手里总是抱着一个形状和她有点相似的长嘴油壶和一把刷子。1511织布机是用机械打击的方式推动梭子，磨损很大，加油的工作十分重要。通常总是找一些心细的人做这事。巫姗姗说话口音像是靠福建那边的平阳人。她很有文化，钢笔字写得可以当字帖。像她这个年纪的女人通常都叫阿香、阿柳的，她能够有"姗姗"这样的摩登名字，说明她出生的家庭非同一般。

"怎么会这样呢？不过，我还是不会灰心的。"冠良说，样子很固执，还带着一点幸福感和忧伤感。他的样子像个农民，头比较大，皮肤黧黑，牛鼻子，嘴巴有点往一边翘。他最大的缺陷是身高，不到一米六四，还有点罗圈腿。而他现在所要追求的雨燕身高却有一米七〇。两人这样的不平衡连裴医生也觉得不可能会成事。但是，爱情已经来到了冠良的心头，他一点都没气馁，一副固执而自信的样子。前些日子他托裴医生把一张电影票交给巫姗姗，请她转给她女儿。他知道雨燕这次肯定是不会来的，可他还是坐在电影院里陪着一个空位子看完电影，心里依然感到了幸福。因为事情已经开始。这个位子现在是空的，如果一旦有人坐了，那就一定是雨燕。

南洋照相馆在中山公园门口的山脚下，是这个小城里最富诗意的地段。隔着马路对面各有一座小山，有一条小河，还有个动物园在山的背面。那个时候，城里的男女谈恋爱大部分会选择在公园里或者是在两座小山上。公园路上有两家照相馆，一家是南洋，一家叫露天。露天顾名思义其拍摄风格大概是以室外的风景作背景，而南洋的风格则是以人物肖像著称。照相师把橱窗当成了杂志封面，每隔三个月，会换一批放大了的人工彩色相片，都是城里最漂亮的姑娘。因此谁的照片上了南洋照相馆的橱窗，就是全城的美女了，走到哪里人们都会认识她的。南洋照相馆的摄影师邵家业出身摄影世家，父亲邵度解放前是香港大公报摄影记者。邵家业所选中的橱窗女郎不仅是相貌美丽，主要还是有内在的气质。比如前一期的朝鲜女李蔚蔚，她真的是在朝鲜出生的，其美丽无人能当，皮肤像长白山的白雪。她后来从这个小城里出来了，到北京的军队大歌舞团当了当家舞蹈花旦。更早几年有一个在第三医院化验室的护士，她的相貌迷倒了一大批男青年，他们一大早在化验室门口排队去抽血化验，为的是一看她的真人容貌。而现在这一期刚出来，最为轰动的就是雨燕的照片了。

比起上面提到的几个美丽的姑娘，雨燕更加年轻，有着少女一样的活力。作为美丽的女子，总会有独特的特征让人称道。雨燕的特征除了羊脂一样白的皮肤，是一头亚麻色的长发，还有她的带点棕黄色的眼睛。简而言之，她非常像一个苏联的少女，而且她的名字雨燕还被人联想到高尔基那一名篇《海燕》。雨燕的出现让全城着迷，刚刚出来了个朝鲜女，现在又有个苏联女来了。W市真是个出美女的地方哦！

冠良第一次看见雨燕是在一个早上，他在车间外面的空地上看到了一个高个子的姑娘，手提一个小提琴的盒子站在阳光中。他觉得自己眼睛看花了，世界上怎么可以有这么美丽的姑娘呢？那简直是童话里的仙女呢！他看到了纺织车间里的巫姗姗匆匆忙忙走了出来，用护裙布擦着手，原来这个仙女竟然是瘦得如巫婆似的巫姗姗的女儿。这真是不可思议！

雨燕和母亲一点也不像，完全是两个样子的。冠良在这一瞬间就爱上了雨燕，一点也没有因为她的超凡美丽和自己的猥琐身材而迟疑不决。那天他回家后对母亲说：我已经看中姗姗姨的女儿雨燕，除了她我不会娶任何女人。

"你疯了，怎么看中巫姗姗的女儿。那个美人坯子的样子像个戏子，和她母亲一样。女人不能太漂亮了，像西施一样的尤物是不能用来放在家里的。"冠良妈说。她前几年还在厂里上班，后来退休让冠良顶替了进来。她和厂里的人都熟，她是见过雨燕的。

"你刚才说她和她母亲长得一样，可是我觉得姗姗姨一点也不像她女儿。她像一只乌鸦。"

"别这么说。"母亲冷笑,"你要是早几十年看到巫姗姗就不会这么说了。那个时候她也是全城最出名的女人,是白话剧团的名伶。二十多年前,她的放大彩色照片早就放在了南洋照相馆的橱窗里。"

"可不管怎么说,我还是看不出她和她的女儿相似的地方。"

"姗姗姨是给她男人梁家豪糟蹋了,后来一直不快活。她女儿倒是和她的爸爸很像。她的爸爸梁家豪是个人物,个子高高,一表人才,也是大户人家出身。以前做过文化局局长,会写戏剧的剧本。瓯剧团那出全国出过名的大戏《高机吴三春》就是他写的,还上过北京会演,很走红的。可梁家豪这个人心是花的,风流成性,一生有过很多女人。他一直和一个在电影院工作的女人私通。那个女人的老公是个无赖,一直在坑他的钱,捉了奸就让他掏钱了事。最后一次他被捉到了山上,光着身子被捆在那里,成了全城都知道的丑事。巫姗姗为了女儿长大以后不被人笑,和他离婚了。后来,梁家豪这个人还成了右派,被送到新疆劳动。可这种人连劳动都不会,私自跑回了W市,听说一直是在松台山讲古书混饭吃。"

"不管怎么样,我已经决定了,你要是想让我结婚,新娘一定得是姗姗姨的女儿。"

"儿子,你这不是癞蛤蟆想吃天鹅肉吗?我说过,人家姑娘太漂亮了,不适合你,而且她也看不上的。你存心要气死你母亲是不是?"母亲说。不过话虽然这样说,从这天起,母亲就全力投入了争取和巫姗姗女儿联姻的事宜了。

从那天开始到现在半年过去了,冠良还是取得了进展。他在心里已把姗姗姨作为了丈母娘看待,而且全厂的人都在支持着冠良的联姻企图。巫姗姗最初用油壶的长嘴顶住冠良的胸口,警告他不要羞辱她女儿。但是,事情慢慢在变化了。他在很多次碰壁之后不气馁,终于

布 偶

找到了一条和她接触的通道,那就是,和她交换图书看。当然,这条路是裴医生指点出来的。在这之前,冠良已经攻破了巫姗姗的防线,可以到她家里访问了。他每次去都会带一些糖果或者奶粉之类的营养品过去。但是,雨燕从来没有和他搭过一句话,而是自己一个人在屋角的灯光下看书。他看到她的那些书很是小儿科,什么《欧阳海之歌》啦,《革命烈士诗抄》啦,《高玉宝》啦。他对裴医生说自己恨那些书夺走了她的注意力。裴医生说那你为何不带几本外国的名著来吸引吸引她呢?裴医生给了他一本《欧也妮·葛朗台》,还有一本《海涅诗抄》。果然,冠良这次取得进展,她的眼睛被他带来的书吸引了。那以后她和他有了简短的交谈。冠良从裴医生那里源源不断得到了书,再借给她看。另外,冠良还送给她一些外国的立体画明信片。比如巴黎的铁塔、热带的雨林、飞奔的狮子等等,都让她特别着迷。而在这个时候,他也知道了雨燕早已经有了男朋友,他是全市有名的小提琴手,国营矛牌剪刀厂文艺宣传队的指挥,大部分的W城市民在文艺演出时看过他的独奏。他风度翩翩,长发齐肩,是她的小提琴老师。

这天下午,他让裴医生做好排脓手术后,腿还有点瘸,就去见雨燕了。

姗姗姨透露,雨燕今天开始要去西山郊区新桥乡一个小学当代课老师。那个地方很远,每天要坐公交车去,很难挤。冠良在巫姗姗的话里感到了暗示。现在冠良离开了工厂,骑上了他新买的凤凰28型重型自行车,这是258元人民币外加300张华侨券刚买的,这在当时的中国是最高档的品牌坐骑,配置也是最高的了。

冠良是个做事有计划的人。他已做好准备,买这样一辆加重的凤凰牌车可以用后座载人。雨燕个子高,不久将来怀孕了会很重,所以他要买这样的加重车。其实凤凰18型车也不错,但那是钢圈刹车,不像28型是花鼓刹的。冠良骑车上路，路人对这样的新车很注目，而且还为他因为个子矮小把坐垫放到最低点而偷笑。冠良把裴医生给他的《春潮·罗亭》一书夹在后车架的弹簧夹里，这是雨燕让他找的。冠良骑车出了清明桥，就进郊区了，房子渐渐稀疏了下去，路边都是菜田，远处西山卫国寺的山影出现了。然后便是将军桥的大河。农民在这里转运菜和大粪。这里的河边立着一块水泥浇铸的标志碑，上面写着：外国人未经许可不得超越此界。在W市这个地方，有很多喜欢跑田野上玩的男孩子都见过这块石碑，而每个人会有不同的想法。冠良看见了这块碑，很奇怪地会感到自己已经进入到了外国的地方。他知道自己在某一天会离开这里到遥远的法国去，但是总觉得那是一件虚无缥缈的事，不如小时候开始一直在玩的事情，比如在将军河上钓鱼虾、在西山上抓知了、在九山菜地里用弹弓打伯劳鸟来得真实。

骑了半个小时的车，沙土公路的灰尘把他的头发都搞得发灰了。他找到了新桥小学，那是在一个破庙里面的。想不到离开城市十几公里，学校就破烂成这个样子。门口有块空地，一棵树干上钉了一块木板，还有个铁圈，这大概是个篮球架了。空地旁边是个水塘一样的河湾，很多的麻鸭在呱呱叫着。冠良把车子停在树荫下，自己坐在车架上，慢慢翻着屠格涅夫的书，等待着雨燕下课。他做好了准备，雨燕要是不高兴看见他来这里，他就说姗姗姨不放心，叫他来的。他还知道一些详细情报，那个拉小提琴的家伙是在剪刀厂电镀车间工作，这个礼拜上的是中班，从中午上到半夜，所以他不担心会和他在这里相遇。再说，即使相遇了他也不怕。怕什么呢？普希金不是为了爱情和人决斗死的吗？

不久之后，听到有人在摇一个铃，马上看到破庙里飞快跑出一些孩子，有的很大了有的却很小。后来看到了雨燕出来了，眼睛红红的。

她一看到了冠良马上抹起了眼泪。这是她当代课老师的第一天，想不到这里的学生会这样野蛮。雨燕说上午自己一进教室，看到座位上没几个学生。有几个女生在捂嘴笑。可是她突然看见屋梁上是一双双乌黑的眼睛，原来男生都爬到屋梁上去了。一声呼哨，他们像猴子一样全部下来了，教室里顿时灰尘弥漫。那些男学生都已经发育了，喉结很大。

雨燕受了惊，所以没有拒绝他的建议，坐上了他的凤凰车子的后架。她把那本《春潮·罗亭》书抱在了怀里。她说前日那本《上尉的女儿》真好看，看了之后晚上一直在想玛莎。但是她觉得最让人敬佩的还是最后被绞死的那个起义者。冠良说普希金还有一本书《驿站长》，也写到了一个美丽的姑娘。当然，要是去看了《安娜·卡列尼娜》你会觉得那个故事更加伤感一些，那个叫渥伦斯基的家伙是个十足的伪君子。雨燕说你怎么看过这么多书啊？而且你怎么还记得住书里的人物名字。外国的书里的人物最难记的就是名字，名字那么长，而且都很相似的，都是什么什么斯基什么什么诺夫。冠良想不到自己爱看课外书的嗜好会成了一把打开通道的钥匙。他小时候一有了点钱，就会马上送到小人书摊里。在那里他几乎把书摊里所有的小人书看遍了。后来识字了看起书本，拿到什么书都会看完。一般人读过《三国演义》就不错了，可是他连《三国志》也读过。他读所有能拿到手的书本，大部分读完了就忘记了。就像牛吃了草全部都排泄了出来。但是他的记忆人的名字的功夫特别好。而且，尽管看的书看过了就忘了，还是有些东西不知不觉留在了他的心里。正是这些留下来的东西，才让他和雨燕交往时有了一点底气。

冠良一路和雨燕说着书的事，很快就到了清明桥。这里有个交通警察岗亭，警察看见了冠良车后带着个人，把他拦下了。在市内，自行车带人是违章的,要扣车辆。冠良刚才是太高兴了才没注意这事。冠良赶紧从兜里掏出了香烟,尽管是牡丹烟,那个警察还是一点不买账。可是警察在转身之间和雨燕打了个照面,脸色马上变了。他结结巴巴说:你是不是那个照片摆在南洋照相馆的人?雨燕微笑不答。那个警察马上把车还给了冠良,让他们快走。警察很满足今天看到了城里最美丽的姑娘了,可以向别人夸耀夸耀自己的运气了。只是她坐在这样一个罗圈腿小子的自行车后面,实在是太令人气愤了。这真是俗话说的:鲜花插在牛粪上了。

## 三

这是一个沉闷的中午,大家都昏昏欲睡的时刻,织布机和络筒车纬子车的声音交织成一种浓浓的胶水状的声障。每个人在忙着干活,纺织女工在机台间巡回。她们的手会抚摸着布面,注意着密度,当然做的最多的是机器停下时的接线动作。这种1511织布机是当时最先进的,在经纬线断了之后会自动停机。挡车工得给它接上线,重新开动机器。对挡车工来说,最怕的是飞梭。梭子是硬木做的,两头的尖顶是高碳钢的,样子大小像一颗高射机枪的炮弹,有时从机槽里飞出来,打到人身上会造成严重伤害。每个女工照看五六台机器,得不停地走动。纺织车间除了噪声巨大,空气中棉花毛的灰尘含量也很高。因此女工们上班时都会戴上口罩和白布无檐帽,还有护身围裙。这样的打扮让每个人的样子看起来都差不多了。

天气潮湿,棉纱线易断。因此机器出的毛病也比平时多。莫丘修了一整天的机器，机器却坏得越来越多了。莫丘这几天显得心烦意乱，做什么事情都很不顺利。他已经有很多天没看到柯依丽了。自从上周他们一起爬塔楼顶并在下楼的时候发生亲密关系之后，他只见过她一次。那还是三天前的事，他再次闯入了棉纱仓库不管保管员的盘问直接上了楼。他看见了柯依丽和哑巴女儿还在挑选棉纱。柯依丽看见他的时候脸上出现了笑意，但是比起上一回的兴高采烈的样子，现在的笑容显得有些勉强。莫丘试着想和她说话，可是机器的声音太响了，她好像听不清楚，他说了几句就没有话了。他在旁边坐了一会儿，气氛显得不大自然，柯依丽突然变得像一个陌生人似的。

从那天之后，莫丘没有和她见过面。前天他看见过她一次。当时他是有意在下班的时候待在棉纱仓库门口。他看到了柯依丽和哑巴出来了，柯依丽的身边跟着红玉。柯依丽只是抬眼瞥了他一下，就跟着母亲走了。那一刻，莫丘觉得自己的魂都丢了。他能感觉到她是会想他的，但她现在一定是在一种压力之中。也许是她母亲红玉已经知道了什么了？

在认识柯依丽之前，莫丘其实已经认识了红玉。红玉的工种是穿缯，要把经条筒上一万多条纱线穿到缯板上，全用手工。那经条线像是帘子挡住了她，隐隐约约让人联想起弹竖琴的人。红玉的仪态端庄，气色丰腴，一看就能感觉她是大户人家里出来的。莫丘没有看见过什么人和她随便开玩笑，只有木工老司锡龙敢把她的名字叫成"缝肉"。W城这个地方的方言很怪，红和缝同音，玉和肉发音也相近。她总是半嗔半笑骂了他一句了事。她以前对于莫丘是视而不见的。但是最近几天，莫丘发现了红玉在暗处隔着经条线帘子冷冷地打量着他，这让他不寒而栗。

在看不见柯依丽的时候，莫丘会看着楼上那几盏悬着的日光灯。

想到柯依丽正在灯下面挑选棉纱,他的心会聊觉安慰。可是在这天的上午,他发现那几盏日光灯不亮了,一直到中午了也不亮,也没有人让他去修理。下午时分,他实在是控制不住自己,又一次踏进了棉纱仓库。保管员说你又来修电灯吗?人都走了你修什么呢?莫丘不理会他,只管往楼上走。他看到了柯依丽和哑巴女儿的工作的位置已经撤了,只散乱地留着几张饼干和糖果的包装纸,看起来像是个被废弃的鸟巢似的。

莫丘在一阵丧魂落魄之后,明白过来柯依丽并没有失踪。她大概是变更了工作位置,一定还是在这个建筑物里面。几天来,他走遍了教堂的每个角落,就是没有看见她。他感到很多人一定知道她在哪里,可是没有人告诉他。

"年轻人,你丢了银子似的到处转来转去做什么?"董和梅看着他,问他。

"没什么,没什么。"莫丘支吾着。

"你可小心点,好多人在说你闲话呢。"董和梅说。

莫丘满脸通红,赶紧走开了。

不过这个时候他已经反复在教堂内和边上一座辅助的矮房之间巡查过,基本确定了现在柯依丽可能所在的位置。她也许是在走廊中间的那个验布间里。那个房间位置正好是在前往裴医生的医务室之前的回廊里。这个验布间的内部莫丘从来没有进去过,只听说这个地方是用来修复一些有毛疵的布匹的。在门外走过时,他隐隐感觉到这个贴着走廊的屋子里面是有人的,于是猜测柯依丽和她的伙伴哑巴女或许被挪到这里来了。

在他确定了位置之后,又在附近来回走了好几趟。他还是没把握。万一推开门不是她,而是其他人怎么办呢?这个想法让他又犹豫了半天，最后终于鼓起勇气推开了门。果然，柯依丽在这里，她是独自的，哑巴不知在哪里。

莫丘有一个多礼拜没有看见柯依丽了，马上看出了她的变化。她的神情紧张，显得有点神经质。比起那个织布机噪声轰轰隆隆的楼上，这里显得异常地安静。她可无法再大声唱歌了。这一个称作验布间的地方其实不是房间，而是教堂的斜角建筑的基础部分留出的空间，呈倾斜的长条形。这里没有窗户，开着白森森的日光灯，照得柯依丽的脸色苍白中还有点发蓝。她的手里拿着放大镜找布匹上的毛疵。

"你总算来了。我怎么觉得再也看不到你了似的。"柯依丽说。

"我到处在找你，你怎么会换到了这个地方了呢？"莫丘说。

"我也不知道，前几天厂长告诉我不要再到楼上去，让我到这里来。我就来了。"

"为什么会这样？是不是我到楼上去的事他们知道了。"

"不知道。可能吧！我到这里之后，厂长告诉我平时把门锁起来，不要让别人随便进来。"

"可是我刚才推门的时候门并没有锁啊！"莫丘说。

"是啊，我是在等你来啊，你总算来了。现在，我要把门关了。"柯依丽说，随手把门倒锁了，转身看着莫丘。

"我不喜欢这个地方。不知怎么的，虽然我把门关起来了，可还是觉得有什么眼睛在注视着我。"她说。

"不会的，你想得太多了。"莫丘安慰她，可是他自己也感觉到一种异常。这个屋子是长形的，尽头处变成了三角形，由三面石灰墙拼接而成。没有天花板，三角的腰部开着一些小玻璃窗，没有光线透进来，外面可能是另一个封闭的房间或者是一间储藏室或者是地窖什么的。

"哎，你有没有听说过，这个房间里以前住过一个老修女。"

"是听说过，还听说是个西班牙人。"

"你相不相信，她可能还藏在这里。"柯依丽神经兮兮地凑近了莫丘，睁得大大的眼睛里有一个小小的人影。"真的，我经常听到房间里有一些奇怪的声响。有时，我还感觉到那修女盯着我的后背身看，我猛一转身，又什么也没有。"

莫丘的眼睛搜索着房间尽头的三角锥体处，要是房间里真的有什么东西的，这个地方倒是很适宜它们藏身的。他安慰着她：

"你想得太多了，哪里有什么修女啊。不会有什么事的。你不是爱唱歌吗？害怕时就放声唱一个。实在不行，就说日光灯坏了，我就会来的。"

她点了点头。脸上有了一点笑意，还有了一些红晕。

"有一件事我总觉得不对劲。也许没什么，可我总是害怕。我的大事情到现在还没来。好像有点不对劲。"

"不会吧？"莫丘说，心里咯噔一下。这事真要发生了吗？

"谁教你的什么前三后四的方法？"她问。

"学校里的男生都这么说。"莫丘说。该死的前三后四！

"有谁试过吗？"她问。

"不知道。哪里有机会试啊！"

"你知道吗？我近来睡觉都梦到自己怀孕了。"

"你是不是很害怕？"莫丘问。

"我说不清楚。我只是知道我做梦的时候一点不害怕，还很高兴的。我的肚子大了，圆圆的，像一只气球一样在天上飞。我看到我的母亲在地上拼命地追着我，着急地喊我。我却是感到快乐，在哈哈地笑着，在天上飘浮着。"

# 布　偶

"你可不要乱说，这可不是闹着玩的。"

"瞧你，喂！你看起来怎么这么恐惧的样子？我亲爱的前三后四先生？"

"你说这事真会发生吗？我的脑子都乱了。"莫丘说。

"算了，不想它了。真的要是这样也没办法了，你说是不是？"

"要是真的是这样，你说该怎么办？"

"我说你不要再说这件事了。要是真的是这样，我就生下孩子好了。"

"可是你母亲是要你嫁给葡萄牙的那个文成人呢！"

"不嫁了，就嫁给你好了。真没劲，你怎么比那个文成人还没劲？我们不说这事，说点别的好了。"

接下来的时间，他们暂时忘掉了这件事，像上次在塔楼顶上一样说起了过去的事情。他坐在她的工作台旁边，听她讲述六岁的时候骑上一头猪最后被掀翻在水洼里的故事。这头猪对她的童年的记忆有重大的影响，每个清晨和黄昏，她都看见它悠然自得在深巷里徜徉而过，这还使她想起了深夜里听到的打更的梆声，还有那些敲着竹梆一头带着炭火炉的馄饨担……她说的那些事情的意象是那样离奇，把莫丘都迷住了，恳求她再讲下去。她站了起来，将一匹检验过的白坯布搬开。在她转过身的时候，莫丘突然看见了她的后肩上有一只雪白的手印，是一只大手沾了石灰后按上去的。莫丘吃惊地问：

"是谁用肮脏的手拍了你的肩膀？"

"我的肩怎么啦？"她显得疑惑不解。

"有一只白色的大手印。"

她的眼睛顿时睁得出奇地大。

"想一下，谁拍过你的肩膀？"

41

"没有，真的没有。"她竭力分辩，差点要哭出来。

"那么，你站住别动。"莫丘说着。他的身上起了一种异常的冲动，想把她抱在怀里。柯依丽僵硬着身体不动，听他的吩咐。莫丘在她的后肩轻轻拍了一下，呛人的石灰粉弥漫开来，白手印却愈加明显。他拍了三下，在拍第四下的时候，手掌在空中停住了。因为他看见了在房间尽头三角墙腰部的黑玻璃窗洞内，掩藏着一对黑色钻石一样的眼睛，正在观察着房间里的他们。那可不是一个老修女昏花的眼睛，而是一对鹰隼般的利眼。

"你怎么啦？"柯依丽回过头来，她顿时表现出来的表情可反映出莫丘脸上的恐怖有多深。

"没有……真的没有什么。"他说，竭力抑制住情绪，为了不使柯依丽太受惊。

"你一定是看到什么了？是不是那个西班牙修女？"她靠着莫丘的肩膀，四处打量。这时那双眼睛在黑暗玻璃窗外边消失了，像一条鱼慢慢沉入了深水。

"那个修女倒是根本不会存在的。"莫丘说，"可这个地方的确不是一个适合你的地方。得想办法离开这里。赶快去和厂长说吧，就说这里太寂寞，你需要到人多的地方去。不过不要害怕，你在这里的时候我会尽量来陪你的。"莫丘安慰着柯依丽，让她慢慢安静下来。为了不再看见那墙角的黑窗子，他搬来了好多坏布堆在那里，把那窗挡住了。他在离开之前，一再告诉柯依丽早点向厂长要求离开这里，她应该在人多热闹的地方才行。

也就是在这一天的下午稍晚些时间，从传达室的小木门里走进一个戴着纺织女工帽和大口罩的女人，胸前还系着白围裙。传达室看门的魏碎花眼睛高度近视,觉得这人不大熟悉,可看打扮是厂里的挡车女工,也没注意她了。只是在她离开传达室之后,空气里还保留着一种特别的香水气味,让魏碎花抽了好几下鼻孔。这个女人进入了大门,在教堂前的空地上犹豫观望片刻,然后看准了入口,一头走进了机声隆隆的教堂里面。没有人对这个衣着像个纺织女工的人加以注意,唯有董和梅觉得有点奇怪,目光一直在追随着她,看她顺着靠边的回廊走进了教堂后部的深处。这个女人的眼睛看着墙壁,那从彩绘玻璃窗户透进来的光线也在她的身上涂了一层色彩。她注意到了那个停摆了的英国大木钟,知道了自己正走在莫丘描述过的正确路径上。然后,她就看到了那块小小的牌子:医务室。牌子下方一张桌子的后面坐着一个中年的男人。他的样子坐得端正笔挺,头发卷曲,神情庄严,很像欧洲城市街头的那些雕塑。这么多年没有看见过他,样子变化得可真是不小。那时他是一个刚长出胡子的青年,周末在那条瓯江水边的青田县城里瞎混着。现在,他也有点老了,看吧,他身上番人的特征越来越明显了,他的眼睛和那张照片里他母亲的眼睛一样,典型德国人的刀鹰眼睛。

  阿芸对着他走去。令她稍感意外的是,他在她走近之前抬起头来,在她摘下口罩、白帽子之前已认出了她是什么人。他示意她跟他进入医务室里面。他们进去之后,他把一道紫红色的丝绒帐幔拉上了。他们都坐下来了。隔着一张桌子,就像医生和病人一样,相互对视了一会儿。

  "为什么你要化装成一个纺织女工来这里呢?"裴达峰说。

  "为了纪念那次我们见不得人的离别。你不会忘记吧?那次你也是化装成了一个妇科医生的。"阿芸说。

  裴医生的脸色变得很难看,阴沉了下来。一刹那,他感到脸部皮肤像是要裂开了，另外一个人会从里面钻出来。

"你变得老了，样子和你的父亲有点像了，可是你还是和你母亲更像。"阿芸说。

"你给我的信已经收到了。"裴医生说。他没有回答阿芸说的事，而是按自己思路说话。

"那你为什么不回信？又不来见我？"阿芸说。

"我不知道怎么去见你。你是我过去的女人呢还是我现在的后母。"裴医生说。

"两样都是。想不到你在这么样一个地方工作。连个电话都没有。"阿芸说。

"这正是我需要的地方，你知道，天堂上也是没有电话的。"裴医生说。

"你就不想回到欧洲去吗？回到你出生的德国去？"阿芸说。

"我在等待。"裴医生说。

"你在等待着什么呢？也许什么也不会发生了。你的父亲已经死了，你已经没有海外的关系能够担保你出国了。"

"我还是在等待。"裴医生面无表情地说。

"现在能够担保你出国的只有我一个人了。准确地说，是你的母亲留下的你的出生证明文件。你父亲死的时候，把一批文件交给了我。里面有你母亲的照片和你出生的证明文件。你来华侨饭店见我吧，你会看到生下你的那个德国姑娘长得是什么样子的。"阿芸说。她不想在这个教堂内的医务室里久留，说完了话，起身就走了。

阿芸走了之后，裴医生还在桌子前面坐了好长时间。他沉浸在一种全新的震动中，脑子有一只玻璃瓶一样的东西被阿芸打破了，海浪一样铺散开来。他的脑子里出现了一片乡村的孤儿院的房屋、一个灰色的城市，还有一个白种女人的脸庞带着战栗的微笑。那是什么人？是他的一直被深埋在意识深处的母亲形象吗？不，这是不可能的。裴医生打开一个药瓶，往自己嘴里倒了两片阿司匹林。他得让自己镇定一点，不要失去常态。

"这个时间快要来了！"裴医生自言自语着。这句话他经常会从心底冲出来。他不明白这句话的意思，也不知它是从哪里来的。但是今天，他似乎明白了这句伴随了他很久的话的意思。他掀开了一道布幔，里面是一面落地的镜子。他在镜子前，似乎看到了自己长出吸血鬼的牙，而且他再次感到身体裂开来了，从里面钻出一条恶龙。是的，他就是一条隐藏着的恶龙，不是东方那种带着鳞甲的四爪龙，而是一头尼伯龙根之歌里面的莱茵河巨龙。

## 四

记忆像是一条隧道，似乎能通到最初的源头。在这个源头之上，还有一些杂乱堆积的东西，那是一个儿童记忆之前的东西，你已经无法把它重现出来，但是它们依然存在，影响着你的记忆。多少年来，裴医生一次次地追寻着这个源头，那是一个个奇怪的经历。他有时会让自己进入休眠状态，同时心里会有一只眼睛一样的东西醒着，捕捉着那深不见底的记忆深潭里的光影。在那个源头的世界，他会感觉到那里有一种和现在完全不同的语言，大部分是一些儿童的模糊不清的声音，还有一些女人的影子。有的时候，他的意识里会出现一只飞来飞去的蜜蜂，还有一个女童的脸。她的脸是和那些儿童一样的，蓝眼睛，黄头发，和现实里的孩子完全不一样。这个记忆是真实的，即使现在见到这个女孩子他也能认出她来。这个女孩子的小床铺挨着他，所以他们两个是同时盯着这只蜜蜂的。那只蜜蜂飞进屋子又飞出屋子来来回回很多次。在整个午休的时间，孩子们必须睡在床上。对于他来说，这似乎是漫长得没有尽头的时间。那只蜜蜂飞到屋外，那里有一个荒芜的园子，面积很大，长着一些树和灌木，还有一些向日葵，不过向日葵还没开花，不足以吸引那些蜜蜂。蜜蜂在阳光下的园子里飞了一圈，又绕着这青灰色的屋子飞，从另一个窗口飞进来。这个房子有一条走廊，屋外墙壁的粉刷已经斑斑驳驳，窗门的油漆也已经褪色剥落。然后光线在慢慢暗淡，灯火都熄灭，月亮落下去了，一阵细雨沙沙地打在屋顶上，黑暗无边的夜幕开始降临，似乎没有任何东西能在这黑暗的洪流中幸存；无穷的黑暗从钥匙的孔和缝隙中溜进来，吞没了水壶和脸盆，吞没了红色和黄色的墙壁的轮廓和形体。在一个深夜里，他肚子痛去了厕所，那一排的小木桶里面全是蠕动着的白色虫子。还有那间充满了蒸汽的浴室时常会在记忆里浮现出来，他能想起一些穿着短衣服的女护理员给他身上打肥皂，在热水龙头下冲洗他的头发。这是安息日的下午，那天晚餐会供应一些饼干。

  在那个记忆的尽头，在无法追忆的地方，他能感到还有一个女人存在，那像是一团光芒，他就是从那里来的。那一次的出逃可能就是和他心底那团光芒有关系的。那个时候他应该是五岁吧，个子长得比其他孩子要瘦小得多。他一直在想着逃出这里，在午休的时刻是他进行计划的时刻。那个时候保育员会给他们讲故事，讲骑士和魔怪的故事，骑士怎样逃出了古堡，他印象最深的是骑士最后总是用火来制伏魔怪。因此，在他的出逃的计划里，拥有一盒火柴是很重要的一步。他知道在哪里可以搞到火柴。有一次，他去伙房帮助保育员拿面包的时候，看见了那个地方有一盒火柴。火柴的封盒上有一张老鹰的图画。他记住了这盒火柴，并且用了两个礼拜的时间去考虑这件事。对于一个五岁的孩子这是一件不寻常的事。他甚至把万一被保育员抓到了要说的谎话都想好了，就说自己是想要那张老鹰的画片。在一个午休的时刻，他看到了旁边小床上的女孩娜莎闭上了眼睛，好像是睡着了。

那只蜜蜂又来了，在屋子里嗡嗡响着。保育员这个时候回自己的房间去了，孩子们都午睡着了。他从窗门里爬了出来。外边的园子里阳光刺眼，有昆虫在大声叫着。他在园子里贴着围墙走着，像影子一样闪入了餐室后的伙房，在炉台上找到了火柴，但是这盒火柴的盒子上的贴画不是一只老鹰，而是一头狮子。他把火柴放进了口袋。但是不放心，觉得贴着狮子画的火柴也许是点不着火的。所以他就进入了里面那间储藏室，想去找那盒贴老鹰图片的火柴。储藏室里有浓烈的食物香气，有香肠、饼干、蓝莓。这个时候是战争时期，食品非常短缺，孤儿院的伙食都是配给的，储藏室里那些食物孩子们都是吃不到的。但是他决定不去碰那些美味食物。他对自己说：我不是来找东西吃的，我是来找老鹰火柴的。可是这个时候有人走进了餐室，他听声音知道是面包师和保育员尼科拉。他们低声地说话，嗤嗤地笑着走过来。他感觉到他们正走近储藏室，于是就躲到了一条不知什么用的布幔后面。

起初，他以为他们一定是来餐室拿食物的。他知道大人们对食物有着支配权。每次当他吃完了东西面对着空盘子时，就会觉得大人们一定可以吃得很多，他们随时可以到储藏室里拿东西吃的。可是，事情好像有点不一样。他们走进餐室后，没有说话，只有窸窸窣窣的衣服摩擦声音。然后听到了保育员尼科拉的声音：

"不要这样，这里不行，会被人发现的。我会被院长开除的。"她的声音很急促。

"就一会儿,就一会儿,我实在受不了了。"那新来的面包师这样说。

"我的天,你真的这样做了!快点快点,亲爱的,我要昏过去了。"

他不知道这些大人在做什么,也看不见他们,只是感觉到他们的身体一定串联在一起。像园子里一种虫子一样。那个新来的面包师是个个子高高的年轻人,只是在吃饭的时候偶尔出现。保育员尼科拉是个成熟过头的姑娘,身材丰满,皮肤上有雀斑,喜欢把头发高高绾起。在所有的保育员里面她是最年轻的一个。他在洗澡的时候如果轮到了她给他洗时,她在水龙头下的热水汽雾中给他打肥皂擦洗身体时,湿漉漉的胸脯常常会抵着他的脸蛋,这会触发他心里出现那团黄色的光芒。他感觉到了帘子外边的面包师和保育员像是在洗浴房的蒸汽里一样。她用压低的声音在呻吟着。这让他无故地产生要小便的感觉。他忍了好几分钟,那种呻吟还在继续,这样,他觉得无法控制自己了,只能任着自己把一泡小便撒出去,顺着裤脚管流到了水泥地上。接着,他听到了帘子外响起保育员的惊慌的声音:水,哪来的水流出来了?

布帘被突然掀开来,面包师一把将他拉了出来。他看到了衣衫不整的保育员尼科拉还坐在一堆面粉袋子上,头发零乱。她怒气冲冲对着他说:

"原来是你这个黄猴子。你躲在这里干什么?"

他一声不响地站着,知道自己会受到很大的惩罚了。

"你来这里是拿东西吃吗?"保育员说,口气松了一点。

他摇摇头。

"那你刚才看到什么了?你一定在偷看。"

他还是摇摇头。

"那你会对人家说这个事吗？你不要对任何人说今天的事好不好？"他点了点头。他觉得抓住他的手放开了，于是就飞快地跑了出来。

保育员尼科拉已经28岁了，像是一只熟透的甜瓜。本来这样年纪的姑娘早该结婚生孩子了。可是她的父亲在兵工厂里被一块造坦克的铁板砸死了，一个哥哥在苏联前线打仗，家里有母亲和三个弟妹，靠她的收入来养活家庭。现在，她和面包师的行为被一个孩子看到了。作为一个教会的孤儿院，她的这种行为是不可以被接受的，院长知道了这事一定会把她辞退。如果是被其他的孩子看到了，她还不至于这样惊慌，因为她有办法让他们闭上嘴巴不说出来。但是她的运气就是这样差，让这个奇特的孩子看到了。她相信这个孩子是个东方国家的人，或者至少有一半血统是这样。可是无法知道他的东方血统是哪个国家，是日本、中国，还是朝鲜？保育员尼科拉在这个孤儿院有年头了。五年前那个早晨，是她和院长一起发现这个被放置在门口包在布包里的婴儿的。这个婴儿不是刚刚生下的，而是有了七八个月的年龄了，营养情况还不错。在这个布包里面，还有一个布偶，是用乡村亚麻布做身体，以纽扣做眼睛的那种，非常简单，背后有一组不大的字母：特克。后来孤儿院就以特克做他的名字了。当她们抱进这个孩子时，就觉得他的与众不同。他的皮肤不是白色的，眼睛也不一样。随着他慢慢长大，他的黄种人的特征越来越明显了，以致孤儿院里的孩子也会用一种大人的话来骂他是"黄猴"。在以前，除了洗澡或者剪指甲之外，尼科拉作为保育员和他没有什么接触。她总是觉得这个孩子的眼睛里有一种魔鬼一样的东西深藏在里面。现在，她和面包师的行为被他看到了，这让她十分不安。那次事情之后，她发现这孩子见到她时都远远避开，她总觉得这个孩子心怀鬼胎，在策划着什么重大的阴谋。恐惧使她明显把一个孩子的精神世界夸大了。于是在一个上午,她带着他穿过一条无人的走廊,进入了长满向日葵的地里。当时他非常相信他会被她狠揍一顿。以前违反保育员意志时他也挨过揍。他知道她的意志是不可以违反的,所以一声不响跟着她走进了向日葵的地里。

"告诉我,你那天去储藏室是为了什么?是为了去拿东西吃是吗?"

他一声不响地看着保育员。他想说不是这样。但他不想说。他身边的向日葵很高,头上能看见蓝天。有很多蜜蜂飞来飞去。

"你没有看见什么是不是?你不会对别人说这件事对不对?"

他还是不吭声。但是他很害怕,他怕她会打死他,然后把他埋在这个向日葵的地里面。故事里坏人都是这样的。可他看到她的手里拿着一块彩色印花纸包装的糖果,准确说是一块巧克力。包装纸上印着一只棕色的熊。"瞧,这是给你的。这是最好的巧克力,里面还有果仁,你不是要到储藏室拿吃的吗?你拿去,以后我还会给你的。"

在她拿出巧克力的一瞬间他就看到了。这样一包巧克力是他做梦都想得到的,比那盒贴着老鹰图片的火柴还有吸引力。可是他觉得害怕,这巧克力是和食品储藏室的事情连在一起的。他想起了当时他在布帘子里面撒出小便时的难受劲儿,只想让事情早点过去。他甚至想让她狠揍一顿,然后她不再来缠住他。要是他拿了巧克力,他觉得这件事会一直下去。他把手藏到了背后,没有接受她的东西。保育员面对着这个脾气古怪的黄种孩子,觉得他简直就是邪恶的化身。她气急败坏地摇晃着他的肩膀,冲着他说:好吧!你不接受我的条件。你等着,我会把你送到吃人的魔鬼那里去!

在接下来的日子里,他一直在回避见到保育员。但是他能知道这件事还没完。她说的那句话"我会把你送到吃人的魔鬼那里去"一直在他心里起作用。而且,他听到了孤儿院里的孩子都在传言着他要被送走了。他完全不知道自己的身世和来历，他相信自己就像是故事里面所说的，是被一只鹳鸟叼过来的。但是，他还知道一个现象，这里的孩子经常会突然就消失了，不知道他们去了哪里，他们中间有女孩子也有男孩子，有的年龄十几岁，也有比他还小的。就像是鹳鸟把他们叼来了，现在又叼回去了。他知道大人们一定知道他们是怎么来的，现在又去了哪里。他知道也许该轮到他了，那只鹳鸟是什么样子的？一定会是很巨大很可怕，会把他叼起来飞在空中。可是万一它不小心把他吞下肚子去怎么办呢？或者一松口让他从空中掉下来？但是最可怕的还是把他送给了魔鬼，魔鬼会怎样去吃了他呢？他整天想着这件事，然后在夜里的时候会做着噩梦。不久后的一天深夜，也许已不是深夜，是黎明前的黑暗这段时间，他在经过一连串的噩梦之后，正沉入了深深的睡眠中。他被对面床位的女孩娜莎弄醒了。娜莎在哭泣，对他说再见。他这个时候困极了，不知她为什么会这样说，然后马上又睡着了。第二天早上醒来想起了夜里的事，发现女孩的床铺现在换了床单，平平整整的。女孩已没有留下一点痕迹。然后在一些大一点的女孩的中间，传说着在天还没亮的时候，有一辆马车来把她接走了，因为要赶很多的路，所以起得特别早。

　　这个叫娜莎的女孩子比他要大，对他很好。虽然大不了几岁，可有的时候会表现出母亲一样的温柔来保护他。现在，她的被送走让他很难受。而且，对于自己无法预知的未来感到极其恐惧。他相信，保育员接下去一定会送他走了。现在，他决定要逃跑了。

　　头一天，他在午休时爬出窗外，口袋里放着那盒火柴。他在孤儿院里贴着围墙走着，看到围墙原来是很高的，墙头还有玻璃碎片。那个大门是紧闭的，上面有尖利的铁叉。门边有个小房子，守门人就在里面。他非常失望，又很害怕，知道这样是跑不了的，于是从窗口爬回了房间，重新躺到铺上装作睡着了。

第二天的上午，他看见了一辆运送杂物的马车来了。马车在卸下东西之后，一直就停在向日葵地旁边。他看看周围没人，就一头钻进了向日葵地里，躲在了里面。中午的时候，院子里变得很冷清了。他从向日葵地里钻出来，爬到了马车篷里面的一个空桶里。没有人发现他，只有那匹马瞥了他一眼。他知道马不会说话的，所以不觉得害怕。不久之后，赶马人上来了，马车出了孤儿院，快步跑起来。他在装满空桶的车篷里，摇摇晃晃地离开了孤儿院，走向了一片原野。

马车不紧不慢向前跑着。他在里面什么也看不见，偶尔会听到马车篷外边有其他车子和人的声音。过了很久之后，马车旁边的声音多了起来，好像进入了一个人比较多的地方。后来马车停下了。他从木桶里钻出了头，在货物空隙间看到赶马车人的脑袋不见了。于是他赶紧从马车里爬出来，跑开了。他沿着街道走去，这是一个小城市，人口不多，街上贴着很多打仗的画，还有一些小小的商店。天很快就黑了。从那些灰色的木板房里面传出了面包的香味，这让他觉得肚子已经很饿了。虽然还是秋天，从北方森林里来的大风已经带着寒气。他沿着街路的边角没有目的地走着，心里发慌，原来逃到了外边是没有面包吃的，而且还没有地方睡觉的。他口袋里没有一点钱。他对钱的概念一点也没有，孤儿院的孩子从来没有过钱的，他口袋里唯一只有一盒贴着狮子图画的火柴。他这个时候就像一只会飞的昆虫一样，漫无目的地被灯光吸引着，走向人多的闹市。这个时候已是德国战败的前夕，这座小城幸运地没有遭受战火，但也是非常地萧条不安，没有几个商店在开门营业。他看到了有一个店铺外边有人在排着队买面包，他实在是很饿了，像被磁石吸住铁钉似的站在柜台下面，盯着那些玻璃柜里的面包。排队的人一个个买了面包后走了，那个玻璃柜里的面包越来越少。最后,排队的人一个也没有了,玻璃柜里的面包也没有了。他忍不住伤心哭了起来。柜台里面的一个老人听到哭声探出头来,问他为什么要哭,他说自己肚子饿了,没东西吃。老人从里面拿了一个面包还有一小块奶酪给他,还叮嘱他快点回家,不要在外面跑。他拿到了面包之后,赶紧跑了。小动物在得到食物之后,都是这样躲起来的。

这个晚上他在小城公园里一段废弃墙角里栖身。由于那块面包,他没有挨到饿,所以也没觉得特别害怕。他甚至还抬头看了好一阵子的星星,平常这个时候,他早就得睡觉了。他看着天上那些钻石一样的星星,眼睛慢慢模糊了,进入了睡乡。不知什么时候,他被一种奇怪的感觉弄醒,那是一条腥臭的长舌头在舔着他的脸。他看到一双野狗发绿的眼睛正对着他。他惊叫着跳起来,那野狗往后退了几步,但是并没有走开。在几步开外,还有几条野狗直着头颈观望着。这当儿他觉得那些狗一定会再次扑来了,把他撕成碎块吃掉。他突然想起了口袋里的火柴,那可是故事里的英雄骑士制伏恶魔的武器。他拿出来划了一根,看见那些野狗惊得往后退。但是野狗没有跑掉,还在一边转着。他又划了一根火柴。这一回,他用火柴点燃了一束树枝,火光变得又大又亮。他看到那些野狗害怕了,远远地跑了开来。在这束树枝快要燃尽的时候,他又捡来了一些树枝,让火光延续下去。实际上,他已经点起了一堆篝火。这个时候,他觉得非常温暖,也不再怕那些野狗了。他又迷迷糊糊地睡去了。

到他再次醒来时,看到了公园那边的树林已经成为火海。在他睡着的时候,风把篝火吹散了,点燃了附近草地上的树枝,点燃了秋天干燥的树林,火势迅速蔓延开来。好在他睡觉的地方是上风处,才没烧到他身上。小城里的市民被惊醒了。很快有救火队的救火车子开来了，由于火势很大，有向居民的木屋子蔓延的危险。这个小城基本都是木头的房子，要是火势控制不住，整个城市都会烧成灰烬。这里的居民特别怕火，很多人也参加了扑火。最后，火势被扑灭了。他被救火队和警察抓到了。警察经过盘查，搞清了他就是乡村孤儿院正在到处寻找的失踪的小家伙特克。当地的报纸记者拍了他好几张照片，登在次日的报纸上。

他又被送回了孤儿院，并没有得到什么处理。因为他差点烧了整个城市，大人们对这个长得像东方人的孩子开始怀着畏惧。保育员尼科拉看见他也远远避开来，觉得这孩子简直是邪恶的化身。

在这不久之后的一天下午，一个头戴礼帽的男人来按门铃，要见孤儿院的院长。女院长看到这是个东方人，黄皮肤的，年纪也不大，不到四十岁的样子，脸上没有胡须，却有了皱纹。他的牙齿被烟草熏得焦黄。身上穿的衣服质地还不错，是哔叽呢的，可是没有烫洗过，有着油污，看得出这个人是到处游荡的。他的手指指节粗大有力，有两个手指上套着巨大的金戒指。

"先生，你找我有什么事？"院长问道。

"我要找一个孩子。我在五年前放在这个孤儿院的门口。"这个人用东方口音的德语说。他这么一说，女院长马上明白了这个人一定就是特克的生父。他的脸型和嘴巴和那个孩子一模一样。

"我们这里没有你要找的孩子。"院长虽然知道了他的话是真实的，但是有一种本能阻止她把她养了好几年的孩子交还给这么一个模样古怪缺乏责任心的人。

"不，他就在这里。报纸上都说了。"他把一张本地的报纸摊开来，上面有一张特克的照片。那是在警察找到他放火之后记者的报道。

"可是这个不能证明他就是你要找的孩子。"

"我还有更多的文件证明。"这个人不慌不忙地说着。从怀里掏出一个纸包。里面有一张一个年轻的德国女人抱着刚出生的特克的照片,还有一张盖着医院印章的打字机打出的特克出生证明。

院长鄙夷地用眼角看着桌上的文件和照片,毋庸置疑,这些都是真的。但是她恨这个样子猥琐的东方男人。她说:

"你知道,我们这里是孤儿院,只收养没有父母的孤儿。你作为一个父亲把孩子遗弃在路上是犯罪的。"

"这不是我的错。生下孩子的母亲把孩子抛弃了,跟着别人走了。那么这个孩子要是跟着我,也许会活不了。"

"那你是做什么的?这些年你在干什么?"

"我是一个雕刻者。我可以把花岗石雕成猴子,把大理石雕成美女。当然,这几年我主要是雕刻墓碑。另外,我还是一个医生,我为这里的中国人治病。"

"那你把孩子领回去了准备怎么办?"院长说。

"我要回中国了。战争打好了,我的国家打赢了战争。不像你们国家给人家打败了。我要回去见见我的中国妻子,我得把我的血脉带回去,虽然只有一半是我的。"

"因为有你这样的人在这里,我们国家才不幸战败了。"院长说。

在这个男人和院长谈话的同时,他被保育员从一群正在房间里认识字母的孩子中间叫了出来。他好像预感到了什么,一走进了院长室,他就明白了:眼前这个人一定会带他走了。

"特克,你知道这个人是谁吗?他是你的父亲。"院长说,"现在他要带你回到遥远的中国去。天哪,那是一个多么遥远的地方。"

他一声不响站着,没有理会。

"当然,在他要带走你以前,我们要听听你的意见,如果你不愿意跟他走，那么我们会让你继续留在这里。你愿意跟他走吗？"

他点了点头。

"上帝保佑你，愿你好运。"院长说，画了个十字。

从这天开始，他跟着这个石雕家和医生两位一体的男人，踏上前往中国的漫长路途。孤儿院送给他一个小书包，里面放着当年和他一起包在布包里的布偶。孤儿院很认真地保管着这件物品，因为这是以后他找到血亲的唯一凭证。那年战争刚刚结束，行路十分不便。他们先是要坐火车离开德国，经波兰进入苏联境内的乌克兰再到远东海参崴，从那里进入中国一直到哈尔滨。这路上走走停停，车窗外处处可见断壁残垣，原野上有很多被打坏了的坦克。一路上他们说的话很少，不会超过一百个单词。他们一直是吃一种用报纸包着的夹火腿的面包。他们在路上走了一个多月，还没有走到头。

五

这个叫裴启桐的人背着背包，领着五岁的混血儿子，就这样开始了回家的路程。

裴启桐离开家乡有二十一年了。二十岁那年离开青田前，他和邻乡的一个十六岁的女子拜堂完婚，几个月后还没等她怀上孩子就走了。他的父亲当年离开家乡前往欧洲时也是这样走的，不同的是父亲的种子在他母亲的肚子里面已经发芽。他在娘肚子里变成人形的时候父亲已经踏上了英国的利物浦码头。父亲是参加了那支有名的欧洲战地华人劳工服务队前往欧洲的，青田那里有几千人参加了。父亲在欧洲参加英国军队和德国军队的大战,干的是抬尸体挖战壕的苦力。大部分人都送了命,父亲命大没有死掉,后来定居在科隆,又讨了个番女做老婆,一直没有回过国。父亲虽然没有再回来,可是每隔数月总是会寄一笔银钱回家,让家里的几代人过得很是殷实。裴启桐读过私塾和公学,知道孙中山也知道龚自珍,还略通诗文。大部分青田籍年轻人的最高志向就是要出国。那时出国的准备工作不是学外国语言,而是要学会石头雕刻,这才是他们在欧洲谋生立业的根本。裴启桐学习石雕是在青田有名的石门洞。石门洞地处风景如画的瓯江上游,处处是翠绿的竹林,倒映着黛色的江水。这个石门洞早年是明朝宰相刘伯温的书院,当时败落了,成为了石雕作坊。但是这个石雕作坊还是显得与众不同,常有名士前来凭吊刘伯温,顺便雕几方鸡血石印章。裴启桐在这里待了好多年,学到了雕刻的技能,也莫名其妙地沾染到了农民式的士大夫习气。

　　裴启桐到波恩的时候父亲已经死去了。他投靠叔父。叔父留他住了几天之后,问他是否带了雕刀?他说已带了整套刀子,还有几十个石头小猴子。小石猴这东西很重,带不了很多,原来只想带些过来送人当礼物的。叔父给他租了间地下室,让他自立门户,上街头卖石头猴子去。那个时候德国处于和平繁荣时期,波恩是个艺术城市,到处有博物馆、音乐厅、画廊,有很多的游客。在一个秋天的早晨,裴启桐在博物馆的门口摆开了石头摊子,卖他的石头小猴子。附近有好几个青田人都在卖同样的猴子。好的位置轮不到他,因此他卖得很有限。但是一段时间之后,他的生意就好起来了,因为他不仅雕小猴子卖,还雕了一些马、公鸡、狼狗,洋人很喜欢。青田的石雕是用叶蜡石雕的,但是到了欧洲就得用本地的大理石来雕了。他在城市里看到很多的街头雕像。那些石雕像和青铜像遍布城市广场,大都是裸体的女人和男人。男人的雕像他觉得不好看，那些女人的人体让他心动。于是有一天，他在自己家里，把一块本来要雕猴子的石料凿成女人的模样。在他刻出了乳房的轮廓时，他把门关紧了，因为这在老家是淫秽的事。他最初刻出来的裸体女人样子都不好看。他练习了很久，后来用以前在石门洞学过的雕观音佛像的技法来雕裸女，结果雕出来的裸女非常性感。他把这些充满欲望的石雕拿出来卖，生意相当好，很多顾客来买。其他的青田人也开始仿效，雕裸体女人石像来卖。但是他们雕了几辈子的石头猴子，转不过弯来了。现在想来雕裸女，最后雕出来的维纳斯最多像是个缺胳膊的母猿。

裴启桐是熟读诗书的，到了德国之后也很快学会了德语。这在其他青田人中间是很少见的。但是他这个人古怪、狂妄，还特别喜欢用青田话骂人。在他和白人做生意的时候，白人问他价格，他对着那些白人举起五个指头，意思是五个马克。要是白人举起三个手指和他还价，他就用青田话骂他老娘。有一天他骂得正欢，冷不防给人家踹了一脚，原来那个白人是懂青田话的，他做的就是把青田人运到欧洲来的生意。

裴启桐在波恩住了十几年，除了雕石刻，还兼带着给华人开中药方子。关于号脉开药方是他在石门洞学石雕时一个老先生顺便教他的，想不到这一招后来给他挣来了很多钱。他本来计划在外国再待几年就把钱带回家过归隐的农家日子，但是这个时候第二次世界大战爆发了。战争初期德国人节节胜利，国内民众士气高昂。在差不多的时间里，中国的抗日战争开始打了。波恩的华侨经常会集会，募捐给国内抗日。在一次集会时，裴启桐在一家中餐馆遇见了一个本地的金发姑娘女招待，她紧绷的身材像他雕刻过的那些丰满的裸女。那天他喝了酒，下体一下子坚硬了。他请她喝酒，她就喝了。喝了酒之后，这个姑娘说自己的男友去苏联前线打仗,一直没有消息。现在她没有家,没有钱,说自己十分害怕。又喝了很多酒后,他带她到了自己的屋子。一碰她身体,她的衣服就掉落了下来。白种女人的衣服原来这么容易脱,难怪公园里有那么多的裸女雕像。后来,她就怀上了孩子。战争在延续,他和她生活在一起。生下孩子后,她给他做了个布偶,是用亚琛平原的乡村土布缝制的,用纽扣做眼睛。然而她在生下孩子几个月后独自出走了。她无法和他生活,要到前线去找她的前男友。裴启桐知道自己养不了这个孩子,会把他养死的。于是他把孩子和布偶包在一起,在一个清晨放到一个小城市郊外的孤儿院门口,然后远远地离开这个地方。战争越打越凶,石雕猴子和裸女都没有人买了,青田人在这里无钱可挣,纷纷转移到了北欧国家。他没有走,还留在德国,因为他觉得儿子还在孤儿院,不想离开他太远。后来他开始为人雕刻墓碑,那时死的人多,生意越来越好。他在这段时间挣了很多钱。他想:我开始挣钱了,人死得越多我挣得越多。他把钱都存到了中立国瑞士银行。接着战争结束了,德国人输了,中国却赢了战争。他发现自己在瑞士银行的钱已经不少了,可以回老家过那种古代归隐者的生活了。扶着犁耕田,在稻田里放养五彩的田鱼,在石门洞里吟诗作对,那才是他要的生活。在他回国之前,他得把孤儿院的儿子找回来。他不能把自己的精血留在这里,只是一种禁忌。要不然这遗留在外的精血会变成孽障前来报冤的。在他回到那个小城市时,碰巧看到了那份报道公园起火新闻的报纸,看到那上面登的小纵火犯的照片。他知道这个闯祸的家伙就是他儿子。

在战火刚刚熄灭的路途上走了一个多月,才回到了中国。这会儿国内正是战争的间隙,过些时候内部的战争马上要打了。他们总算到了青田。裴启桐用德语告诉他:从今天起,不能再说德语,要说中国话了。裴启桐所指的中国话，其实就是青田话——一种非常难懂的地方方言。他的名字也不再叫特克，而是叫裴达峰。然后他们在众多的迎接者簇拥下从一条篷船上迈上了江岸，走到了村庄。在一座古老的大房子门口，裴启桐的发妻朱氏在等待着，裴启桐对裴达峰用青田话说：叫阿娘！他顺从地叫了一声。他一路上看到了很多中国女人，觉得她们的脸都是一样的，没有办法区分。朱氏听到这个番人孩子一到家就当着这么多人面前叫自己阿娘，心里高兴，赶紧抓了一把方山糖炒栗子塞到他手里。

这个晚上，裴达峰就是在朱氏的床底角睡的。他在路上颠簸了一个多月，实在是很疲倦，一沾到床上就马上睡着了。可是在天亮之前，他醒了，在黑暗中睁着眼睛，他最初是想起孤儿院邻床那个女孩娜莎走的时候一定是这样早的清晨。他再也不可能和她见面，即使她回到孤儿院也见不到他了，因为他已经走了这么远的路，到了一个完全不一样的地方了。这个地方真是奇怪，借着一点不知是什么地方来的微光，他看到了这个床的盖子和四周。他想起了昨天睡下时看到床的四周是雕着花纹的木栏，图样是葡萄藤上面爬着狐狸。床的上面有盖子的，正面挂着帐幔，形成了一个全封闭的空间，气味十分恶浊。这恶臭的气味不只是不流通的空气，主要还是因为床头有一个柜子里放的是屎盆，名称就叫屎盆柜。在这个黑暗的封闭的闷热的气味恶浊的东方大床里，他吸不到足够的空气，差点要窒息过去了。他热得浑身是汗，把身上的被子推开了。可是那被子马上又盖到了他身上。黑暗中，他看到了有两点眼睛的亮光对着他。阿娘朱氏在暗中看着他，她一夜都没睡觉。

第二天开始，很多人来看他。他很快远近出名了，因为他的长相和本地人很不相同。人们知道了他是番女生的，他是一个番人，或者说是一个半番。青田人对于番人有特殊的兴趣，他们的亲人就是在外国挣番人的钱养活家里人的，而这里年轻人的最大理想也是到外国去和番人打交道。越来越多的人翻山越岭来看望他，还从山里面带来很多特产食品送给他。前几年的时候，白象村的塔倒了，之后村里一个妇人生下了个男孩子，还不到两岁就有四十几斤重，号称白象大娃娃，老人们说这事和白象塔倒了有关系，白象塔原来是压着一个巨大的鲇鱼精的。那一回远近的人们翻山越岭争先恐后去观看的白象大娃娃，现在人们用更高的热情和兴趣来看裴达峰。

就这样，这个莱茵河流域出生的孩子移居到了青田的山区生活了。父亲在到了村里后第二天就上山挖地了，又在水田里插了好几天的稻秧，然后就到县城去了，很少回到村里面。裴达峰没有人管制，他很快就和村里的孩子们混熟了，和他们一起放牛，抓鱼，掏鸟窝。村里的大人孩子都叫他"番人仔"。有很长时间他的肠胃一直适应不了这里的地瓜干和大米饭，潮热的气候和密集的蚊子也让他难以忍受。在到村里一个多月后，他生了一场大病，一直吐泻不停，还发高烧。一个白头发白胡子的老道士是这一带唯一的医师，他用几把生锈的放血刀和草药单方折腾得番人仔差点死去了。就在裴达峰奄奄一息之际，这个白胡子的老道偶然发现了小番人的布偶，赫然色变，说这个布偶被人放了蛊了。老道关起来门来作了法，在布偶的背后扎了三根针，放在了床底下。后来，不知是他的法力还是草药起了作用，裴达峰慢慢恢复过来了，适应了这一方的水土。

十年之后，裴达峰已经长大了，个头比当地孩子大好多。在村子里时已经没有人把他的德国血统当一回事，他自己也已经把德语忘得连痕迹都没有了，说的一口道地的青田话。

十六岁的时候他离开了家。寄宿在小镇上的学校，那个时候已经是初中高年级了。说起来，这个学校的校舍还是不错的，附近靠着山，还有个篮球场，一条清澈的山溪在旁边流过。去过国外的人都知道读书的重要，几个村庄的华侨出钱拆了破祠堂，在原址上修了一排木板房。这学校里大概有百来个学生，分为三个年级，男生占了大半。这些男生大部分都是侨眷。有的是父亲在外面，有的是祖父，至少也有个叔伯在外，因此他们都有一种傲慢优越感，以为自己早晚都要到国外去的。他们的头发梳得发亮，个别的还有手表的。女生比较少一点。这个时候的女生还正是发育前的枯萎期，看起来都还不怎么好看，相对来说不像男生那样的气盛。这个时候裴达峰开始发育，番人的特征越来越明显，有了浓重的狐臭，头发开始卷曲，身上长出粗黑的体毛。眼窝开始深陷，呈现出一种宝石般的蓝色。而且他还有个奇怪的特点，冬天时不怕冷，只穿薄薄的衣服。他在学校里没有朋友，那些男生在背后喊他番人峰，讥笑他大得出奇的胃口。那时学校吃的是食堂大锅饭，他吃的食量比人家两个还多。不久后，他又有了一个外号——约克猪，那只是一些男生背后叫他的。他们可不敢在他面前这样叫，因为他的个头已经长得比他们高出一个头了。

学校里的老师都是县里来的。总共三个，都是男老师。最近的时间新来了一个姓赖的青年教师，看样子是个很自负的人，脖子上总是围着一条围巾。他是外县的人，家庭成分很好，根本没有海外关系。他其实对有海外关系的人内心里羡慕不已，表面上却显示出自己是贫农后代的优越感。不知为何，当他第一次见到裴达峰时，本能上就产生了一种反感。那个时候中国大陆已经解放多年，抗美援朝战争刚刚结束。赖老师这些年所受的教育都是强烈反外国列强的。鸦片战争、火烧圆明园、战火烧到鸭绿江，全是外国人干的坏事。因此上课时他看到教室里坐着裴达峰这样一个有西方列强脸孔的人,他就会感到说不出的不舒服,压制不住想要促狭一下他的欲望。赖老师一人要教很多门课,语文、音乐、科学常识都是他教。还有一部风琴多年没人会弹,他却让风琴发出了奇妙的声音。他边弹边唱,让女学生都走神了。他有一节课讲畜牧业,讲猪的品种。他讲到猪的良种有嘉兴黑猪,有金华两头乌、长白山猪、陆川猪,这些猪是本国土长的。外国来的品种有一种叫约克猪,身体很大,颜色是白色的,生长很快。说到这里的时候,赖老师停了下来,意味深长地看了裴达峰一眼。班里的人随着赖老师的眼光都把眼睛转到了裴达峰身上,沉默了一阵,突然爆出了笑声。裴达峰没有做出反应。他的眼睛看着黑板上挂着的猪的图画,脑子里出现一阵沙状的风暴,想:你们才是一群猪呢。

　　山边的溪流是洗衣服的地方。通常裴达峰在傍晚时分带着一些脏衣服到上游的溪谷里。这里离开校舍有点远,学生一般不会到这里来。他洗衣服的办法很简单,就是把衣服放在水里,用石头压住,让溪流冲洗,然后自己像一条蜥蜴一样趴在大石头上晒太阳。衣服被水冲洗一下就拿回去晾了,其实根本没有洗干净的。不过自从一个叫柳阿芸的女学生和他认识之后,这种情况有了改变。当他把衣服泡到水里之后不久,他会看见柳阿芸从另一条小路上走过来,把衣服从水里捞出来,打上肥皂,在石头上搓洗。

　　柳阿芸是比裴达峰晚一年来学校的。她的家在方山区大山里面的杨梅岙,那是一座很高的山,不通车路的,走路要一整天。她虽然来得比较晚,可是比起其他的女学生个子要大得多,而且已经发育了,胸脯鼓胀开来。和其他女孩不一样,她喜欢和他在一起。她一边为他洗着衣服。一边问他:

　　"你真的是从外国回来的吗?"

"是。"

"你妈妈是外国人吗?你会想她吗?"

"听说是的。我从来没见过她,所以也从来没有想过她。"

"外国好吗?外国人吃什么东西的?都是牛奶和面包吗?"

"不知道,我已经不记得外国的事情了。"他心不在焉地说。这些问题让他心烦。

她从口袋里掏出一块糯米做的糖糕,掰成两半,一半给裴达峰。糖糕是从家里带来的,算是好吃的东西。山里人吃好的东西和性交一样地会选择秘密的地方。

阿芸的父亲在意大利,出国已经十几年。阿芸一直在等待父亲回国带她出国去,因为那个山里面实在太苦太闷了。对于阿芸来说,她最大的愿望就是离开那个山村,离得越远越好。即使不能马上到国外,先到外地去也是好的。她是那种天生喜欢新奇喜欢刺激的人,一看到外国人模样的裴达峰,马上会主动和他接近。一切和外国有关的事物她都会喜欢,何况他是个外国女人生的混血人。

"真有意思,你爸爸是中国人,你妈妈是外国人,这样也可以生孩子啊?"阿芸说。

"这样为什么不可以生孩子?"裴达峰说。

"我是说,比方说吧,鸭子和鸡是不一样的,它们从来不会生出东西的。中国人和外国人是不是就像鸭子和鸡一样?怎么可以生孩子呢?"阿芸说。

这什么问题啊!裴达峰翻着白眼,答不出来。他朝溪坑里打了个石漂,石片在水面滑出很远。

"你的外国妈妈会不会来找你回去呢?"阿芸说。她忍不住寂寞,又开口了。

"不可能的。她根本不知道我在这么远的一个地方。"

"我们山里有个人前些日子在深山里抓了一只小猴子回来。好几个月后,那个深山里的猴子妈妈带着很多猴子找上门来,把小猴子抢回去了。"阿芸说。

"我妈要是会来找我,当初也就不会让我到孤儿院了。"裴达峰说。

"那你应该去找生你的妈妈啊。你不想回到外国去吗?"

"我不知道。是啊,也许有一天我会的。"

那一个夏天裴达峰过得蛮舒服,有阿芸一直给他洗衣服。然而在那个赖老师来了之后,他泡在溪水里的衣服没有人来洗了。阿芸似乎给赖老师的风琴声和脖子上的围巾迷住了,没有再到溪水上游来了。裴达峰不再像以前那样舒适地躺在大石头上晒太阳,而是有点心神不宁地站到了石头上,这样可以看到溪流下方的学校通出来的路。有一天,他终于看到阿芸走出来了。他以为阿芸是来溪流上游找他的,可是他看到了阿芸转进了一片树林里面。不久后,他看到赖老师戴着红围巾也出来了。他左顾右盼之后,也一头钻进了树林。裴达峰的血冲上脑门,生殖器也跟着膨胀起来。虽然,他在和阿芸的交往中到现在为止还没有一点身体的接触,可是当他看到阿芸和赖老师钻进树林之后,才感觉到了自己对阿芸的占有欲。他在当时几乎马上想冲进树林找阿芸,可是他忍住了,内心有个声音告诉他不要这样做。阿芸并不是他的女人。阿芸是个贱货,他以后不要再理会她了。

然而到了晚上,难受的感觉再次向他袭来。他半睡半醒,深夜的时候突然被一种说不出的苦闷弄醒了过来。他起身,从屋里走出来。外面的山风很大,林子里像是有无数妖魔在舞动。他想去撒泡尿,可是他却不由自主地朝着赖老师住的屋子走去,因为有一种感觉在引导着他。他踩着那摇摇欲坠的楼梯走上去,看到了赖老师的屋子里还有蜡烛灯光。他贴着板壁缝往里看,这些杉树原木板做的板壁被干燥的风吹得都收缩了很多,他可以从一条条板缝里看到屋内部分的空间。他先是看到了地上的一双胶底布鞋,那是阿芸的。但是再看过去,已经没有板缝了。那张床是位于一个视角死角,他是看不见的。他最后还是看见了一只赤裸的脚。从看不见的床上横着伸过来,不断地抽搐。那是一只女孩子的脚,是阿芸的脚。就像多年前在孤儿院的储藏室看到了保育员和面包师偷欢一样,他控制不住自己,裤裆里的尿液跑了出来,全顺着裤脚管流到了鞋子里面去。

第二天上午是语文课。还是赖老师教课。他现在已经越来越受到学生喜欢了。他围着长围巾,梳着分头,在课堂里踱着步子,抑扬顿挫地念着课文。那一篇课文叫《橡树下的猪》,选自克雷诺夫寓言。他念道:

猪整天在老橡树下狼吞虎咽地吃着橡实,吃饱了,就躺在树荫里呼呼大睡,终于睁开沉重的眼睛醒来时,又站起身来,用猪鼻子挖掘起橡树根来了。

"喂,你不明白吗?这样要损伤橡树的,"躲在树枝上的一只老鸦责备地叫唤道,"如果你把树根都暴露出来了,树就要枯死的。"

猪答道:"得了,让它枯死好了。说到我呢,对我可没有什么影响。我就看不出它能有多大用处,如果它永远没有了,我也决不会惋惜。我要的是橡实,养得我肥肥胖胖的是橡实呀。"

"忘恩负义的东西!"橡树用严肃的口吻答道,"如果你抬起你的丑脸往上瞧瞧,朋友,你就会明白,这些橡实都是从我身上长出来的呀。"

赖老师虽然模样像五四青年，可从来没出过远门，不会说官话，只会说青田话。他是用青田话念课文的，在念书的过程中，还不时地插入一些猪的摇头晃脑动作。

赖老师提醒同学们，上一次农业知识课上的约克猪，最爱吃的就是这种橡实。同学都发出了会意的笑声。还有的人偷偷瞟了一下裴达峰。

"裴达峰同学，站起来。请你现在来念这段课文。"老师开始向他挑战。

"我不会念。"他回答，没有站起来。

"为什么不会念？"

"我不想念。"

"你不想念书那来这里干什么？"赖老师恼怒起来，脸涨得通红，"站起来，站到黑板前面去。"

裴达峰站立起来，站到了黑板前面。

"你们谁愿意来读这段课文？"老师问坐在下面的学生。很多人举起了手。

"柳阿芸同学，你来念吧。"赖老师说。

阿芸站起来念课文。因为赖老师是用青田话念的，阿芸也用青田话念课文。

赖老师满意地踱着方步子。他踱到了裴达峰的前面，挡住了他。他在向学生们解释课文。为什么说猪要吃橡实呢？就是说猪是不劳而获的剥削阶级。咱们中国的猪是不吃橡实的，只有外国的猪才会吃橡实。外国的约克猪代表了狗日的美帝国主义，都是地主反动派。我们一定要打倒外国吃橡实的约克猪。

赖老师眉飞色舞地发挥着，很为自己的文辞而得意。突然，他发现坐在下面的学生脸上出现惊愕，还没等他反应过来，他就被一双铁钳一样的手抓住，举到了空中。他的手脚在空中乱舞，像是一只螃蟹似的。裴达峰不知自己是怎么出手的，也不知道自己竟然是这么有力气。他把赖老师举到空中，然后扔向了教室的墙角。那里有一堆竹扫把和竹子编的簸箕。尔后，头也不回地走出了教室。

几天之后一个夜里，父亲像大神降临似的回到家来。父亲现在基本上没有住在乡下的家里，也很少住在县城，而是住在了瓯江入海口的W城里。父亲现在是归国华侨委员会委员，民主党派知名人士，经常参加政府的会议，还去过北京开过大会。他开始留起了长长的胡子，自我感觉像超脱尘世的古代隐居者，实际上倒是十分热衷于政治了。他在夜里回到家的。裴达峰听到他的声音，紧张得手脚发硬。他知道父亲这次回来就是要处理他的事情。果然，第二天早上，父亲把他叫到了中堂。父亲坐在那张太师椅上，让他跪下。

"听你把老师打了，肋骨都断了三根。你说说看，为什么要打老师？"

"那个老师一直在向同学暗示我是一头外国来的约克猪。"

"你把老师打伤了，人家更有理由说你是一头没有脑子的猪。"

裴达峰沉着头没有吭气。他知道那天举起赖老师扔到墙角的原因除了他所说的，还有一个是因为阿芸。不过这件事他可不会对父亲说。

"你以后不要读书了。读了书也没什么用。"父亲说。

"那我以后做什么？"他问。

"你可以选择两件事。一件是在家里种田，还有一件是去学石头雕刻。"

裴达峰明白这两种选择的不同结果。选择种田，那么他就得一直待在这个山里面了。要是去学石雕，意味将来兴许还能到青田外面的世界走一走，甚至还能回到外国去。于是他说要去学石雕。

　　"你还有一次选择机会。一个是学雕滑石小猴子，一个是学雕青石的大狮子。雕小猴子是在屋子里面，雕大狮子是在山上和江水边。"父亲说。

　　"那我还是先学雕大狮子吧。"他说。他很讨厌猴子的形象。觉得雕狮子比较有意思一些。

　　从这天起，裴达峰开始了自己谋生的道路。他背起了一大袋干烙的麦饼，前往大山里边的石料场，去寻找一个叫阿鹏的打石人拜师。这个地方叫仙都山，在高山区，处于一条大溪的源头，这里有很多石峰，云雾缭绕，风景如画。石雕工场不设在镇上而设在山里，主要是便于找石头。雕大狮子的青石头就在附近的山崖上，石刻工就是在现场搭起一个草棚子，不分寒冬酷暑一锤一锤慢慢凿着。一对青石大狮子需要三个月才能刻好。有一个马来亚那边定制的青石观音大佛像有五米多高。十几个人雕了两年时间还没完成。阿鹏师傅在让裴达峰参加雕了几对青石狮子之后，让他跟着采石队一起到大山里面去找石料。青田的山里除了雕猴子的滑石、雕狮子的青石之外，还有其他珍贵稀少的石料。他跟着阿鹏师傅等人在深山峡谷的石峰下面探寻着，现在他知道了原来看起来都一样的岩石有的是结晶岩，有的是云母岩，还有的一层层像千层糕的是沉积岩。把沉积岩一层层揭开，里面还有鱼和鹦鹉螺的化石呢。他们经过了一个水晶石的岩洞，这里面有几千米深，最里面的水晶石晶体柱交叉纵横在岩洞顶部，可是人不能在里面久留。过去很多人在里面采了水晶出来后一段时间都死掉了。解放前浙江大学有一支地质队考察后说里面有一种辐射线，会致人死命。他见过这山里出产的一种石头，黄色的石头里面有一缕缕血丝渗开来似的纹路。他怀疑这种石头本来是一种液体，当一滴血渗开后才凝固的，这种石头就叫作鸡血石。还有一种石头叫蓝光冻石，它是包在硬石里面，就像肌肉长在皮肤下面似的，只有把它剖开来才能看到里面美妙的肌理。

几年时间就这么过去了。

星期日，这里会歇一天的工。他会在天亮之前起床，穿戴整齐，也不吃师傅家的地瓜丝稀饭早餐了，早早就出来。这个时候，他已经有了一点工钱了，每个月五块钱。他把这些钱折成小块，放在衣服的里面口袋。他要花上一个小时走到山下的公路边山口镇。再在公路边等待去青田县的汽车。他花五分钱买了车票乘车到了青田县之后，先要到一个餐饮店里吃早餐。这个地方有牛奶卖，还有一种用油纸包着的加奶面包。他要花掉七分钱才能勉强垫饱肚子。他觉得这些东西真是好吃。阿鹏师傅的石雕工场说起来已是合作社，实际上还是个师徒制的家庭作坊。做学徒的除了学手艺，还得兼着干家里的杂活。阿鹏的年轻老婆一直处于哺乳期和妊娠期之间，大部分的时候总是看到她撩着衣襟露着大白奶子给儿女喂奶。阿鹏老婆人还不错，就是煮饭的时候总是把一焖碗的中药放在饭锅里一起蒸，每次中药都会洒出来一部分，而这些洒过中药的饭一定是最新的徒弟裴达峰吃的。

吃过了早餐，他在县城里开始闲逛。县城其实很小，只消解一泡尿工夫就走到头了。他在早上要做一件事，去理发刮胡子。现在的他的胡子已经长得很快，一下子就覆盖了脸部。他不愿意多花钱，就在马路边的一个叫"十个板"的理发匠那里剃。"十个板"是个外号，意思是十个铜板剃一个头。那是解放前的价格，合现在的一角钱。那个人的水不热，刀也不快，剃胡子的时候会在脸上留下好几道血口子。

然后他就压低帽檐，在县城里逛来逛去。这里的建筑很快就熟了：县政府、电影院、青田中学、消防队、电影院、鹤城公园，还有就是县人民医院。中午的饭在面店吃两碗牛肉面，有的时候吃一碗猪肉面、一碗牛肉面，看自己的兴趣而定。吃饱了这一顿多肉的饭就保证了一周的营养。剩下来的时间他一般是坐在江边的客运码头上，看着那些提着包包挑着担子的人在客船上下来上去，想着他们将要去的远方。对于青田的来历他一点也不知道。他只是凭着直觉知道这条江水是可以通到他童年时期生活过的欧洲的。他的直觉没错，一百多年来，成千上万的青田人和青田的货就是从这里运到 W 城，再转运到了世界各个地方。这个码头在早些年也就是说在解放前更加热闹繁华一些，有很多的妓女在江边游走。现在可没有了。

到了冬天的时候，他的五块钱里面还有了另一种的开支：去澡堂洗澡。霜降之前，他可以在溪坑里边洗。但是天冷了后，他决定去公共澡堂。

县城澡堂是一座两层的青砖建筑。一部分是旅馆，一部分是澡堂。那个时候的票价是一角二分钱。一进门后是两个买票的窗口。除了过年，平时的时候不用排队，男女在同一窗口买票。买好票往前一点要上楼梯，楼梯口进左边是男澡堂，进右边的是女澡堂。两边的门为了不让热气跑出来，都挂着厚厚的棉毯，人一进去，棉毯就自动把门挡住了。进来之后，里面全是热腾腾的蒸汽，暗淡的灯光被蒸汽吸收了。灰色的蒸汽中有一条条赤裸的人体穿行。靠着墙的地方有一排排衣柜，柜门是一块木板，上面搭着条发黑的毛巾。这条毛巾的作用非常大，因为上面印着一个号码。洗好澡时靠毛巾号码才能打开衣柜取回衣物。有人在洗澡时被人换走毛巾，并被冒领了衣物，结果只得赤裸回家。存好了衣物，要经过一道湿滑的水泥楼梯下到大浴池里。那里的空气黏稠闷热，灯光变得像个蛋黄一样。浴池里的水从来不换，上面有一层厚厚的老垢和阴毛，一个个人头浮现在水面上。这里氧气稀薄。第一次，裴达峰差点闷得晕了过去。在热水池里泡过之后，就到外面的水槽上用干净的热水冲洗。那个冬天里，每次他到县城，一定要到这个浴池里洗个大澡回去。

大概几个礼拜之后，他发现了自己每个礼拜到这里洗澡除了热水带来的舒适之外，还有另一个原因。那就是他在洗澡的时候，时时刻刻感觉到了隔壁的女浴室的存在。当他在热水中泡得大汗淋漓，因缺氧产生呕吐的感觉时，他就会在混浊的蒸汽里分辨出一种特殊的气味，那是一种女人气味，触动他意识深处那个保育员在蒸汽中给他洗澡的记忆。这个特别的气味是从隔壁女浴室传过来的。他在缺氧的反胃感里想象隔壁的浴池，也是黏稠的热气，在昏暗的蒸汽中也有一条条身体，但那是不一样的身体。他就这么每周一次泡在热水和蒸汽里，从回忆那个保育员的身体气味开始到孤儿院里那一片向日葵地，模糊的影像时时会清晰起来。在大池里泡过之后，再到热水槽边用竹筒打水冲洗身体，这里和隔壁只隔了一层墙，上面有些玻璃窗，玻璃上蒙着模糊的水雾。不时有女人的声音尖叫着：水太冷了！冻死人了！有的时候尖叫声恰恰相反：水太烫了！烫死人了！

那是一个难以想象的间隔。他总是会注视着墙上面的磨砂玻璃窗，有一回，他在玻璃窗上看到了一些影子，不知是怎么投射上来的。这些奇特的投影让他觉得像是从另外一个世界来的，关联到童年的孤儿院，关联到他出生的秘密。

一天他走出澡堂，看到马路边靠近女浴室这一侧，有一座盖了一半的房子。那个房子已有两层，看样子是要盖三层的，砖墙的周围搭着一圈圈竹篱板。正是星期天，工地上看起来静悄悄的，没有一个人影。他穿过一个没有门框的门洞走了进来，看到工地后边有一条坡道竹篱板可以上楼。他的心跳起来，也许这样他可以接近到那个秘密呢！在绕过几个弯子之后，他发现这个建筑中的屋子和浴室是没有联系的，一座高墙隔开了它们。但是，在一个墙角上，他看见了一个砌了一半的气窗，有光线照进。于是用砖头做了个垫子，踩到上面，把头伸到气窗。立刻，他发现了隔了不到一米的对面墙上有一个气窗。他马上辨认出这个气窗的内部是女浴室的一部分，因为有那种蒸汽肥皂和人体的气味冒了出来。他所见的只是不到一平方米的空间，那里亮着明亮的白炽灯泡，墙壁上看得见流着的水汽凝固成的水线。但是他不知这是女浴室的哪一部分。突然，有人出现了，那是两个年纪不小的妇女，从气窗的右上角出现，很快消失在左下角。他明白了，这里原来是一个楼梯拐角上的气窗，这个楼梯大概是从楼上的换衣室通到楼下浴室的。男浴室里洗澡的人是在楼上脱得赤条条后拿着一条带号码的毛巾下楼。刚才一闪而过的两个妇女却是穿着内衣和短裤的。他起初以为，刚才那妇女可能年纪比较大了，才穿着内衣裤下去。他又等了一会儿。这天洗澡人不多，他等了好久才见另一些人从楼梯上下去，都是穿内衣裤的，几个年轻的女人也是这样。她们很快就从气窗的方格子里一闪过去，带着即将洗澡的兴奋神情。这样，裴达峰明白了，女浴室里事情和规则和男浴室是不一样的。

　　每个礼拜天在县城待到了下午四点钟之后，他得离开了。这个时候他会去一个卖麦饼的摊子里买一大块油麦饼，带回来在汽车上吃。这个饼刚煎好时有很多油，很烫手，店家用一张旧书的纸包起来给他。他在汽车上吃完了麦饼之后，有时会看看包大饼的旧纸。他的中国字认识得不少了，看书和报纸没问题。事实上他在包大饼的纸上真的看到过一些有意思的事情。有一回是苏联的宇宙飞船飞上了太空；有一次看到一群人在水稻田里坐在稻穗上面稻秆子也不倒下的图片。这一天，他看到的这张纸很奇怪，上面画着几幅图画，仔细一看，是人的大腿的肌肉结构，还有一幅是神经叉结构，被油饼上的油渗透了。他的大饼比较大，所以那张纸也比较大，没撕开，是从书脊拆下的，有四个页面。有两个页面讲的是大腿肌肉，反面部分转到了内科，有一个肾的解剖图和泌尿系统的示意画。文字部分除了中文，还有一些外文字母。不是他学校里学过的拼音字母，是真正的外国字母。他在这一个礼拜的空余时间里一直在看这张纸。下个礼拜天他再去县城时，第一件事就是奔麦饼店，向店主要那本书其他的书页。那本旧医学书是上礼拜拆的。这个礼拜生意不好，饼子卖得不多，所以书还剩下小半。裴达峰买了他两个饼，还多给了一毛钱，把残余的书页全要了。

　　从那天开始他对医学产生了浓厚的兴趣，到处去寻找有关医学的书籍。县城书店里的几本医学书他很快都买了，还钻到旧货收购站里去找这方面的书。他对中医方面的书一点兴趣也没有，找的全是西医的书，什么内科基础教程、外科手术原理、人体解剖学、药理学什么的。在干完白天繁重的石刻工作之后，晚上的时间他在洋油灯下如痴如醉攻读着他收集的书本。尽管他读书的时候如在云里雾里弄不清楚书里讲的内容，但是他发现自己已经找到了正确的方向。他觉得只要自己一直往里面钻研下去，终于会找到要找的东西，他会得到拯救。因此，当他在书本上描绘的人体的器官和血管系统中迷失了方向时，就会想起那一层隔开两个浴室之间的磨砂玻璃。磨砂玻璃有个特性，往磨砂的一面喷上水，那么本来模糊的玻璃就会变得透明了。在他发疯地读着医学书的时候，那磨砂玻璃会随之变得湿润，最终会清澈如许，他将能看到他的生命的一切真相。

## 六

　　某个礼拜天早上，在熙熙攘攘的县城人民路口，他突然遇见了柳阿芸。柳阿芸也看见了他了。几年没见柳阿芸了，她已经完全发育了，脸蛋圆圆，长着一对鹅眼，皮肤发红，头颈圆润，胸部比过去更丰满。他的脸顿时通红，她也一样。可是他们都没有停下脚步，而是像个陌生人一样擦肩而过。当他走出一段路，再回过头来的时候，阿芸的身影已不见了。

　　遇见阿芸后，他的一天的日程全乱了。本来要去理发、吃饭、洗澡，现在他什么也不知道做了。他只是不停地走着，心跳不已。阿芸变得这么好看诱人了，真是的，他想，那个时候他不该这样粗暴对她才是。也许我得去找她说说话。他的心里面又出现了在小镇中学的溪边和阿芸在一起的事，她给他吃的那半块糖糕的味道浮上心来，当然他在门缝里看到的她脱在地板上的胶底布鞋，她不停抽搐着的赤裸的腿的画面也活动了起来。这些记忆让他痛苦，也让他亢奋。他不停地在街上打着圈子，终于在中午时分，在一家卖服装的商店里看见了阿芸正在里面。服装店里有很多顾客，裴达峰也挤了进去。

　　阿芸在看一条长裤子。她拿着裤子在自己的身上比试来比试去，一边盯着墙上的穿衣镜。阿芸没有看到不远处的裴达峰，正努力和合作社店员讨价钱。

　　"哎呀呀，你这条裤子最多值一块钱。我给你一块一毛钱好了。"阿芸说。

"女同志啊,现在是合作社了,明码标价,不兴讲价格了。"

"我是从山里来的。我真的没有很多钱。"

"那我也没有办法。我总不能自己贴钱给你的吧。再说我也没有钱,家里五个孩子才三条裤子。"

"我爸爸在意大利的。他要是回来我就有钱了。"

"那你就等你爸爸回来给你买吧。"

"你说什么呀?我爸爸要是回来了,我就不用买了。他会带来很多外国的好看衣服,而且他干脆会带我到外国去了。"

阿芸十分中意这条蓝布裤子,放下去又拿起来,重复了好几回。裴达峰就站在和她隔着一个货架的附近,听得见她和店员说话的声音。他不再感到紧张了,他想现在阿芸大概已经不读书了,回到了她的大山里面的老家了。她在意大利的父亲还是没有回来。她这个人啊,其实也很不错的啦,帮助我洗衣服,和我说话,还给我东西吃,那个时候也只有她对我最好了,说起来都是那个该死的赖老师的错,我现在得找机会和她说说话才对!这个时候裴达峰对她的恨意全消了,只剩下了渴望之情。阿芸因囊中羞涩买不成裤子,悻悻离开了合作社。裴达峰待她走出了一段路,远远跟在她身后,想看看她究竟会去哪里。他跟在她后面走了几条街,看到阿芸走进了一家客栈,明白了她是住在这里的。他摸摸自己口袋里的钱,还有八块多钱。于是他回到了合作社,问合作社的店员刚才那个女孩子想要的裤子要多少钱?回答是两块五毛钱。他把裤子买了,带上它回到了客栈。

客栈里住满了人。有几个妇女在水槽边洗衣服,几个男人在天井里打牌,门旁厕所里的浓烈的臭气让裴达峰的眼睛都辣得想出泪水。他走进客栈里面,问看门的人有个叫阿芸的姑娘住在哪间屋子。那人指了指上面的7号门。那个房间是在天井里的走马楼上,一眼能看到。

裴达峰踩着吱呀作响的楼梯走上去,感觉楼梯会被他的脚步压碎了似的。他推了推门,门开了。阿芸穿着内衣站在他的面前。她身上浓重的热气和肉体的气味扑面而来。她让他进来,关上了门,并没有显得很惊讶。

"今天上午我看到你了。你没有理我。想不到你现在会来这里。"阿芸说。

"我一直在跟着你。我看到你在合作社买裤子了。"裴达峰说。

"可是我没有买到裤子,我的钱不够买一条裤子。"

"我把那条裤子买来了,就在这里。"他把纸包拿出来,抖出了裤子。

"皇天啊,真的是那条裤子啊。"阿芸兴奋得满脸通红,一把夺过蓝布裤子在身上比试起来。

"你为什么不穿起来试一试呢?"裴达峰说。

"是啊,我为什么不穿起来试一试呢?"她说着,就解开裤腰带把旧长裤脱下了。山里长大的阿芸并没有很多顾虑,何况脱了长裤里面还有一条红布的大裤衩,裤管长得差不多遮住了膝盖。她穿着蓝布裤子转来转去,快活至极。到了她要把新裤子脱下来的时候,里面的红裤衩子和新裤子粘在了一起,竟然也脱掉了。没有关系,这个时候反正都要脱掉了。当她的布衫头儿被脱掉之后,硕大的乳房暴露出来。裴达峰一直渴望见到的女人肉体终于呈现了出来,带着浓重的气味和发烫的热度。在最初的时刻,裴达峰没有动手,只是静静地观看着,心里充满了失望。原来女人就是这样的!这就是隐藏在那层湿漉漉的磨砂玻璃后面的真相吗?

"我的爸爸快要从意大利回来了。"阿芸说。在接连两次的狂热的交合之后,阿芸终于有机会说话。她说的话大半是和她父亲回国一事有关的。

"你有多少年没有见过你爸爸了。"

"他出国时,我还很小,其实跟没见过一样的。"

"那倒也是的。"他说。他想起了自己从来没见过的母亲。他接着问她:"你来县城干什么呢?为什么会住在客栈里呢?"

"我在家里的山里面待得实在是发疯了。我总想着父亲马上会回来了,甚至觉得他已经回到县城,我得来接他,要不然他就对我不好了。不瞒你说,我父亲这几年很少寄钱回家了,我家里的日子很不好过,很缺钱。去年的时候家里没钱供我读书了,所以我就回到了山里面了。我已经很久没有到县城里来了,因为缺钱。我家离县城太远,路上走路带坐车要花上大半天时间,一天是无法来回的,所以我只得在这里过夜。我没有钱住旅馆,只能住这个最便宜的客栈。"

"那你下次什么时候再来?"

"不知道。也许不会来了。我没有钱了。除非我父亲真的来了,或者收到了他寄来的钱。"阿芸说。

裴达峰想了想,从口袋里掏出了五毛钱给她,说:"你下个礼拜再来吧。这是给你买车票的钱。你还住这里吧,我会来这里见你。"

阿芸点点头答应了,接过了钱,小心翼翼塞到兜兜里。

这个时候裴达峰的劲儿又上来了,抱住她又想做。她说自己肚子实在很饿,没有力气做了,问他能不能去买点肉包子给她吃呢?裴达峰马上起身跑到外面,走了三条街才找到一个馒头店,买了好几个肉包子回来。她大口吃着,脸上带着幸福的笑容。在吃第二个肉包子的时候,她的身上就有力气了。她一边吃着,一边说:

"好了,你要来就来吧!"

裴达峰在她身上时,她还不时咬一口包子。她的嘴里塞得满满的,努力在咀嚼着,同时又在欢快地叫床。由于嘴里含着食物,那叫床声显得怪怪的。

从这天之后,裴达峰的开支越来越多,工资显得不够用了。他每次会给她五毛钱带回去,作为下次的车资,然后在周日为她花两毛钱租下了这个房间,还得给她买食物吃。那个时候阿芸是山里的户口,绝对没希望在县城里找到工作。阿芸在吃饱了食物之外,没有关心其他事,只是在等待着遥遥无期的父亲回国的消息。

一段时间之后,阿芸发现裴达峰的一个新的癖好。他经常会带着一个棕色的手提箱。这手提箱一定是从旧货摊里买来的,牛皮的,上面印着外国字母。那里面有几本书,都是医学方面的书,有的还画着图。他对这些书非常入迷,一琢磨就是半天时间。他还拥有听诊器、体温计、血压表,一些注射玻璃针筒和针头,都是些不知从哪里弄来的旧货。他会全神贯注摆弄这些东西,看起来像是小孩子过家家似的。后来,他会对照着书本,运用那些器械来研究阿芸的身体。他会让她张开嘴巴,看里面的小舌头,看鼻孔里面鼻腔。他用手电筒照着她的眼睛,看她的眼底,寻找糖尿病的征兆。头部的器官研究完了,他开始研究身体部分。他在做爱的同时会仔细看她的下体结构的细节,连带着还研究她的肛门、肚脐。有的时候,还让她躺着,在她的腹部肚皮外层探摸着里面的肝和脾脏。他是那样急切地渴望知道里面的情形:那胃和胆囊的连接,十二指肠的分布,胰腺的位置……他经常会产生用刀子切开肚子来看一看的欲望,要是阿芸知道了他此时的心思非吓死不可。

"你到底想干什么?"阿芸惊恐地问他。

"我要当一个医生。"裴达峰说。

"那怎么可能？你不过是一个刻石头的人。"

"是的，但是我正在成为一个医生。"他说。

现在他变得懒散了，经常会在小客栈里多待上一天，不愿回石雕厂里去。有一天，阿芸看见了他过来时，胳肢窝里夹着个鼓鼓囊囊的布包。打开的时候，一种医院消毒水的气味扑面而来。那是一条医生用的白大褂，还有一个白帽子，上面还印着县人民医院的红字。阿芸问他这是哪来的？他支支吾吾说是买来的。阿芸说这些东西哪里买得到呢？他说是自己近来在医院周围走动得比较多，认识了一个在里面扫地的清洁工。他给了两元钱，让那清洁工在医院晒衣服的地方偷来的。阿芸很不理解。两元钱可以买套新的衣服了，去买这么件没有用的白大褂干什么呢？

在后来的几次，阿芸看到裴达峰来县城都把白大褂带来了。他把门关起来，穿上了白大褂，戴起了白帽子，把听诊器挂在胸前。阿芸发现，他穿起白衣服的神态还真的很像一个医生，像图画里的医生，只是那条白大褂对他来说太小了点。令阿芸心烦的是，裴达峰在穿起医生的衣服之后，会让她装成病人，躺在床上，脱下裤子，张开两腿让他检查。

终于到了这一天。裴达峰早上到了客栈之后，马上把阿芸衣服剥光和她做爱（这让阿芸有点奇怪，以前他都是在中午过后才会做这事情）。做完之后，裴达峰就提着包出去了。他这天是贴着街道的墙根走的，这条路他已经走得很熟悉了，是前往县人民医院的。他已经很多次在医院内部和附近走动，他最近的几个星期天很多时间都消磨在这里。他进入了医院大门，没有去门诊这边，而是从一座假山那里拐进了住院部。上午的时候，住院部的门是开的，可以让亲友探访病人。他走了进来，在第一层的内科住院部里，他走进了厕所。厕所里臭气熏天。他在一个放着大便木桶的隔间里，迅速地打开包，套上了白大褂，戴上白帽子，还戴上了一个大口罩，挂上了听诊器。他早已经察看好了，这个带小门的大便间后面有个墙洞，他把袋子和自己换下来的上衣卷起来塞进去，准备等事情结束了再换回来。然后，他走出了厕所，大步走向走廊的尽头，那里有一条宽大的楼梯通往二楼的妇产科。

他大步地走上了楼梯，迎面有很多病人家属都敬畏地让路给他，对他露出讨好的笑脸。一种奇怪的美妙感觉充满了全身。他觉得这条通道和楼梯是那样熟悉，好像是连接着他童年的孤儿院的走廊。他是走在一条时间的隧道里，他要回到他最初的地方，回到母亲生产出他的地方去。

他准确地进入了事前想好的第217病室，这个时候他知道婴儿还没有推出来喂奶，病室的陪护比较少。他走到了第一张病床。床上的产妇看见他进来，脸上露出笑意。裴达峰向她点点头，没有接触她的目光。阳光照进窗台，床头小柜上放着一个热水瓶，一个印着"为人民服务"红字的搪瓷茶缸，一束野生的映山红花。刚生过孩子的女人目光十分温柔，看什么东西都充满了母性。他掀开了她的被子，她没穿裤子，能看到她的肚皮松松垮垮的，腿间还有血迹。他这个时候显得十分冷静，因为他刚刚和阿芸性交过，此时不会产生欲望，这正是他事先计划好的。他并不是想看女人的器官，那表面的东西他早已在书本和阿芸身上研究透了。他要深入的是另一种东西，尽管这个东西连他自己也说不出来。他伸手轻轻触摸着她的下身，那女的触电一样颤动了一下。他问她痛不痛？那女的温柔地微笑着，摇摇头，神情充满了谢意。

于是他又掀开了她的上衣，用听筒听听她的胸。她的乳房饱胀，布满了青筋，当他的两个指头轻轻在之上挤压时，乳汁喷射了出来，溅到了他额头上。那女的又笑了起来。他翻转手背在额上擦了擦，给她盖上了被子，对她点点头，便走开了。他一直戴着口罩，他的深陷的眼睛给人一种值得信赖的感觉。

　　按照他的计划，他只在病房里待五分钟，然后马上就走掉，而且以后再也不做这一件事了。但是在他刚出207病房时，门口一个隔壁病房的家属拦住了他，说病人大出血了。请他快过去看看。高度危险的信号在他心里亮了起来，他知道这个时候得马上脱身才是。他几乎是被那个心急的家属拖进了隔壁的病房。他看到了那个产妇脸色死一样苍白，用绝望的眼睛看着他，希望得到他的拯救。他只得把被子掀开来，看到鲜红的血从她下体内汩汩渗出，床单下完全是湿漉漉了。他在这一瞬间产生了强烈的想救援病人的欲望，他感到是那么无助，不知道应该采取什么医疗措施，要是他真是一个医生该多好呢！而就在这个时候，闻讯赶来抢救的一大帮产科医生和护士冲进了病房了，把裴达峰堵在了里面。裴达峰低着头，想退出病房。那个妇科主任女医生用狐疑的眼光看着他，问他是什么人。裴达峰知道不妙，支吾着说他是新来的，一边想往外面退。那个女医生看他神色不对，紧盯着他不放，说：你叫什么名字，我怎么没见过你？把你的口罩拿下来让我看看。裴达峰已退到了病房门口，知道已经露馅了。他慌了手脚，撒腿想跑。真的很倒霉，第一次行事就露馅了。他跑了几步，后面的人追了上来。喊着：站住！在他跑下楼梯时，后面追的人已有一大帮，大喊着：抓坏人！于是在他跑到假山附近时，被一大群人抓住了。追赶他的人大部分是病人家属和病人。他们摘下了他的口罩，都觉得惊奇，怎么这个家伙像个外国人？

　　于是，按照中国人的一向习惯，他被五花大绑，捆在医院大门外的铁栏杆上示众。从上午这个时间开始一直到天黑,县城里几乎所有的人都赶来一睹这个捆在医院外面的假扮成医生到产科病房看女人下体的变态狂。很快,就有一些稍有年纪、记性又比较好的人从被示众者外国人一样的脸孔上认出他就是方山区裴家村那个从外国来的孩子"番人峰"。当年他刚来方山村时,很多人曾经翻山越岭去看过他,时间真是快啊,现在他都是个大人了,可怎么会变成这样下流可恶呢。当"番人峰"的身份被认出来后,招来了更多的人围观了。来围观的人有的往他身上吐痰,有的扇他一耳光踹他一脚,还有的用钩子钩破他衣服,让他的下体外露。他被麻绳捆在医院门口的铁栏杆上,在太阳下晒了一整天。他的嘴唇开裂,没有人给他喝一口水。

阿芸这天在客栈里待到了中午,还不见裴达峰回来,只觉得肚子饥饿起来。忽然听到外面有人说医院门口有个人冒充医生去妇产科病房看女人的下身被绑在那里示众,她心里一惊,有不妙的预感。于是便走出来,赶到医院那边看一看。不会是他吧?哪有这么巧呢?她一边走一边想。她近来一直觉得裴达峰的行为古怪可疑,一直不明白他想要做什么。她的心里开始出现了愤怒,为了他近来的古怪的行为也为今天到现在还没吃上中饭。等她到了医院门口,才知道事情的严重性。他被吊在那里,胸前有块木牌吊在头颈上:现行流氓偷看犯。他的脸上满是血迹痰迹,嘴唇开裂。他已经看见她了,紧紧盯着她,那是求救的目光。阿芸站在人群中不知所措,有一点她是明白了,今天的中饭是吃不到了。

"这个家伙也真是的,大概是想女人想疯了,怎么会想去看生孩子的女人?"一个戴着草帽的老者在说话。

"这年头奇怪的事情越来越多了。打光棍的男人没有女人也实在难受,还是过去好,江边一带有妓女堂,男人受不了时还可以解解宽。"另一个戴草帽的老者说。

"你说得真没错。我们村里有个老光棍，三天五天就往猪圈跑，搞那老母猪。"

阿芸离这两个路人距离不远，听得见他们的话。她当时很想痛打他们一顿，因为他们完全在胡说八道。裴达峰不是光棍，他有女人，就在几个小时之前他还趴在她的身上拼命操她呢！阿芸觉得心里委屈，裴达峰可以看她摸她操她为什么还要去扮成医生去妇产科里偷看？她实在想不明白他为什么这样做。莫非中国人和外国人生下来的种就会是这样变态的怪胎吗？她感到害臊，还害怕，怕人家知道了她是他的同居者会抓住她一起来处理。于是，她什么也没做，掉头往客栈走，一边走一边哭。她把自己的东西收拾好了，前往了汽车站，用口袋里最后一点来自裴达峰的钱买了车票，上了回山里头老家的路。她一路上都在哭泣。

裴达峰的目光在对着日头。他只是在想：日头下来时，他的羞辱就要结束。黑暗里，不会有人来围观了。可是，白天的时间是那么漫长，日头总是停在天上不动，火辣辣地照着他。那些来围观的人一点也不怕太阳晒，一层一层围在那里，有些人都已经在这里看了几个钟头了还兴致勃勃的。裴达峰的眼睛只是看着天空，看着日头，任凭围观者对他怎么样也没一点反应。但是在阿芸来到时，他的心里曾升起希望。他想要是阿芸去对医院说他并不是个色情狂，他有自己的女人，他只是幻想自己是个医生才会做这样的事，这样的话医院和公安派出所说不定会放了他的。可是他想不到阿芸就这么走了，一点也没有什么表示。他在极度失望之外，感到了仇恨。他的眼睛又回到了看天空上的日头。他的心里看见了她一直向前走，看见她走上了摇摇晃晃的客栈楼梯，看到了她在收拾起东西，看到了她坐上了破破烂烂的乡村汽车，在山路上往大山里的深处开去。他的脑子里这个时候非常奇怪地响起一支山里的民歌声音，那是阿芸很久以前在学校时的在溪坑边洗衣服的时候唱过的：

蜻蜓飞过青又青哎，
白鸽飞过打铜铃，
介呣飞过红夹绿？
介呣飞过抹把胭脂擦嘴唇呵？

他在公安派出所里关了三天三夜。第四天他的父亲来了。父亲现在是有名的归侨，在省里都有名气了。由于他的通融，裴达峰被放了出来，没有判劳动教养。他出来后，父亲让他离开青田，就像十多年前把他从德国带到青田，这回父亲把他从青田带到了W城。就这样，裴达峰开始了他新的城市生活。

## 七

事隔十多年了，裴达峰再次和阿芸相聚。在厂里的医务室短暂见面之后，阿芸要他晚上到华侨饭店里来，她要和他说一些重要的事情。

这个晚上，裴达峰穿上一件干净的白衬衣，外加一件蓝色对襟中式套衫，前往位于三角城头的华侨饭店。对于他来说，生活的经历越来越多，大部分都像是对过去发生过的事情的复制。比如他现在去华侨饭店，就像是十多年前去那个小客栈给阿芸送去裤子的重现。只是那个时候，他还是个刚刚发育的小伙子，肌肉发达皮肤光滑柔润。而现在他身上粗黑的体毛部分变成了灰白，脸上布满皱褶，手指关节突出。对于阿芸身体的记忆再次被唤起了，他的内心有潮水一样的波浪涌动。

华侨饭店对他并不陌生。现在华侨归国观光探亲的越来越多，厂里的很多人来海外亲戚时都会请他作陪。他喜欢这里的咖啡香味，喜欢牛排和冰激凌，喜欢这里的刀叉和酒杯。在这里，他偶尔会看到他的同类，一些欧洲白人会在这里出现，他们的皮肤鼻子和他是一个类型的。那些外国人有时会主动找他说话，可他一点也不懂。现在阿芸就坐在餐桌子的对面，桌上排满了丰盛的菜肴和葡萄酒。阿芸已是另外一个世界的人，她是化过妆的，头发卷曲，画着口红眉毛，戴着闪亮的首饰，穿着色彩鲜艳的服装。她的举止显得慵懒和傲慢。她的食欲依然很好但不再是对于肉包子这类简单的食物。她的变化，裴达峰毫不在意。对于他来说，阿芸早就只是一具皮囊，没有灵魂可言的。他想起那件事，当年他在小客栈里曾想把她的肚子切开来看看，不觉微笑了起来。阿芸这些年在外国闯荡，变得一副装腔作势的模样了，裴达峰可不吃她这一套。不过，以前她只是他的女人，现在的关系可要复杂得多了。

"你看，时间就是这么过去了。我们上一顿一起吃的饭是在十五年之前。那个中午我在等你带吃的东西回来，可是你回不来了，你被人捆在医院门口。我那天下午就买车票回山里面去了。我没有吃饭。你留给我的钱只够买车票。要是我去买了吃的，就买不成车票了。我那天饿着肚子回到了山里面，后来有很久很久就待在那里。两个月之后我才有了一点可以买车票的钱。我又去了一次县城，还住在那个客栈，可是没有你的一点消息了。"阿芸说。她点了一根香烟在抽着。

"两个月之后那时我早已离开了青田,到 W 城了,你怎么能找到我呢?"裴达峰说。

"是你的父亲来把你带走的是吗?你的父亲总是在你闯祸之后来收拾残局。"

"这话是谁说的?"裴达峰问。

"你父亲说的。他说你那次闯下的祸是闻所未闻的丑事,把他在青田的名声全搞臭了。只得把你带到身边来管教,要不还不知会不会闯出更大的祸来呢。"

"他这样说也不是没有道理的。"裴达峰说。他微笑着。

没错。每次当他闹出了事情,父亲总是像大神一样出现了。现在想起来,裴达峰那次一声不响跟着父亲来到 W 城,活像是一头水牛一样被牵进了城里的。是的,这时在他沉默的身体内部,已经积蓄了巨大力量,和一头牛的力量不相上下。现在他总算是来到一个真正的城市,虽然 W 城那个年代还是一个不大有名的南方小城。他命里大概是属于城市的动物,到了这里以后,他身上那种挣扎的感觉慢慢淡薄了下来。

也许那最初让他安静下来的原因是父亲这座庞大的花园。他想不到父亲这些年在 W 城住的会是这样一座梦幻般的花园。这座花园不是父亲建的,而是在本世纪初一个叫作吴百恒的本地大资本家花大量银钱修造的。这个人在那个时候因为和英国人争做炼乳罐头生意发了大财,建了很多地产。吴百恒的产业在解放后的工私合营时式微了。国家这个时候的政策对于资本家很冷淡,对于归国华侨却很器重,给予特殊礼遇。那个时候父亲在工商联任委员,常去省里和北京开会。而他存放在瑞士银行的德国马克也可以通过香港取回来。吴百恒落魄时,他花了一笔不很大的钱买下了这座花园。他家里养了两个用人,每天是高朋满座，都是些旧时的社会名流，归国华侨、书画家、还有唱戏的优伶。在这个中式的花园里，种植了各种植物花卉，海棠、蜡梅，还有大片的玫瑰园。而园内的房子则是西式的，有庞大的客厅、餐室、图书室。裴达峰在图书室看到了大量的藏书，是原来的主人留下来的。有古代线装书、白话图书，也有烫金封面外文书籍。他虽然还看不懂这些书，但是觉得在以后的生活里他是需要这些书的。在这个充满文明气息的花园里，他身上的野性渐渐地褪去了。

父亲和他住在同一道高墙里面，可是从来没有在一起吃饭喝茶。这个花园里数不清的房子足以让他们每天不见面。裴启桐在每天高朋满座之时从来也没引见儿子，也没有过问他的生活。直到他到来后的第三个月，他再次像一个大神一样来到儿子住的房子，和他面对面坐在一起。

"本来我是想让你待在老家青田的。可是你把自己的名声搞坏了。现在你到了城市里来了，只要你不给我惹祸，你还有一次机会可以选择你想要做的事。"

"我想学当医生。"他毫不迟疑地说。他知道父亲这样认真和他说话的机会并不多。

"上次你选择了雕石头结果没做好。"

"上次是你选好了让我同意。这次是我自己选的。我会做好。"

父亲有点怀疑地看看他，起身走了。

两个礼拜之后，父亲带他去见一个后来成为他导师的江湖医生。父亲出门都是坐一种人力三轮车，那个时候这是 W 城唯一的出租车式的交通工具。他和父亲各坐了一辆三轮车，车子骑得很快，直奔城内的百里西路，在一条叫作油车巷的巷子里，去见一个叫郑九龄的人。他们从一个狭窄的小弄堂里进来，走到头时却见一片开阔的庭院。令人印象深刻的是里面有一个水泥浇铸的西式亭台，亭子的上面有一只和平鸽，那既是风向标又是避雷针。院子里面，有一些眼神呆滞行动迟缓的病人在晒太阳。这个地方过去有个很好听的名字叫"福乐林"，是个外国传教士开的慈善护理院。现在在这里当家的医生郑九龄自称以前在上海法租界开过诊所，但真假如何十分可疑。在他的办公桌上摆着一副白铜的水烟壶，而在后面的玻璃柜子里面有一对巨大的龙虾空壳标本。解放以后，政府把所有的医院都收为公有了，而这个慈善护理院则成了灰色的地带。郑九龄掌握了权力，名义上这里是集体所有制的"红星"医院，事实上却沿袭了过去的私人诊所的路子。郑九龄懂一点西医，也懂一点中医，但他的本质上是一个浮士德式的魔鬼医生，精通催眠术。据说他给病人做盲肠炎手术不用麻醉药用催眠术就可以了。他什么病人都敢收，什么病都敢治，什么手术都敢做。有一回，裴达峰跟着他出诊，居然是给一头跌断腿的花奶牛接骨头。那个时候奇怪的事情就是多，谁能想得到，在市中心最热闹的五马街后面的纱帽河巷里，会有人在厨房外面隔出一块空间养了一头荷兰奶牛挤奶为生。

　　裴达峰本来是要去学真正的西医，追求生命的本相，现在却陷入江湖医生的队伍之中。但是他已经没有选择。他无法去考医学院，因为他的户口在青田，而且也没有中学成绩。他只是在跟随郑九龄学医的同时，去市卫生学校上了速成的课，久而久之，也慢慢地获得了一个医生的证书。某种程度上，他在 W 市还有了一点小知名度，人家说福乐林医院（人们总是记得老名字，不会提那"红星"两字）里面现在又有了个高鼻子凹眼睛的外国医生了。他也有了自己的看病室，和郑九龄的办公桌上摆着水烟筒不一样，他的桌子上摆着一把锋利的手术刀。还有他的玻璃柜子里没有大龙虾的标本，但是有一个模样奇怪的用纽扣做眼睛的布偶。现在他成为了一个干净的人，没有人知道他过去在青田时的丑行。

自从来到了W城之后，裴达峰的夜梦里经常会出现一个十分不舒服的场面。他老是会梦见一个四周潮湿的公共厕所，在水泥的蹲坑下面有巨大的老鼠跑来跑去，猛烈的阿摩尼亚气味刺激着鼻孔让人窒息。而梦境中最为清晰的部分是那写在小便池墙壁和人头一样高位置的那一行用黑炭写出的标语。那是一串外国的字母，在梦里他是认识外国字的，醒来时却总是记不得了。这样一个梦完全是一个现实的翻版，唯一伪装变形了的就是那句标语。在W城所有的公共厕所里的男小便池的墙壁上，都可以见到用黑炭写下的"史银池入土匪为什么不处理"这句话，以致本地人在上公厕时都说是去见"史银池"。非常奇怪的是，尽管W城的男性公民和这句公厕里的标语相处了几十年，可是没有一个人声称看见过在公厕里写这句标语的人。没有人知道这个为什么要写这句标语，没有一个人知道史银池是谁。为什么会入土匪？入土匪后又怎么样？由于这句标语没有政治性，当局的机构也没有给予注意。

裴达峰在福乐林医院当医生时，因为裴家花园是在城外郊区，太远，他是住在城内的单人宿舍的。这宿舍没有厕所的，某个冬夜里，他拉了肚子，只得跑出屋子，到街头最近的一个公厕去，那个公厕原来是土木结构的，前些日子被大风刮了一半，最近翻修过，全用了砖墙。裴达峰蹲在便坑上。头上是一盏黄澄澄的灯泡，他的前面有一道活动的木门可以关起来，不过要不了多久这些活动木门就会不翼而飞，会被改装成某些居民家具的一部分。他看到外面小便池上方的墙，那墙还是空白的，不像其他公厕那样写着那行字。而就在这个时候，他从木门的上方看到有一只手出现了，在墙上写下一个个黑字：史银池入土匪。他吓了一跳，好像是看到了奇迹一般。他看着那只手的手指里夹着一块黑炭。特别让他注意的是，那只手的手腕上方有一个刺青的图案，图案是一条蛇和一只鸟，看不出是什么意思。他写得不快，因为墙壁的湿滑，写得比较费力。裴达峰这个时候本来已经放松完毕，要站起来出去。可是他还是怕惊动那个人写字，蹲在那里等他写好了，才站起来推开木门。那个人转过身来，是个中年人，表情像是个木偶一样，没有理睬裴达峰，只管往外走去。

裴达峰跟在他后面出去，眼看他就要走开了。纯粹是出于好奇，或者是因为发现了一个城市的秘密而产生的兴奋，裴达峰忍不住问了他一句：

"史银池是谁？"

"史银池是土匪。"那人回答。

"那你是什么人？"

"我就是史银池。"

结果在这个冬夜里，他们两个人没有各自走开，一起到了西角门一个猪脏米粉的小店铺里喝起酒来。他们没有说什么事情，喝完了酒就各自走开了。从这天开始，由于接触到了这个城市的象征符号制作者，裴达峰开始觉得自己已经和这个城市有了联系。他成为城市的一部分了。他以后就再也没见到写标语的人了，只是每天能见到他的墙壁书法，看起来难看，其实笔力很深。

一九六四年的时候，中国经过一连串的政治运动，对于工商界已是声色俱厉，对归国华侨也不是那么宽容了。裴启桐日益感到国内不再那么好玩了，于是便动了再次到欧洲的念头。由于他有欧洲居住的记录，到德国的签证很快拿到了。他走的时候没有对裴达峰说，也没对任何人说。只是对裴达峰说自己要到外地去走几天,这里的事情让他来给打理一下。他一走就没回来。数月之后,父亲才来了一信,说自己已到了欧洲。不久,父亲寄来一辆蓝翎牌英国五级变速自行车,要他每天回到花园里来。

裴启桐走的时候没有张扬,直是闷闷不乐悄悄地走的,因此他很多时常来花园里聚会的朋友还不时会来到这里。这里的木门紧闭灯光漆黑让他们感到死亡一般的难受,时常坐在门口起不了身走路回去。这个时候裴达峰知道了父亲送他蓝翎自行车的用意,他得每天回到家里,去接应父亲那些老友。裴达峰现在也明白了做儿子是要承担起家庭的责任的。于是,他把那些灯笼都擦亮了,换上了蜡烛;把酒缸里的陈酒换上了新的;把茶炉子都修好了。他每天都会耐心而恭敬地陪着那些客人,慢慢地,他开始认识了他们,美国回来的余义夫、巴西回来的黄豆大王、法国回来的陈时政、唱戏的七钱金。那些人来坐了一会儿,总是显得很凄凉,不像过去那样意气风发谈笑风生。没有了裴启桐的裴家花园对于他们已是一片荒原。而且,那个时候的政治形势已把他们头颈上的绳索拴紧了,他们只是在苟延残喘。这个时候裴达峰知道了这些正在老去的人其实代表了一个个盘根错节的家族,这些人的家族还有大批的亲属在国外。当他想到了自己度过童年的德国,就会对这些人产生认同感。他们都是有着一条同样的国外的根。尽管裴达峰只是个远离政治的江湖医院的小医生,他还是感觉到了暴风骤雨即将来临。

过不了多久,进入了一九六六年。W城很快就卷入"文化大革命"第一波的武斗风暴了。这个地方地处东海前线,有强大的民兵武装。造反派之间出现派别后,很快就发生武力冲突。开始的时候是动用木棒梭镖之类的冷兵器,但是很快就使上了现代武器,步枪冲锋枪

**布偶**

轻重机枪还有迫击炮榴弹炮都用上了。英国人在一百多年前造的五马街被大火烧了七天七夜，武斗的派别占领了制高点，用高射机枪轮番扫射。成百上千年轻的红卫兵被打死了，普通的居民百姓都开始弃家逃乱。这个城市最后一次逃乱是发生在三十余年前日本人入侵的沦陷时期，现在逃乱的狂潮再次开始了。那个时候城市的公共交通已完全瘫痪，大批的逃乱人群挑着担子推着板车或者是乘着瓯江的舴艋船逃到乡下去，逃到上育乡、谷溪桥头、藤桥西岸那些山头底角去。那个时候裴达峰的医院已经停工了。他骑着那辆蓝翎自行车，在城内穿梭着，去父亲那些老友的家里去安抚他们，帮助他们离开危险的境地，逃到乡下去。好多人在乡下没有亲戚的，就逃到了裴家花园里来。裴家花园虽然离城里还很近，听得见枪声，可毕竟是郊区了，比起流弹飞舞的城里要安全了好多。

　　有一天，他骑着蓝翎自行车像一支箭一样闪过城区的城西街，看到了一大群戴红袖章的造反派围在教堂门口。他们在教堂里面砸烂了圣像和神堂，把里面的长椅子拖到外边马路上堆起来烧掉。他本来是马上要绕着走开，突然看到了那个牧师傅西科正蜷缩在教堂外一个墙角上，身边是一堆杂物。裴达峰不是教徒，也从来没来这里做过礼拜。这个牧师过去和他父亲有交往，来过裴家花园，所以会认识他。裴达峰问他怎么会这样？他说自己是被他们从教堂里赶出来了。他本来是住在里面的，没有家庭，是个独身，现在可不知往哪里走才是。裴达峰把他的被子卷起来，让他坐在自行车的后架上，带他回到了裴家花园里。已经有不少的人避乱在此。他们在这里过着集体的生活，把带来的食物集中在一起做了吃。有人在花园内一块空地里撒上一些菜籽，很快就长出了绿油油的白菜苗。那个时候西山的自来水厂早停工了，裴家花园倒是不缺水，院子里有一口很深的机井，用掀压式的唧筒可以源源不断吸出清澈的地下水来。可这里毕竟不是世外的桃花源，食品生产不能自给自足，还得到外面去采购一些回来。裴达峰骑着车子到处转，就是去寻找食物的。

有一天，外面传来消息，说城西的教堂里有卖鲜牛奶。新桥的乳品厂工人跑散了，生产也停了。那些奶牛的奶没人挤，挤出来也没用，厂里一些老工人生怕奶牛会被牛奶涨死，就把奶牛往城里赶，指望城里人会来买新鲜牛奶，这样就可以救下奶牛。这些奶牛赶到了城里之后，在五马街信和路转了一圈，找不到地方歇脚。奶厂工人们发现了城西大教堂的门被推倒了，里面是空的，就不管三七二十一把上百头荷兰花奶牛先赶进去再说。奶牛住进了教堂的宽敞明亮的大堂里，地面上铺上了干草，挤奶女工挤下了鲜奶，一桶桶摆在那里。不久之后消息传开，还真有留在城内的市民拿着瓶子锅子来买鲜奶。裴家花园里的人在得到消息之后，派了好几个人带了很多罐子瓶子来买鲜牛奶。很多人对于喝新鲜的牛奶非常兴奋，在W城里，不说目前的武斗时期，就是在武斗之前也是喝不到鲜牛奶的，因为鲜牛奶都是被做成炼乳罐头出口了。

这一天，避难在裴家花园的人们喝着新鲜的牛奶，讨论着他们的未来道路。由于城里的武装冲突一直不断，而且还听说将会有更大的战役要打，他们都有点战战兢兢，觉得裴家花园这里也不安全了，也许还得向更远的山区撤退、退避到青田或者文成的山区。但是他们又不想离开家园太远，青田文成山底角的偏僻落后艰苦他们实在是受不了的了。这个时候，饱经世面的昌恕发表了令人为之一振的看法。他说老是躲避人家的革命不是个事儿，应该自己起来革命才是保护自己的最好办法。他说这话时，大家把喝牛奶的杯子都放下了，等他把话说下去。

"亲爱的同志们。大家不要奇怪我为什么用同志这两个字称呼各位，从来没有人称我们是同志，好像我们是一种社会分类之外的类型。但是在今天，当大家在这个地方患难与共的时候，我才想起来了，我们完全也可以用同志来称呼自己。我现在考虑到一个重要的问题，为什么我们这些人在武斗之前都是各自一方，从来没有像现在这样紧密地团结在一起，生活在一起？还有一个更简单的问题就是，为什么我们在盛产牛奶的 W 城以前几乎喝不到鲜牛奶而现在武斗了却喝到了？道理很简单，以前没有造反，现在造反了。只有造反了，我们才会放弃以前认为无法放弃的东西，聚集在这里过简单的生活，只有造反了，世界打乱了，我们才喝到过去喝不到的鲜牛奶。也许你们在心里发笑，说我喝了一点牛奶就像喝了五斤老酒一样喝醉了！不是的，同志们！在这个造反的年代，你要是不造反，人家就要造你的反。看着好了，如果我们就这么坐着，用不了多久造反派就会光顾这里了，我们的旧事都要被抖出来，我们就得像那些奶牛一样被赶出去流浪了！"

"那你的意思我们要干什么？你还是赶快说吧，要不我们这杯牛奶都喝不痛快了。"听他说话的人们纷纷嚷着。

"我们起来造反的时间到了！我们不只是同志，还应该是战友。我们要建立一个战斗队，杀回到城里面去。只有这样，我们这些人才能继续团聚在一起，而不被人家造反肢解。你们一定会说，这怎么可以？我们好不容易才逃乱了出来，怎么又回到那里呢？同志们，战友们，有时候看起来最危险的地方恰恰就是最安全的地方。我们只要竖起了造反的旗号，一定能够在城里找到一个安全的立足点。到那时，我们就可以安排下一步的行动了。"

裴达峰默默听着。他没有发表看法，但他觉得没有其他办法比这个更好了。

三天之后，一支叫华侨造反公社的队伍拉起来了。他们每个人肩扛一支木头的红缨枪，那是锡龙社员带着三个人连夜赶制的。一杆红色的大旗也十分醒目，是用一条红绸缎子的被面做的，董和梅、红玉等女社员含着热泪连续绣了三天三夜才把红旗绣了出来。造反公社在一个没有枪声的早晨杀回了城里。他们举着大旗，扛着梭镖，红布手套拴在手臂上，皮腰带系在棉衣外头。他们的指挥员事先已经制订好了作战计划，进攻目标就是城西教堂里的临时奶牛场。也许这个计划的灵感来自堂·吉诃德大战风车经典战役，他们的造反队目前的战斗力大概也只能是不设防的奶牛了，尽管他们为自己刚刚喝过它们的奶有点内疚。他们在傅西科牧师的带路下，从小门里冲进了教堂，那几个挤奶工和奶牛都没有抵抗。他们把奶牛赶出了教堂的大门，奶牛一头头走上了街头，顺着马路进入了附近一个公园里，那里还生着大量鲜嫩的青草，后来，那些奶牛全部进入了无人看管的地委行政公署的大院，那里的青草地一直连接到九山湖畔。

当最后一头奶牛被赶出了教堂的时候，华侨造反公社社员们赶紧把大门关上了。他们的心里有说不出的喜悦，起义成功了！他们终于有了自己的庇护之所，尽管这个庇护之所是上帝的房产，而且还布满了牛粪。他们关起了门，在外边挂上很多旗帜和标语，表示这里已经被占领了。他们把教堂里面的污秽之物清理了，把大门加固，在教堂的屋顶设了瞭望哨。从那天开始，城西教堂正式成为了华侨造反公社的城堡，城内所有的造反和不造反的机构都承认了这个事实，再也没有人来找他们的麻烦。

过了一些日子之后，武斗的风潮结束了。公社的指挥部举行了一次重要会议，认为这个公社要是想存在下去，必须要发展生产。如果长期无所事事那么内部一定会自我溃烂。这个意见得到了大家的同意。

但是发展什么样的生产则产生分歧。

有人说，干脆把那些牛找回来好了，继续搞养牛业。但是这个建议被人嘲笑了。如果牛在这里，人待在什么地方呢？

也有人建议搞一个豆腐厂，当然也包括做豆腐干。提这个建议的陈时政是在巴黎唐人街卖豆腐出身的。这个建议大家认真讨论了一下，但是认为豆腐这东西做好了马上得卖掉，得有人去推销，可是谁也不愿意去当一个豆腐推销员。所以就被否决了。

社员董和梅一个建议引起人们的兴趣：打绳索。董和梅长期生活在西门码道，认识不少水上的船老大。那个时候在瓯江边上的航运繁忙，大小船只需要大量的缆绳。所以在码道一带打绳索的人很多。基本材料一是用番棕（剑麻），一是用络麻。还有用竹青做的大缆。董和梅这个建议引起指挥部的重视。最后认为打绳索工艺比较简单，采购销售也比较容易。于是，他们就开始试验起来。

他们做成功了。不久之后，华侨造反公社的牌子悄悄地换成了华侨绳缆编织厂。教堂里面响起了机器声音。最初是一些手工的纺车式的机台，很快就有了电动的工具。昌恕过去在南洋开过大工厂，生产管理经验丰富。厂里的开办经费起先是大家集资的，很快，集资款有了回报，每个成员每个月开始领到几十元人民币的工资了。就这样，这个公社在经过最初的混乱之后，正式成为了一个工厂。工厂打了三年的绳索后开始发展织布，陆续购置了先进的纺织机器，名称也改成华侨纺织厂。昌恕凭他的无私和丰富的经营管理经验一直在当厂长。人们多次提议让裴达峰当副厂长，但是他没有答应。他一直在厂里当医生，负责全厂人员的身心健康。不知不觉，这个工厂走过了七个年头。这七年，中国和外边的联系断绝，外面的消息全没了。裴达峰一直不知道父亲在外边的情况，直到现在阿芸回来找他。

阿芸和裴达峰这个晚上慢慢喝着酒说着话。裴医生说完了后，轮到她说她的故事了。

她说她本来根本是不会想到嫁给袁香的。在裴达峰在青田医院被抓之后，她又怕又羞逃回了山里面。那以后的几年里，她很少出来，一直在等啊等她父亲回国来。她等了那么久，终于等到了她的父亲回国来了，然而想不到的是父亲不久之后竟然会死在另一个村子的水井里面。她知道靠父亲带她出国的梦想破灭了。所以在后来的日子里，只要谁能带她出国她就愿意嫁给谁。后来，她经人介绍嫁给了W城内从意大利回来的袁香。新婚之夜发现袁香原来是个阳痿。不久之后，袁香回意大利了，让她在国内等着，等办好了申请手续就可以带她出国。她这一等就等了三年，只觉得漫长得如无尽的黑夜。那些年虽然住在W城里，却是一点不知道裴达峰的消息。她毫不讳言说自己后来有了一些秘密的男友，有一个手臂上刺青的人告诉过她裴达峰的消息，说他就在城市西面一个地方行医。那个时候她曾经冲动万分，想去找他。但是，她怕自己因此会再次陷入麻烦，出不了国，去不了意大利。而出国这件事是她的最重要的梦想。所以，她没有去找他。

在她到达意大利之后，在袁香父亲的餐馆里做了几年的厨娘。她熟悉了环境学会了语言，就和袁香离婚了。她并不喜欢袁香这样的人，况且他还是个阳痿，她只是为了出国才嫁给他。现在已经在外边了，她就没理由和他在一起了。她说那几年她一直在欧洲的国家之间流浪，在酒吧和餐馆里做工。后来她在德国斯图加特的一个酒吧里陪酒时遇见了一个老男人，说起口音还是青田老乡。当晚，她陪着他喝了很多酒。他喝得杯数越多，她的陪酒分成就能分到越多。从喝酒交谈中，她知道了他就是裴达峰的生父裴启桐。还知道了他是自己父亲的好友，父亲死之前曾经去裴家花园里拜访过他。裴启桐也回忆起了阿芸父亲到花园来的情况,然后又说到了裴达峰的事。裴启桐说自己对他深为失望,不愿带他出国,只把他作为自己的香火在国内传代了。

从这天开始,她经常和他会面,不久后就和他同居了。那时他又在德国重操旧业,干起了雕刻墓碑的生意。当然不是自己刻,而是请了好几个青田籍的石工来干活。他天生有领头人的能力,是当地华侨的号召人。可是他活得也很不快活,每天都要喝很多威士忌才能睡觉。

终于到了这一天,他得了中风,起先是半边瘫痪。后来又脑溢血。在临死之前,他觉得了自己有件事情没有做公平,那就是对待裴达峰。从小他被放在孤儿院,带回中国后又没有好好照料他。而最不公平的事情是他没有给裴达峰一次机会选择他将来愿意居住的地方。他在临死之前愿意把这个机会留给裴达峰。裴启桐让她把一个旧手提箱打开,拿出一个泛黄的大信封。那里面有一些文件,其中有一张德国医院的裴达峰出生文件、还有一张裴达峰的德国生母的照片。裴启桐托阿芸以后回国时,把这些文件交给裴达峰。

这份出生证明现在阿芸把它从包里拿出来,放在桌子上。裴达峰看到了是用打字机打的,全是外文字母。阿芸说这是德文。他认得出来一行数字。31.07.1939。他想这个一定是他出生的日子了。他现在用的生日日期是错误的。还有 DERK.PEI.(特克·裴)他认得出 PEI 是拼音裴字,DERK 就是他的名字了。还有一个名字玛格丽特(MARGRET),就是这个发黄的照片里的女人,在这个日期里,在一家医院里生下了他。母亲,他想了这么长的时间的母亲,终于出现在眼前。那是个金发的女人,大概才是二十岁出头,微胖,带着笑意,眼神空空荡荡的,照片已经泛黄,局部发霉,看起来不是很清楚了。

"父亲为什么在死之前要你把这些文件转交给我?"裴达峰说。

"你的父亲说你如果要出国,只要把这些证明文件递交给德国的大使馆,你是可以回到德国的。而且,也许你还能找到你的德国生母,她的年纪也不是很大,也许还活在什么地方,如果她没有在战争年代被打死的话。"

裴达峰一声不响看着这份发黄的文件。他想:瞧!我的生日原来是 7 月 31 号,而不是 5 月 16 号。

## 八

转眼间,树木葱茏,百花盛开了。天气转暖和,月亮也更加饱满。这个时候教堂工厂里的人们开始议论起即将来临的裴家花园晚会的事,慢慢地激动起来。参加过往年聚会的人们在津津有味地回忆着那美妙而神奇的经历:在一轮新月即将升出松台山背时,一辆带篷的马车——而不是汽车——嘀嘀嗒嗒驶进了九山湖畔,将已在指定的一棵大榆树下等候的晚会参加者带走。小马车沿着九山公路快步向前,坐在车内的人只听得轻快的马蹄声,却无法看见外边的景物。偶尔有好奇的人掀开了油布的车棚门帘往外瞧瞧,却发现了那是一条很陌生的路,似乎从来没走过的。不知跑了多久,天已经完全黑了,马车骤然拐进了一条暗影幢幢的林荫小道,路边的两侧的冬青树高得吓人。慢慢地,人们看到了前方的夜色里出现了一盏微暗的灯,随着马车前行,人们看到原来是裴达峰医生在打着一个油纸做的灯笼接应来客,他身后是一堵青苔遍布高大结实的院墙。现在,人们看清楚了这座传说里的花园实际上是一个古典式的东方别墅,清澹的月光正笼罩着它。照例，宾客要在园中参观一番。他们站在园中那一大片呈圆形的月光草坪上，看到了草坪上反射状地连接出许多条鹅卵石小径，径边植满了郁金香、香石竹、紫罗兰。从这里，人们望见了衬在夜空中的花园主体建筑——飞檐重叠的香楠木八角雕楼的黑黝黝轮廓，不禁从心里赞不绝口。在后花园那里，一团团浓得令人伤感的香气在暗夜里浮动。过了好久，人们才在夜色里寻找到香气的来源，原来这里种植了大约两亩地的玫瑰花。它们是直接种在泥土里的，枝条却攀缘在棚架上，一条湿漉漉的小径通向了玫瑰园的深处。

　　然后猝然来到了灯光亮得耀眼的屋内。穿过了两面光可鉴人的漆壁，有一道宽大、油光闪亮的橡木楼梯直往上奔。在前面引路的裴医生的脚跟磕在楼梯的木板上，发出一阵木琴一样的动听声音。当人们的脚步一起走的时候，那声音变得如瀑布似的和弦声。接下来的参观节奏越来越快，叫人目不暇接。在姿态僵死的先人肖像和门槛、影壁、栋柱之间，走廊连着走廊，没有尽头，寂静无声，背景昏暗阴森。人们急步穿过一个清朝风格的卧室，漆黑的榻床上垂着黄绫帐幔，四周排满了嵌大理石的乌木琴凳、太师椅、榻榻米，然后又进入一个西式的客厅。这里铺满了珍贵的丝绸，色彩缤纷的鲜花。窗门微启，夜风轻轻拂动天鹅绒窗帘。在整个参观过程中，裴达峰医生不动声色，不加介绍，始终坚定不移地将客人引入建筑的最深层面。现在人们骤然进入一个雪白的医学实验室。空旷的房间中间突出了一架白瓷做的解剖台，一具剥去皮肤的尸体模型躺在上面。实验室里有许多个玻璃瓶，用福尔马林浸泡着人体各种器官。参观过这里的人后来回忆起来这里的一幕，常表现出想呕吐的症状。

　　尔后，人们被引进了餐室。这里没有座椅，醒目地突出一张铺着绣花台布的长方形大餐桌。桌上摆满了冷菜、点心、水果。有好几种酒，白兰地、葡萄酒、汾酒，还有果汁。裴医生将各种酒倒入一个大玻璃缸里调和后再斟入每个人的杯子，味道又怪又好喝。饭后，人们聚集在裴医生宽大古雅的书房兼客厅里面，喝茶，喝又苦又焦的咖啡，抽哈瓦那雪茄或者群英牌香烟。裴医生打开了留声机，开始放音乐。一段是巴赫的回旋舞曲，接下来是一点二胡曲《病中吟》《烛影摇红》。慢慢地，晚餐喝下的酒起作用了。人们从呆若木鸡的拘谨中苏醒过来，有人起来把门窗关严，垂下了厚厚的窗帘。某个先生唱起一段《空城计》，某个夫人来上一段越剧《黛玉葬花》，接着有人唱《夜上海》《夜来香》……就这么一遍一遍地唱着，人们时而微笑，时而用手帕揩着眼泪。当有人不聪明地放开了大嗓子时，马上有人在嘴前竖起了食指：嘘——晚会的时间大致是这样度过的。每年一度，裴家花园都会进行这样一套既定的程序。这样一个晚会是花园最早的主人在世纪初的时候就定下来的，裴医生所加入的内容十分有限。这个晚会的最后一道程序是：上月光草坪去跳舞。

那是一个多么令人向往的时刻。人们愿意等上整年的时间，就是为了能品尝到裴家花园的美味和美好时光。但是在今年，晚会即将举行的前一个月，裴达峰医生迟迟不见发出请帖。通常这个时候，他已经开始用鲜花的语言通知受邀的宾客了。人们开始注意到裴医生好几天没有出现在他的医务室的事实，经常有人在这里探头探脑打听裴医生的去向，而得到的消息是裴医生请假到外地去了。很快，有流言传播着裴医生即将要出国到德国去了。这个消息让大家十分不安。有好些人甚至有末日到来似的伤感。然而事情并没有这样糟糕，一个礼拜之后，裴医生重新出现在回廊中的医务室里，似乎什么事情都没有发生。

裴医生回到了教堂工厂之后重新坐在了那个回廊深处的时候，表面上工厂的机器声还是一样地嘈杂，然而在里面的人们目光所传送的都是一种如释重负的信号。裴医生回来了。人们都不好意思马上去看他,去澄清那可恶的关于他即将离开工厂到德国去的谣言。只有那个红玉是例外。她已经等待了裴医生多日了,她遇到了一个非常大的麻烦。她是第一个去见从外地回来的裴医生的。

红玉是一个话语不多的女人。她端庄美丽,正是因为话语不多,那些美丽都深藏在身体里面,像宝石内部的花纹。她坐在裴医生的桌前,看着他,足足有十秒钟。然后她说:

"我就不相信他们说的话,说你已经走掉了。我知道你不是那种把我们抛弃掉自己一去不回来的人。"

"美丽的夫人。我要是走的话,不会不告而别的。不过,我们在华侨纺织厂不会永远待下去的,我们只是同坐了一条渡船,早晚都要分开的。"

"可是人家说,一条船的船长要在所有的人都离开了船之后才可以弃船的。"

"夫人,我只是这条船上的一个医生,医生可没有这样的限制和责任呵!不过,我是不会放弃这条船的,哪怕它开始下沉。好了,让我们快乐地过完每一天吧。你今天有什么有趣的事要告诉我呢?"裴医生说。其实他已经知道红玉将要对他说的事情是什么。

"是的,我是要说的。谁说我没有话要对你说呢?可我要说的事一点也不有趣。"红玉显得不平静,她在控制自己的情绪,要把事情在冷静而端庄的状态下说出来。

"是这样的,你总知道我的女儿吧?她还刚刚到厂里来上班没几个月。她可是我们家里的掌上明珠,也是我们家里的希望。她从小老是生病,一发烧就是几个礼拜,常常莫名其妙淌鼻血,三天两头要去医院。菩萨保佑,她总算长大了,出落得这么漂亮聪明。我可是把她含在嘴里养大的。孩子长大了，让我们又喜又忧，喜的是她成了标致的女孩，忧的是现在的社会环境这么复杂，她什么也不懂，会吃亏。我可是一步都没让她独自出去交朋友。晚上的时间呢，那就更不要说了，黑暗的街头什么事都会发生的。"

"我知道你的女儿，知道她现在的工作岗位在什么地方。虽然她到现在为止还没有来这里看过病，可我已经给她建了病历。我想她不久后会需要我的。"裴达峰说。红玉是工厂最初的成员。她的举止典雅品行高洁，不像普通的女工嘻嘻哈哈爱和人家开玩笑。她的家族里已经没有人在海外了，这是她的一个心病。在这个厂里，拥有关系密切的海外亲属往往是获得人们看重的一个重要因素，尽管当初建厂时的秘密约定说好只要是这个厂里的成员大家都要享受同等尊严。

"裴医生，你这么说我就放心了。其实我也知道这厂里的事情没有一样能逃过你的眼睛。这么说吧，也许你已经知道的，那个也是新来不久的保全工莫丘一次又一次地跑到我女儿工作的房间里。厂里的人都知道了，都在看着这件事情。"

"你不觉得这是一件不错的事情吗？这个莫丘看起来是一个很健康的年轻人，会打篮球，是个运动员。而且，他有红色的背景，父亲是眼下管华侨事务的官员。你干吗为这事发愁呢？"

"不，对于红色背景我是一点也不感兴趣的。我对于他们总是感到害怕。他们是一些我无法理解的人。我的祖父，还有舅公，就是被那些红色的人给镇压了的。你知道什么叫镇压吗？就是枪毙啊。"红玉的脸色郑重，有点发青的样子。

"你知道，我们家原来是西角外的大户人家。我奶奶以前要是想到城里金山益布店买布，只要轻轻丢一句话，就有人报到城里，金山益的经理就会派人将几匹绸缎送上来。我奶奶端午节去河边看划龙船，人家早给她备下最好的座位。她坐在那里一边喝茶一边吃杨梅干,那些龙船会划到她跟前讨赏钱。但是,我们家后来无可救药地没落了。除了被镇压的,活着的成员都已经成为蝼蚁一样的小民。所以,唯一我所能寄托梦想的就是女儿了。只有她能嫁到国外一个好人家,她才会有体面的将来,才会把我们的败落的家门重新振作起来。"红玉接下来说到,事实上柯依丽的亲事已经有着落的。男方是葡萄牙里斯本的一个餐馆里的厨师,文成玉壶人,28岁。经人介绍双方家庭都看过照片的,说好明年初男方会回国来正式谈亲。但是现在半路杀出个莫丘来,红玉觉得这件事有麻烦了。

"你想让我做点什么呢?"裴医生说。

"我也不知道叫你做什么,我没有别人可以商量,只有和你什么事情都可以说。你就帮助帮助我吧,想点办法不要让那个莫丘再缠着我女儿好吗?"

"那好吧。你说的事我不能不听啊。让我想想办法吧。"裴医生说。他已经在考虑接下去该怎么做了。

事情又恢复到原来的状态。但这只是表面现象。裴医生得考虑他将离开这个教堂的可能性了。

在前些日子他从厂里消失了的一周里,他已经和阿芸去过北京西德驻华大使馆。西德刚刚和中国建立了外交关系,工作人员十分友善礼貌。他是单独进入会见室的,接待他的是一个女官员,会说别扭的中国话。她是一个三十多岁的白人女子,典型的撒克逊高卢人,头发是金发,碧蓝的眼睛,鹰一样的鼻子,身上透着一种香水味。他把母亲的照片和自己的出生证明摊在了桌子上面。这个女领事非常友好地接待了她的这个半血统同胞,鼓励他把自己的故事说出来,甚至会眼含泪光，对他这么多年的艰难生活表示不可思议。她把他的申请收下了。因为他有德国的出生证，具备了申请探亲居留签证的条件。她还表示会很快上报到西德的内政部，帮助他找到他的生母下落。如果有了消息，西德使馆会很快通知他的。这样的结果表示，他很有可能在不长的时间内获得西德的签证。他快要回到他出生的地方了。他在这里的时间已经有限。

裴达峰医生坐在那条回形走廊的中间部分，在细微的气流中静静地看着雪白的教堂穹顶出神。一会儿，他看见了冠良一步一步走来了。他一眼看出冠良的毛病还没有彻底好转，他走路的姿态两腿分开，似乎害怕两腿之间摩擦生痛。

果然，在他给冠良检查过之后，发现了大剂量青霉素对他的那个疖子只产生了抑制效果，那个皮层下面的脓包病灶还在潜伏着，暂时没有发作。但冠良似乎对这个问题不是很在乎，今天来看医生是为另一件事，他的腰部背部还有腿部都有一道道青紫色的瘀伤。

"年轻人，你这是怎么回事啊？怎么会遍体鳞伤？"裴医生问道。

"没什么，没什么，我是在练摔跤，被人摔的。"冠良说。

"这些伤不是摔的，是被一种硬物击打造成的。"裴医生说。

"既然你都知道了，我也就不相瞒了。是被人用扁担打的。"冠良说。

"这事就奇怪了，谁会对你这样一个善良的年轻人下毒手呢？"裴医生说，一边检查他的肋骨是否完好，然后给他做热敷疗伤。

冠良趴在医疗床上，讲述着自己近来的经历。昨晚他从巫姗姗家里见过雨燕之后出来，在巷子里遇见打闷棍的。好在他动作敏捷，还经得起打，才只受了点皮肉伤逃了出来。

"我原来以为雨燕的男友是个只会拉小提琴的手无缚鸡之力的家

伙，最多手里会拿着一根琴弓和我打架。想不到这个家伙也会拿起扁担和我拼命，我忘了他也是去黑龙江插过队的，干过重活的。"冠良说，显然还心有余悸。

"好啊，事情已经到了决斗的阶段，看，你的身上的潜力还大得很呢！"裴医生说。

"这算什么决斗？最多算是一种暗算而已。"冠良气愤地喊了起来。"决斗是什么？决斗就是像普希金那样，和对手走出十步同时回过头来射击，这才是决斗。可是那个家伙是躲在路灯下面的阴影里。先是把我的自行车的轮胎割破了，后来，当我骑上车，发现轮胎不行了停车检查的时候，他突然拿着一根扁担冲出来，朝我身上乱打。起初我还以为这是一个卖粉干的乡下人呢，我前天因为他短秤把他的秤给折了。我很怕乡下人，他们力气大，所以我只想着抵挡。后来我看到了这人戴着眼镜，哪有卖粉干的乡下人戴着眼镜的？这时我才明白过来这个人一定是雨燕的男友，于是我就抓住了他的扁担和他对打起来。想不到后边又蹿出好几个人，对着我就是一顿痛打。我寡不敌众，好汉不吃眼前亏，不愿恋战，赶紧跑掉了。"

"不要小看你的敌人，看看你身上的伤痕，那是要往死里打的气力。"裴医生给他翻了个身，给左侧肋骨做热敷。

"这倒好，可怕的是他还没出手的时候，我不知他会怎样出手。现在好像一场战争开始了，我反而不害怕了。就算是一场特洛伊战争，我也要把她争过来。"

"姗姗姨的态度怎么样？"裴医生问。

"她很奇怪，好像是一个观众一样，看着两个年轻人去争夺她的女儿，好像她采用了丛林动物规则，哪个赢了就归哪个。"

"哈哈，你的姗姗姨真是个聪明人。"裴医生说，"她是最会选择

107

女儿配偶的女人。"

"裴医生，我现在脑子里的想法很有意思。在最初的时候，我只是喜欢雨燕的美貌，对她的性格一点也不了解。我母亲叫我不要癞蛤蟆想吃天鹅肉，我自己其实也自卑过。她拉的是小提琴，夹在脖子下面的，歌纸上是五线谱的，还有钢琴伴奏。我手里熟悉的家伙是斧头和锯还有刨子。当然我有时也拉上两下，那是二胡。我是无师自通的，马尾上擦了松香，把胡琴线调准音，我就会拉《良宵》《病中吟》还有《光明行》，可谱子我是不会看，死记硬背的。她那么高，那么白，像个苏联姑娘。我却矮了点，黑了点，腿还有点罗圈。可是，我发现，其实她也是有小毛病的，比如，一不小心，她就会伸手指挖鼻屎什么的，还把那鼻屎往嘴巴里塞。还爱吃酸萝卜和炒豆子，还不爱刷牙洗脚。我现在算是摸透了她，她这样的女孩子还真的只有我会给她幸福，因为她的心太高，总是会看到很高很高的东西，我得带她到法国去，只有在那里她才会安下心来。当然啦，她还没明白这些，她母亲明白了，可装作还不明白。"冠良趴在小床上，下巴抵着床板，说话时嘴巴张合不方便，可是他还是喋喋不休说个没完，那就是处于恋爱中的人的典型表现。

起初冠良开始打雨燕追夺战时，唯一的优势仅是他是巴黎大华侨金柏松的侄子的家族背景。然而，对于雨燕这样的理想化的姑娘，如果仅有这样的条件，他大概最多只能在她的圈子外面转。反而只有冠良在忘掉自己的物质化背景，展示出自己的有点乡下式的幽默善良和笨拙之后，倒使得他在这场追逐中自如起来。他最初引起她的好感不是他眼下的富足，而是家庭里过去苦难的故事。

他们家原在茶堂那个地方。他的家里父亲喜欢读古书，没有出国。父亲的大哥早年去了欧洲，解放后失去了联系。五十年代后期大饥荒时，冠良的父亲饿得整天只想吃东西，脑子里老是出现传说里外国人吃黄油面包的幻觉。他没有办法找到在欧洲的大兄弟，可他有一部老式的短波收音机，可以收到台湾的电台。电台上老是有一个娇声柔气的女声播放着亲切的一段话：大陆兄弟们，你们要是希望得到一桶白脱油的话，只要写信给香港弥敦道11853信箱，就可以收到。他的父亲想吃黄油想得发疯了，但还是知道这是危险的事情，如果给那个地点写了一封信，马上会被抓了起来。父亲在那年生了肺病，一直念叨着兄弟，加上严重的营养不良，四十岁不到就死去了。而就在父亲死去的第二年，父亲的大兄弟在巴黎的金柏松有消息来了。原来他在外面很多年来都一直穷困潦倒，因此无脸和家人联络。巴黎在战争之后，很多居民特别是犹太人都死了，房子都空在那里没有人管。战争结束后政府在搞战后重建，要求市民回到原来的住家。那些没人认领的房子只要有人在上面写上自己的名字就可以归到名下。巴黎的不动产是要交地产税的，那个时候人们饭都吃不饱，没几个人愿意再去认领房子给自己添包袱。金柏松当时是一无所有，不过看得懂法语。他买了几支粉笔，在那些没人认领的房子外面都写上自己的名字，结果巴黎市政府登记的地产清单有好几十处都归到了他的名下。当然，他是没办法交地产税。不只是他，大部分人都无法交，所以巴黎市政府会给你贷款，用你的地产作抵押。做好了这些事之后，金柏松到了荷兰去做工。几年之后当他回到巴黎，发现自己的那些地产已经开始有了价值，可以租出去了。又过了好几年，这些地产升到了惊人的价值，金柏松成了巴黎华侨的首富，一代地产大王，这时才觉得可以衣锦还乡看看了。当他终于回到老家时，他的弟弟却已经在盼望他和黄油中死去了。金柏松那年回到了家乡，给故乡茶堂捐了一所小学，在W城里为弟弟的遗妻和两个儿子造了一座体面的房子。并在几年后把冠良的哥哥带到了巴黎。他已答应，等冠良完婚之后，也会给他申办到巴黎的手续。

冠良接着说："开始的时候，除了白天下班时可以到学校接她之外，晚上的时间我根本就没有机会和她谈恋爱。她每个晚上都是要到文化宫练小提琴的，练好了琴回家都是那个家伙送她回来，据说还会在县前头的汤圆店里吃点心。我唯一的有利条件是进得了她的家里，因为姗姗姨会给我开门，她像是我的卧底似的。雨燕没回来时，我就在那里和姗姗姨说话。这个时候我才知道姗姗姨肚子里墨水真多啊！她看过的书有的连名字我都没听过。她居然能把雪莱的长诗《云雀》轻轻松松地背出来。巴尔扎克不是有本书叫《贝姨》吗？也许巴尔扎克认识了巫姗姗，那本书的名字可能就是《姗姗姨》了。说真的，和姗姗姨说话很有意思，要是姗姗姨年轻个二三十岁，我一定会爱上她的。可是我现在要见的是她女儿，我还得等几个钟头。到后来，我和姗姗姨的话都说完了，我看她都打起了瞌睡，就劝她到里面去睡吧，我自己在厨房等雨燕。她们家就一个房间和厨房。我只能在厨房里等。我把电灯开得亮亮的，这样那个送她回来的家伙以为她母亲还没睡，就不敢走近屋门。我坐在厨房里，看到她们晚饭吃剩的菜还罩在饭罩盖之下，有咸带鱼、白菜、虾皮、霉豆腐，很难想象这是一个美丽的白雪公主的食谱。还看到了桌上有一本小记事本，是姗姗姨的购物开销记录，记得可仔细了。连一分钱买了葱都要记上。我在上面看到最早的记录还是二十年前，上面还有给雨燕买奶粉买玩具的记录，有一个地方记到买了一根冰棍五分钱，后面有个说明那天是雨燕的生日！这简直就是她的家庭编年史啊！我每次都想在这个时候看一会儿书。可总是安不下神来。这个时候很有趣的是那灶台上会出现很多饭草蟋蟀，成群结队在打斗和歌唱；有时会有大队蟑螂出现，我可不喜欢蟑螂。偶尔还有老鼠钻进窗门，一看见了我又扭头爬走了。它们一定是非常讨厌我，本来这个时候应是它们的活动时间。而这个时间，我听到楼下的铁门哐当响了一下。这说明她已经回来，已经走进了铁门，而且铁门已经关上了。那个家伙不管怎么样都已经在铁门外边了。这样想的时候我就觉得自己进步好大。我听见她的脚步声慢慢地走上了楼梯，那是我感到最开心的时刻，比真的见到她的时候要开心。然后她掏钥匙的声音响了，那钥匙的响声可像《天鹅湖》舞曲里的银铃串一样动听啊！她推门进来，会很友善礼貌地对我一笑。这个时候我得赶紧和她说上一些话。我赶紧拿出带来的书，给她介绍情节。想谈恋爱借书给女孩子的办法真是最好的。裴医生，你的那些书还真的不错。她都说好看。不过，我得抓紧时间，因为她很快会显露出疲倦的样子。你知道，每个女孩子睡觉前总要洗脸洗脚，说不定还会洗更多的地方呢。所以，为了不让她觉得我会给她添麻烦，我赶紧就起身走了。"

裴医生慢慢给他按摩，这个家伙的肌肉像是那些黏土一样没有弹性。他想起前些日子巫姗姗私下对他说的感受：有的时候她觉得自己的女儿竟要嫁给这样一个黑甲壳虫似的家伙，真想杀了他。可有的时候又觉得这个精明善良的年轻家伙比起那个外表潇洒的小提琴手可能会可靠得多。

"上个礼拜在文化宫里有一场演出，都是本地的文宣队队员，雨燕也要正式上台表演了。她拿了几张票给母亲，而不是给我。可姗姗姨给了我一张，要我陪她去看。你看，这里的态度说明她已经拿定主意了，对不对？那天雨燕拉了一段《红色娘子军》里的选段，好像是"清华参军"的那段慢板。说真的，我觉得她拉得实在有点紧张，音色也很干燥没有光泽。我虽然只会拉胡琴，可胡琴和小提琴也是有点相通的，一个横着拉，一个直着拉，只是少了两根弦罢了。我觉得雨燕好像不是学音乐的天才,她拉小提琴的本事比我拉胡琴也好不了多少。发现这一点,我倒是从心里觉得高兴。我不希望她天分那么高潜力那么大,要不然我一辈子会觉得欠了她什么。还是那句话说得好:女人无才便是德。

"那天演出还是成功的,好像市里的领导人也来看了。而这天重要的事情是,平常雨燕都是由那个家伙陪着回家的。这天,姗姗姨要雨燕和她一起回家,所以那个家伙无计可施了,人家母亲来接嘛!那天我们是这样回去的:姗姗姨在中间,我在右边,她在左边。我们三个人就这么成排地从五马街上走过。我知道那个家伙也许是在不远处的地方跟着我们,他一定会咬牙切齿的。在到了县前头汤圆店的时候,我战战兢兢建议,是否可以到里面去吃一碗汤圆?你知道,本地有句风俗谚语:肯不肯,县前头相等!在县前头汤圆店里一起吃了汤圆意味着事情有希望了。我相信那个家伙跟在后面看到我们走进去时,一定会气得发誓把汤圆店给烧了。县前头的汤圆是芝麻馅的,汤里有桂花,一碗就八个。雨燕的胃口小,说吃不了,用调羹从她的碗里兜了两个给我。这真让我觉得幸福,那可是她嘴里吃过的调羹啊!我知道她和那个家伙在这里吃过很多次了,和我还是第一次。不过我是第一次就拉上了她母亲,这真是一次顶一万次。那天晚上送她们到了家,我见好就收,没有送她们上楼,在楼下就告辞了。我知道,在这天的留下来的时间里,姗姗姨一定会和雨燕讨论很多事情。我不在场她们会好说话一些。

"所以说从那天开始,我和那个家伙的竞争大概已经进入同一条起跑线了。这样,我得认真起来了,因为起先我是完全没把握,只是把水搅浑。现在我看到了希望。我得摸清楚他的背景,现在的社会有背景的人吃得开。我最怕的是他住在大南门这个事情。因为南门头的帮会很厉害，那个打南拳的金德和那个摔跤王唐憨痴都是那里的人，要是他能搬动这些人，那我肯定会被打成灰尘。还有，他也不能是高官子弟。我知道他是外地人，担心他老子是南下干部。那些南下的山东人权力很大，要是和公安局派出所扯上关系那我也完蛋了。我了解到他是外地人是真的，可不是南下的。他父亲是宁波人，是第七中学的一个数学老师。一个老实人，家里的房子也很小。他是三届生，在大兴安岭待了很多年，后来病退回乡，凭会拉一点小提琴才进入剪刀厂的。可以说他是个没有背景的人。这样我倒是有点同情起他了。可有什么办法？不是说爱情是自私的对吗？"

裴医生正在按摩的手慢了下来，跑了神似的。他的脑子里无缘无故出现了那个刺青人的形象，黑夜的背景下他慢慢走在南门的街头。

"这个事情真复杂，想不到教师家庭出身的人也会找来打手暗算人。我还得防他一手才是。"冠良说，"不过我一定会把她争取到手的。我不只是为了我，也为了她。只有我才能让她过上符合她的美丽外貌和高贵气质的生活。她是一个符合我理想的女人。你知道，我们家的上辈其实是读书人。我父亲也是，他死得早，只留下我这一香脉。在巴黎的伯父也没有后代。我得找一个特别出色的女性为妻，来延续家族的光荣，这是我必须去做的事情。"

## 九

相比起节节胜利的冠良，莫丘似乎被一个噩梦罩住了。他现在所有的心思全在了柯依丽的身上。他一次又一次进入验布间陪伴柯依丽，不让她受房间的阴森气氛和黑窗外神秘的眼睛的惊吓。不过那眼睛以后再也没有出现过了。随着时间推移，另一个问题让他不得安宁，他日益相信自己留在柯依丽身体里的种子开始发芽了，这使他感到一种末日来临似的恐惧感。他已经顾不了人们盯在他背后的眼睛，频繁地去见柯依丽。然而，他在见面时得到的快慰正在消失。他鼓足勇气进入验布间，发现没有让她放松下来，相反，她显得更加焦躁不安。

"你不能再来了，我的母亲都知道了。"柯依丽说。

"你那个办法试过了吗？"

"什么办法？"

"就是用伤湿止痛膏贴在肚脐眼上。"莫丘说。这个办法是他最近听来的，把膏药贴在肚脐眼上胎儿就会打掉了。莫丘亲眼看到伤湿止痛膏说明书上有孕妇慎用的标志，觉得这个办法一定会有用的。

"试过了，根本没有用，搞得我一身药气。还有，那膏药粘在皮肤上，揭下来的时候特别痛，肚子上毛都粘住啦！算了吧，让你这些土办法见鬼去吧！"

"你的大事情到底有几个礼拜没来了？你觉得一定是吗？"

"不要问了好不好，告诉你妈让她准备做奶奶好了！"她有点歇斯底里地喊了起来。

于是莫丘不说话了。坐在一边看着她。过不了多久，他又忍不住说话了，还是那件事。

"我觉得那件事还是可以考虑的。"

"你说的是什么事情？为什么你不把它说出来。"她说，听得出她在生气。

"我听说那件事很简单的，就一个东西伸进去一吸，一下子就好了。"莫丘说。他的眉头皱得像个小老头，他还是不敢把流产这个字说出来。

"我不去！万一他们把我做死了怎么办？我可是从小开始都是体弱多病的。"她没好气地说，赌气地噘着嘴不说话了。过了好久，她好像软了下来，说：

"你怎么知道那件事的，什么叫'用东西伸进去一吸一下子就好了'。"

"我是听别人说的。"

"别人是谁？"

"是我的表姐。那是很早以前了，我在姑妈家里听到姑妈和表姐说话。那时我还小，她们以为我听不懂的。表姐说那个东西往里一吸，就会看见从一条玻璃管里有血水流出来，就完成了。"

"你的表姐也是被什么前三后四的人搞怀孕了吗？"

"那可不是。她那时生过两个孩子，有老公的。她老公是拉板车的，力气很大。有一次说自己生病了去看医生，医生问他哪里不舒服，他说自己最近胃口不好，吃不下饭。医生问他吃多少？他说只吃半斤。医生说半斤饭够他吃两顿了！"

他说这些的时候，柯依丽被他逗乐了。她想了想说：

"没有别的办法了，也许可以试一试，可是我真的很害怕。你知道哪里可以去做这个呢？"

"当然要去大医院，就去第一医院吧。我小时候常去那里看病，比较熟悉。那里一定是最好的。"

于是他们安排了一整套的计划。柯依丽先说自己肚子痛请假不来上班。然后在约好的那一天，他会从工厂里溜出来，借来父亲那辆用部分三轮车配件搭成的自行车载她到医院去。事前他会先挂好号，这样就可以直接去妇产科，那里有个牌子"人流室"。他已经搞清楚了，

115

是在三楼。然后，他会等在病房外面，在人流做好之后，她得休息一阵子。这段时间千万可不要碰上什么熟人。然后，他会用自行车载她回家里。她得在家里休息一个礼拜。在这个计划执行之前，柯依丽提出得搞到一张一个礼拜的请假单。她得先去找裴医生，说自己肚子痛，让他给她开一个星期的病假单。莫丘觉得这个计划还不错。只要裴医生给她开了病假单，就可以开始按计划做了。

第二天上午，上班不久接连有机器出毛病。莫丘修好了一台马上又有一台机器在等着他修理。他显得有点心不在焉，挂念着柯依丽不知是否已经找裴医生开了病假单。好不容易把活儿干完了，却听得厂长在喊他。厂长说验布间的日光灯又坏了，让他去拿一根灯管换一下。莫丘听到这个吩咐倒是喜出望外，他正发愁没借口去见柯依丽呢！这下可有堂皇的理由了。

莫丘先去水龙头那里把沾满机车油的手洗干净，然后开始沿着回廊往前走。他先得去傅西科师傅那里去领一根灯管，还有一个斯达脱。经过验布间的门时，他心里对柯依丽说：等一下，我回头就来看你了。他继续往前走，看到了那个座钟前面的裴医生的位置是空的。再往前面走几步，就到了傅西科的工具间了。上一个礼拜天，莫丘在他的家里忙活了一整天，帮他把一百斤的煤球粉用模子做成了蜂窝煤球。最近几个月煤球厂设备坏了，煤球店只供应煤粉，让市民自己想办法做成煤球。傅西科年事已高，没有力气了，煤球做得很松，而且他还没有在煤粉里加黄泥，所以煤球烧了一阵子就会塌陷，造成煤炉子熄灭变冷（他形容这是宇宙的黑洞塌陷）。为此傅西科吃了好几次冷饭。莫丘知道了这件事，骑着父亲那辆自行车到郭公山脚挖了一麻袋黄泥，驮回来和到煤粉里，用二十磅的大锤在模子里打出一个个结实的蜂窝煤球。这样的煤球烧透后不会碎掉，而且封火到第二天不会熄掉。

# 布 偶

"最近我的炉子成功极了。昨天晚上炉子封上后,不仅没有熄掉,我还在封上的炉子上自己烤了一小块下午茶蛋糕。"傅西科说。莫丘有点不以为然,不知他花那么多工夫做一小块蛋糕有什么意义。

"傅老师,我要领一根日光灯管,还要一个斯达脱。"莫丘把领料单交给了他。

"什么地方用啊?又是大堂楼上用吗?"傅西科戴上了老花镜,仔细看着领料单。

"验布间里。就是那个三角形的房间里面。"莫丘说。他想起了三角房间尽头黑窗里奇怪的眼睛和柯依丽背上的白石灰手印。他说:

"傅老师。我听说这个教堂里面过去是有过外国人的修女的,你见过她们吗?"

"这事是真的,年轻人。"傅西科说,他的眼睛里发出了光辉,"以前,我们这里的教堂是这个地区的教区中心,这里的修女主要是西班牙和意大利的。她们大部分人在这里会待上几年,也有的一辈子都留在了中国。她们还会到城市的外围去传教,还会去农村。我到这个教堂的时候,这一条小街的一半是清澈的小河,小河上有石桥。小河通到信和街,那条街也是一半是河流。我经常看到小河上一些舴艋船儿飞快地滑行在河上,船头上总坐着几个戴白帽子的外国修女。"

"真的很难想象。我们这里曾经有过那么多的外国修女。也许,那个时候她们在这里成群结队也像现在的挡车女工一样热闹。"

"你这样说是很有道理的。那些修女其实也是一些普通的姑娘,只是比一般人多了一条黑袍子。她们要是穿上普通人的衣服,你就认不出来了。"

"那些修女后来怎么样呢?都回去了吗?"

"是的,很多都回到她们的国家。也有的回不去的,死在在中国,

117

死在这里，死在乡下的都有。"

"傅老师，我想问你一个问题，你说那些修女或者教士死了之后会有幽灵这件事吗？他们的幽灵没有回到他们的故乡，会在这里不得安宁吗？"

"年轻人，这是一个十分不好回答的问题。我可不想宣传迷信思想。我要说的是人死了之后肉体是消灭了，可是总有什么东西还存在的。我们的灵魂和肉体是由个别的元素构成的，而这些元素在消失的先人身上也都存在。当过去的人消失之后，他们灵魂里的那些元素会存在，寻找寄存的地方。从人类的经验来看，石头通常会是灵魂元素喜欢栖身的材料，就像鱼栖身在水里、小鸟栖身大树、白蚁栖身陈旧的木头一样。这就是为什么天主教的教堂会选用上等的石料作为建筑的主体。我当年的老师波兰大主教说过他住在华沙三一大教堂里一个人可以仿佛是生活过许多世纪。不仅是和16世纪的先人聚居在一起，而且聚居的人们包括了往后延续了好几个世纪的未来的人。"傅西科不紧不慢地说着。没有人听他说这些话，只有眼前这个年轻人还有点兴趣。可今天连这个年轻人也显得没有了耐心。

莫丘在这里心神不宁地待了一会儿，等傅西科登记完了料单，摸摸索索地到库房里面拿出灯管给他，他马上起身走了。他心里一直在想着柯依丽，这一天，他还没见到过她呢。他离开了工具室，走回到圆形走廊。验布间的紫檀木小门的锁已经开了，证明柯依丽是在里面的。莫丘推开了门，里面是没有开灯，黑乎乎的一片。灯坏了，厂长的话没错。可是他隐隐看见了在房间深处平时柯依丽所坐的位置上一动不动坐着个通身雪白的人，他最初的反应是柯依丽在和他开玩笑呢，故意不说话。他还对她说了声：我看到你了，快起来，让我修灯。可是那个白色人一点反应都没有。莫丘下意识地去摸到墙上的开关，扳了一下，看到启辉器发出一点微红的亮光。原来灯没有开？他想。那个启辉器的微弱红光一直闪，就是不亮灯。因此，莫丘在黑暗中与相距约三米的白色人对峙了约十秒钟，好像还看见了他在无声地微笑。就在这个时候，启辉器啪的一下断开，日光灯亮了。原来坐在黑暗中的椅子上的是一个布偶人。制作非常地简单，是用一块白色的坯布包上了棉纱头做成一个无脸无眼的人头，安在用几匹白布做成的身段上面。就这么十几秒的时间，莫丘的内衣已被冷汗湿透，感到了恶心和头昏。他呆若木鸡地凝视着布偶人，布偶人也以它那张没有表情的白无常的脸凝视着他。突然，他又发现了在充当布偶人的下腹的那匹白布中露出一截光闪闪的东西，抽出来一看，原来是他每天都在用的那把8英寸活动扳钳。

就在这个时候，他下意识地抬眼看着房间尽头三角地带的那个黑窗。那双眼睛又出现了。在他和它对视上之后，它就渐渐消失，还是像上次一样，如一条鱼慢慢沉入湖底。

即使是在这个时刻，莫丘心里最关注的还是柯依丽。她现在在哪里呢？她会不会出事了呢？他离开了验布室在教堂的走廊里打圈。他的精神出现了幻觉，感到了教堂比往常大了好几十倍，异常地空阔高渺。高高的石壁上的壁画里的天使和魔鬼都飞出来了，在白色的穹隆和巨大的梅花形圆柱间钻来钻去。混沌中，一个姑娘赤身裸体在草地上醒来，用雪白的手采摘青青的三叶草，一只肥大的天鹅用颈项缠绕着她的小腹……他走到了那座停摆的英国大座钟旁，终于看见了柯依丽。她正掀开裴医生医务室的紫红色丝绒幔子从里面走出来。莫丘想起了昨天和她商量过的请裴医生开病假单的事，想她一定是为了这件事来医务室的。他想和她说话，可是他发现了柯依丽对他视而不见。她擦着莫丘的肩膀而过，她的眼神是呆滞发直的，就像是一个梦游里的人，或者是一个从壁画里走出来的幻影。她没有看见莫丘，也没说一句话，只是对着一个方向木头人一样向前走。在走到验布间的时候，她拐了进来。莫丘呆若木鸡地看着她的背影，想去跟上她。可这个时候他听到了一个声音：

"过来吧，年轻人，你已经生病了。"

高大的裴达峰医生站在他的密室之前，像一位神祇般默默注视着莫丘，发出低声的命令。

莫丘几乎已经失去了意识，像个植物人坐在他的办公桌的一侧。裴医生手背长满黑毛的柔软温暖的大手轻轻摸着他的头顶、脸腮、耳朵和脖颈，低声而十分亲昵地让他回答一些问题，并会给他讲一些十分好听的小故事。奇怪的是，裴医生当时说的故事后来莫丘一句也想不起来了。他当时的感觉只是十分想睡，瞌睡极了，眼前的裴医生只剩下模模糊糊的人影，但还是那样地可亲可爱，像一位先知引导着人进入一个心平如镜的梦境里面……在一片古代的废墟上，没有树，没有花，没有任何植物……巨石、沙粒、残缺的大理石雕像……所有的事物呈现着直线条，使得空间显得刻板，使得任何东西外表千篇一律……他正在迷路，跟着一个穿灰色大衣的人在旷野上迷失了方向……

从这天开始，莫丘没有再进入三角形的验布间，因为柯依丽已经不在里面了。她被调到了大车间里担任挡车工了，和其他的挡车工一样，头上戴着白布帽，系着白围裙，蒙着大口罩，在迷宫一样的机台和轰鸣的机声中来回穿梭。在这样的环境下，莫丘即使来到了她的身边也无法和她说话，何况她看起来好似变了一个人，似乎前些日子发生的事情对她来说都消失了，包括他们制订好的去医院的计划。他和她曾经有一次在上班之前在车间外迎面相遇，她对他露出了微笑，什么话都没说，就擦肩而过。她仍然迷人地消瘦，眼圈带着黑晕，偶尔能见到她幽幽地走过圆形走廊去见裴医生。莫丘暗中一直在注意着她，他渐渐地从那种被催眠的状态中苏醒过来，觉得心里头在痛。他不明白究竟发生了什么事，她突然会变得冷若冰霜。他一直在观察她的身体变化，注意到她有时会一只手叉着腰肢，显出了身体沉重的样子。她戴上白帽子系着护身布，一下子显得成熟了，和电影和宣传画上的纺织女工一模一样，只是比她们更漂亮。有一天，他看见了在她的纤长的手指上，出现了一枚寒光四射的钻石戒指，好似悬在鱼钩上的一枚发亮的铅坠子。

　　转眼间，春天就过去了。树木葱茏，河流泛滥，一场台风把城市清洗了一番。然后巨大的荣幸意外降临到了莫丘身上。夏至这一天，裴医生给了莫丘一份请柬，上面烫印着海棠花，写着莫丘的大名。乘小马车时，莫丘意外遇见柯依丽坐在他的对面，由于车厢窄小，他得努力蜷缩着腿才能使自己的膝盖不会顶到她的膝盖。自从布偶事件之后，他从来没有机会和她这样近距离地坐在一起。而且不是在封闭的教堂工厂里面，是到外部世界去参加充满浪漫情调的裴家花园的聚会。是谁安排了这一切？是巧合吗？莫丘想着。

　　马车嗒嗒地跑出了九山湖边的林荫路，天色已经昏黑了下来，习习凉风吹进了马车的篷内。按往常的情况，这会儿应该是车上的人们相互谈笑逗趣的时刻。可事实上不是这样，车上的每一个人都坐得端端正正的，神色庄重，对于即将到来的晚会怀着敬畏的心情。莫丘很想和柯依丽说说话，但这个时候说任何的话都会有十几个听众，而且在大家都沉默着的时候说话会显得不合时宜。天色越来越暗，马车篷里人们已经不能看清别人的脸了。这样倒是让莫丘松了一口气，他至少不用紧绷着脸故作郑重了。他的腿一直在努力向后收缩的，怕顶到对面的柯依丽的膝盖。这时候他实在有点累了，偷偷地放松了一下腿，马上抵到了正对面的柯依丽膝盖。柯依丽的腿没有移开,也没有往后缩,接受了他的膝盖的抵触。莫丘只觉得一股幸福的暖流从心底涌出来,他的脸一定变得绯红,好在天黑人家看不见。他保持着膝盖的位置不动,和柯依丽的腿相抵着。他能清晰地感觉到他和她之间存在着交流。他在这个时候是多么需要能和她交流,尤其是在她可能已经怀孕的情况之下。那件事情来得太快了,在他们毫无准备的情况下就来了,而且马上就结出果来。他们仅仅经历很短暂很短暂的欢乐,从那之后,就再也没有身体接触。像这样膝盖抵着膝盖坐在一起还是第一次呢。这些日子里,莫丘极其痛苦地感觉到柯依丽好像是故事里被施了魔法的公主,变得冰冷冰冷。而此时,从她的没有回避的膝盖上,莫丘觉得她身上的冰雪似乎在慢慢地融化。

这个晚上的聚会是那样梦幻般地迷人。莫丘从来没见过一个人的住宅会是这样庞大精致。那些飘逸的丝绸窗帘、绣花的台布、银质的刀叉和水晶的酒杯以前他只有在《列宁在十月》和《列宁在一九一八》电影里见到过。晚会的宾客们一个个都兴高采烈、神采飞扬,女士们、绅士们都举着酒杯在大厅里走来走去,一个话题一个话题地热烈谈论着。而谈论最多的话题就是今晚的晚会公主柯依丽小姐。是的,柯依丽是今晚的公主。依照裴家花园晚会的传统,每年度的晚会都会有一个晚会公主。她的头上给戴上一个康乃馨做成的花冠,女士们、绅士们端着盛满美酒的酒杯围着她,称颂着她那桩即将来临的婚事。多么美好、多么般配、多么令人羡慕,那个来自充满了地中海气息的城市里斯本的未来郎君。人们轮流地欣赏着她手指上那一枚水头十足的亮光耀目的钻石白金戒指,还有她手腕上那一块全自动的星期日历英纳格女式腕表,这种表只有指甲盖那么大,本地话就叫指甲表。这两件东西就是男方最近托人送来的定亲礼。晚会的宾客一致认为,男方的

# 布　偶

礼物出手那么大方证明这桩婚事日后一定是无限美满的。

是啊！她是要到葡萄牙去的，在我们见面的第一天在教堂的塔顶上她就对我说过了。莫丘喝了大半杯的鸡尾酒，口还是发烧一样地渴，于是把酒喝了个干净，又自己给倒满了。他似乎有点明白了过来他这么荣幸地成为裴家花园晚会的宾客的原因了。我干吗要来这里呢？这里是他们这些人的世界，他们和外国的城市有着密切关联，和该死的葡萄牙里斯本有着关联。而我是一个不相干的人。那个在葡萄牙餐馆炒蛋饭的文成人竟然成了一个王子似的英雄。文成人！我的舅舅1958年的时候给下放到了那个山头地，整天吃的是地瓜。他说那边山里的人裤子都穿不上的，大姑娘整天下不了床。可是这个本来吃地瓜的文成人到了里斯本就不是文成人了？他居然可以在那么远的地方就指定柯依丽做他的妻子。可是且慢！柯依丽的肚子里可是有了孩子了？她怎么会突然不管这件事了？就像那句成语所说的"置之度外"了呢？

然而不管莫丘的心情如何，晚会还是在非常快乐地进行着。裴医生始终面带微笑站在客厅不显眼的位置，自己不说什么话，只是关心着每个宾客玩得是否开心。晚会的节奏气氛都掌握在他的手里。在自由交谈的酒会之后，接下来的是游戏和表演的时间。有人唱了一段昆曲《游园惊梦》，有人唱了一段《费加罗的婚礼》，接着是裴医生表演的节目。他表演的是魔术催眠。在灯光暗下去之后，他把车间里打经条的世明老师催眠了，悬空浮在了空中，让大家看得目瞪口呆。接下来人们都嚷着要爱唱歌的柯依丽唱上一首歌，可是她显得很不在状态，刚唱了几句就被一阵咳嗽打断了。尽管如此，晚会已经一如既往非常成功。最后的一道程序，裴医生宣布所有的人上月光草坪去跳舞。

乍从灯光辉煌的房间走出来，花园显得分外地奇怪，树木蓊郁，露珠与满天银光遥相辉映。几对绅士淑女在换衣间里换上了过去年代的夜礼服，相互搀扶着，迈着僵硬的步履，如同巴尔扎克小说里的人物走向了月光草坪。留声机放在石桌上，裴达峰医生转动着摇把，一阵轻快的华尔兹如流水一样淌了出来，夜色顿时显得神奇迷人了。莫丘看见了老绅士彬彬有礼地向贵夫人鞠躬，发出邀请（几个小时前他们两个在厂里还干着炊事员的活儿）。贵夫人伸出了还残留着豆油的手臂，让老绅士搂住了腰肢，在月光草坪上踩着细碎的狐步，像那些交尾的蝴蝶一样旋转、旋转，整个花园都随之旋转了起来。他们异常动人地跳着，跳得大汗淋漓，跳得脸上的脂粉被汗水冲出沟沟，跳得胸衣凌乱、领结松脱，跳得嘴巴如沙滩上的鱼一样一张一合。他们跳得实在好极了。

"这种舞真是优美，我从来没见过。"柯依丽自言自语说。她正好转到了莫丘身边。

"是的，优美得令人心碎。"莫丘也在自言自语着。

"你为什么不会跳舞？"柯依丽看见了他，向他转过头来，看着他。

"谁说我不会跳，我在学校跳过毛主席语录忠字舞。"

她扑哧一声笑了出来，向他侧过了头。她已经很久没有这样看他了。

"来吧，年轻人，让我来教会你们跳舞吧。"雪松阴影下，裴达峰医生远远从石桌那面走过来，挽起了柯依丽的臂弯，同时向莫丘微笑着致意，带着她融入了人群。

现在，所有的人都跳起舞来了，唯独莫丘是舞会的观众。莫丘看到：天空上的月亮仿佛是为他们专设的聚光灯，将水银一样的光辉倾洒在月光草坪，所有飘动的衣裙都被月光浸湿了。柯依丽在裴医生的带动下，正兴致勃勃地初试舞艺。她天性聪慧，学得很快。用不了多久，她的舞姿一定会比那些老贵夫人更加高贵典雅。同时，莫丘也似乎看到了，她也将会在舞步中衰老，脸上涂着厚厚的脂粉，颈项上挂着珍珠项链，穿着缀着玫瑰花的胸衣和带鲸鱼骨裙撑的钟形长裙，成为裴家花园舞会的热衷者。

莫丘觉得心里一阵难受，有点透不过气来。他仓皇后退，退到了后边的没有人光顾的玫瑰园。他走进园中的小径，听到了脚下的那密密的、饱含水分的草丛发出噗噗的响声。黑暗中簇簇芳香的花朵包围着他，把月光草坪那边传出的舞曲声音都吸收了。莫丘停住，仰望着溶溶月光。一阵微风，身边的玫瑰花丛像小溪似的喃喃响起来。月光使淡色的花变白，使深色的更浓，像殷红的血一样。他向一朵光芒四射的玫瑰伸出手，但是由于没有工具，手被扎破了，花也给弄坏了。

慢慢地，泪水涌上了他的眼睛。他想到：尽管这个世界到处都在相互残杀，到处呼喊着口号，但的确存在着一种动人的优美。就像身边这座月光下的玫瑰园。无论在什么年代、在什么地方，总会在皎洁的月光之下，放射出亘古不变的美丽精神。只是，他与这种精神无缘。

十

那些日子里，九山河边皮坊巷囤靠近河边农田一带的菜农看到那座华侨屋最近忙了起来。首先是外边那一大圈高墙请人来粉刷了一遍，不是用白砺灰，是用水泥砂浆，这样会显得不是太刺眼。对于这一座高墙包围的宅邸，附近的菜农们从来不知道这里面的样子。因为周围全是平房，没有一间屋子能高到可以看见华侨屋高墙里面的场面。而这个屋子的两扇大门也总是关闭着的,人们出入都是从旁边的小门。小门带了影壁,看不见里面的情况。而这回,因华侨屋里面这个后生仔要做喜事了,大门经常会打开来,运进一坛坛黄酒,租借来的酒席盘碗、桌椅板凳、厨师班的炉台板砧,附近的菜农人家才有机会看到这个密闭的大屋里的景致。然而他们还是只能看到很外表的东西,一条水泥路通到中堂,两边有点冬青树。至于里面房间里的情况还是一个谜。这一带的居民都传说他们一家总是吃烧鹅的。那个时候人们能想象到的最好食物就是烧鹅了。

"婚期已经定下了,就在六月十号。"冠良对裴医生说。

"好日子啊,祝贺你了,年轻人。"裴医生说。

"可是这个日子对我来说不好。每年这个时候我身上的毒都会发出来,长出脓疮。这会儿我大腿根上那个脓疮一点不见好,眼看就要爆出来了。我真不知道这个时候怎么可以上床。我已经打了几个月的大剂量油剂青霉素,屁股像是蜂窝一样了,可是还没见好起来。"

"看来西药对你的脓疖子起不了作用了。"裴医生说。

"我去看过草药医生啊。现在身上还打着药饼。像一个猫狸弹一样地夹在裤裆里面。"

"未来的新娘怎么说呢?"

"她呀,到现在什么也不知道。和我在一起,她像个贞洁女一样,一点也没有发情的样子。我倒是害怕她会发情,要不然我还对付不了呢。"

"有一种可能性,你这种毛病在结了婚之后会好起来。你就做这样的打算吧,慢慢地去治,把生米做成了熟饭再说。"

"我也是这样想。大不了到法国以后再治病好了。"

冠良这个时候离做新郎的日子只有半个多月了,可是他还是穿着一条印着红字的劳动布背带工作衣，脸上还有一块油污斑。由于他的内心充满了幸福的潮涌，那脸上的油污也成了命运盖在他脸上的幸运徽章，一点不难看。他记起了滴水穿石的事，他家屋檐下的确有一个石头的洼坑，那是瓦当上的雨水冲出来的。他当然还想起小学课文里铁杵磨成针的故事。那个老奶奶在磨一根铁杵，最后的结果是这根铁杵会成为一根绣花针。小学里读到这课文时，他花了好几天时间想过这件事。从道理上说铁杵磨成针是可能的，但是这里有个时间问题。如果你一辈子都在磨这一根针，那么又有什么意义呢？此时当他终于看到自己的事快要做成的时候，他明白了这个故事其实是荒谬的。一根铁杵凭自己的力量和时间是不可能磨成针的，必须要有另外一种神奇的力量介入才有可能。他和那个小提琴手较量了这么久，还只是打个平手。但是现在神奇的力量出现了。

这股神奇的力量来自他的叔叔金柏松，他很快要回国了，跟随着蓬皮杜总统的庞大代表团来中国访问，要在北京见毛主席，还要到全国各地参观访问。自从尼克松访华之后，海外的侨领经常会成为国宴上的宾客。而这些侨领回到故乡访问时，会受到当地官员的极大礼遇。那个时候一个杧果都能成圣物，何况是一个见过毛主席的侨领呢？金柏松在法国定好了日程，写信来说这次先去北京西安那边访问，然后要乘机回老家看看，给老家再捐个医院什么的。他说自己现在年纪越来越大了，行动开始觉得不便。这次来过之后不知什么时候还能来。因此，他想这回顺便把冠良的出国的事情拿起来申办了。当然，如果冠良在这个时候能结婚做喜事的话，那他就太高兴了，可以把他小两口的出国担保申请都一起办了。

当冠良手里握着这张牌的时候，觉得手里的铁杵一下子有了针的样子。现在他要做的是得把这根针的针孔打通，那就是去见雨燕的生父梁家豪。这件事冠良老早在心里就有打算，现在已经到时候了。

要去进见梁家豪不是一件容易的事情。他住的地方冠良倒是早就摸清楚了，是在松台山脚下大士门一间破败的经租屋里面。那条小弄堂里没有排水阴沟的，有几块砖摞在淌着黑水的路面上，得有好的平衡能力才不会从砖头上滑下来踩到了污水上。冠良走到小巷子深处找到了梁家豪的屋子，看到了那个门上挂着一把铜锁。从门缝里看看，什么也看不见。冠良起先有点失望，转而想这样还好一些，如果在这个屋子里和他见面，那么梁家豪一定会因为自己的窘境被人看到而不快，这样的话第一次见面可能就会不欢而散。雨燕和他说过她父亲的一些事，让他知道了梁家豪是个什么样的人。

雨燕在有记忆的时候，父亲已经和母亲分开了。她从母亲那里所能知道的只是父亲是在新疆那边工作。再大了一点的时候，她知道了父亲是因为"右派"被流放到新疆劳动的，而且和母亲已经离婚。到她12岁的那年，有一次她的外婆说漏了嘴，说松台山上那个戴眼镜高个子的说书人就是她的生父。她觉得现在自己已经长大，有权利知道父亲的情况了，所以就问母亲这件事是否真的。母亲说这件事没错。他的生父梁家豪早就已经回到了W市。但是他不是正常地被组织调动回来，而是放弃了所有的工作和户籍关系，擅自跑回到了这里，因此他是个没有户口没有工作的人，只能在松台山上讲古书维生。母亲还告诉她梁家豪曾经要来见见女儿，被她拒绝了。因为他这样一个松台山讲书人的身份对女儿的名声很不利。他同意了这个说法，从此以后再也没有要见女儿。

从那天开始，雨燕夜里做梦都想着父亲。终于有一天放学之后，她独自背着书包上松台山想要去看看父亲。她东张西望在山上转，看到了山上还有好些古老的坟墓，坍塌的洞穴里面露着骷髅和腿骨。山上有很多人在打牌赌博,还有人赤膊在那里打拳摔跤,还有很多要饭的躺在树下睡觉。她在后山一个小山洼里看见有一大群人围在那里,里面有个人在说古代的故事。雨燕在人群外面看不清说书人的模样,也听不清他的声音。她看见旁边有个面目和善的老人在卖凉茶,就问他知不知道这个说书人叫什么名字。老人说他名字叫什么不知道,大家都叫他老梁的。雨燕知道他就是自己父亲了,可是她怎么能挤入这样混乱的人群呢?老人问她为什么犯难。她对老人说自己是说书人的女儿,想见他,可挤不进人群。老人把边上一个年轻人拉来,让他挤进人群告诉老梁他女儿来了。一会儿那年轻人出来了,说已经告诉说书人了。雨燕满心欢喜在一棵树下等着,可是好久也没见说书人出来,反而见原来围在这里听书的人都骂骂咧咧地散开了。半晌,卖茶的老人喊她说,说书人老梁听到了女儿来见他的消息,撇下全场正听得入神的人群,独自往后山跑了,也不知是什么意思,人群正在骂他呢!雨燕一听知道了父亲一定是不愿意见她,躲起来了。她心里十分难受,眼泪不觉就垂了下来。卖茶老人看她这样子,只好把那小伙子再招来,让他带着雨燕到后半山看看,兴许还能把老梁找到。

雨燕跟着这个小伙子一路找过去,一直找到了比较高峻的后半山山腰。小伙子指着山腰上一棵树干粗壮树冠巨大的榕树说,说书人很可能就在树上面。他在上面有个树巢,经常会在上面睡觉喝酒的。雨燕听了眼睛都睁大了,简直难以相信父亲会有这样的本领。她看到了这树干是斜着生的,能清晰看到经常被踩踏过的痕迹通往树冠的浓密处,要上树还真的不很困难。她央求小伙子上去看看,能不能把说书人找出来。小伙子不大情愿地答应了。他踩着树干往上走,一钻进树冠里,就看不见他的影子了。雨燕在树下等了一个多钟头,不但没见到父亲下来,连那个小伙子也没了踪迹,好像他生出一对翅膀飞走了似的。天都开始黑了，天黑了之后山上到处会是谈恋爱的人。雨燕掉着眼泪只好往山下走。

冠良想着雨燕说的事，心里好笑，这个未来的老丈人真是个有趣的人。这样，他在山下的住家找不到梁家豪之后，转而到山上去找他了。

冠良这回上山找梁家豪距雨燕第一次上山找爸爸已有十几年了。在这段时间，雨燕和父亲见过几次面，但是父亲总是有意识地和女儿隔开距离，怕落魄的自己影响女儿的名声。冠良上了松台山，一路问了几个人：说书的老梁在哪里？人们都说他在山顶高射炮下面的茶馆外面下棋，冠良就往山顶高射炮那里找去。松台山的高射炮是市防空战备办公室放在山顶的炮台的，有几个民兵在上面执勤。旁边的八角楼里还有个警报机安在那里。这个警报机一响全城都听得到。冠良在炮台下的茶馆里花五分钱买了一杯热茶，问服务员讲评书的老梁是哪个。服务员指着不远处的水竹丛说，那个和老人在石桌上下棋的就是他。于是冠良端着茶杯走了过去，在边上一张空余的石凳上坐下，把茶杯放在了石桌上，在边上观起棋来。

冠良是会下棋的，还读过几本棋谱。他一看石桌两边的人下的棋都水准不高，不过他是个讲规矩的观棋者，只静静观看，不随便插嘴。这个时候他倒是有机会好好地观察梁家豪。冠良看到他的头发有点白了，也有点长了，但是梳洗得很整齐，显然是用了一点发油增亮定型过的。他的胡子刮得干干净净，身上散发着一种廉价的花露水香气。他的衬衣明显是过于陈旧了，颜色褪得很厉害，领口也起毛了，但是衬衣下摆很整齐地系在裤腰里。那条长裤的皮带是牛皮的，有一个地方裂开了口子。皮带扣原来应是金色的，现在褪成了褐色。他的脸是国字形的，眉毛很浓，样子有点像一个老电影演员金山。他的眼睛清澈而温和，带着童稚的好奇。冠良看他下好了棋，递给了他一根香烟。他会抽烟的，抽的是爽烟。爽烟的意思是高兴时抽一根，没有瘾头的。

"我要娶你的女儿了。我是来请求你的同意的。"冠良说。虽是初次见他，冠良觉得和他会好说话，什么话都可以说。骨瘦如柴的姗姗姨他倒有点害怕她。

"你看起来像个种田人的儿子，怎么可以娶我白雪一样的女儿呢？"梁家豪说。

"我会把她当成一个公主对待。我会带她到法国巴黎，那才是她应该去的地方，而不是像现在这样在一个破庙里面当代课老师。"冠良说。

"你要带她出国去吗？"梁家豪说，看得出有点紧张了。

"我想会是这样的。也许，过几年我们会把你也带出去的。"冠良说。他看到了老梁眼睛亮了一下。

"我的女儿愿意跟你走吗？"

"这正是我要找你的原因，她最终会听你的话。"冠良说。他看到梁家豪抽烟的手在抖。那烟抽到头了，冠良又递给他一根。

"我本来以为我女儿会嫁给那个全城最好的小提琴手的。"梁家豪说。

"你觉得那个家伙怎么样？你了解那个人吗？"

"不，我不知道。我只是听山上的茶客聊天，他们一直在说南洋照相馆橱窗里我女儿照片的事，说她有很多的追求者，而只有那个全城最厉害的小提琴手也是她的小提琴老师成了优胜者，说那是一个样子十分英俊的美男子。后来的一次，有人告诉了我人民广场里晚上有演出，不要票的，我女儿的那个小提琴手男朋友会在上面表演独奏。我就去看了。我还真的看到了那个年轻人。不过说真的，我不是很喜欢这个人。他太英俊了，像我年轻时一样。"

"这话怎么说呢？"

"一个人的外表华丽超过了他内心的控制力量，会产生毁灭性的后果。当初我追求巫姗姗时，也就是这样的一副模样。我怕我女儿会重蹈她母亲的覆辙。"

冠良松了一口气。为自己有个貌不出众的皮囊而庆幸，就像当时好些人会为自己出身贫穷而自豪一样。

"有句话说女儿身边的男人就是父亲的敌人，因为父亲知道女儿会离开他而跟着这个男人走远。所以会从心底里恨他。"梁家豪说，"不过，我倒是没有觉得你可恨，你看起来还是个老实人。"

"你这么说真是让我感动了。我一定会好好对待你女儿。我们的结婚时间已经定下了。在六月十日晚上务必要请你来吃我们的喜酒。雨燕本来要自己来的，怕你不见她，只好让我来了，你一定要答应的。"

"让我去吃喜酒？"梁家豪有点吃惊似的说道。

"是啊。没有你的出席，酒宴是开不了席的。"冠良说。他看到了梁家豪显得很是局促不安。冠良不知道，梁家豪已经有二十多年没有参加过正式的宴席了。

而这个时候在北京，跟随着蓬皮杜来访的金柏松已经结束了访问活动，踏上了回 W 城老家的省亲之路。他先是坐上了从北京到上海的火车，一等软卧，是国家外事局订的票，国内的省一级高干才有这样的待遇。到上海后换乘轮船。公安部的第五安全系统暗中在保卫着他，同时也在秘密地监视着他的所有行动。金柏松这年已有七十六岁了，但是身体健康，牙齿还很好，最想吃老家坚硬的炒蚕豆。他到了

W 城住进了华侨饭店之后，不顾舟车之累，马上开始见人。他先得接见那些从他乡下老家来的乡党，尽管他和他们的关系有的是八竿子打不着，可还得好好地接待他们，因为他的祖坟还在乡下老家呢！这些乡党为了得到红包钱财和稀罕的礼物早几天就里三层外三层围住了华侨饭店，提防着其他人捷足先登掠走所有油水。金柏松花上大半天的时间见过了乡党之后，然后才开始会见等了好久的本地的党、政、军领导人。因为金柏松这回在北京是见过毛主席的，地方上的接待规格很高，提前安排好了一系列参观访问活动。为了防止金柏松独自跑到乡下去了，莫丘的父亲作为具体的经办人提前就守在华侨饭店里面，掌握着他的行踪。根据安排，在市里领导会见之后，当晚会举行欢迎的招待晚宴。第二天要去本地工业学大庆、农业学大寨的模范单位第一化工厂和瑞安塘下大队去参观。但是金柏松却说自己其他地方都不想去，只想去自己侄子工作的华侨纺织厂参观一下。市里的领导从来没有听说过这个工厂的名字，莫丘的父亲赶紧介绍了一番。市里的领导对贵宾要去这样一个背景色彩灰暗的单位参观感到有点不快。但这个老头是中央邀请的贵宾，最好不要得罪。于是领导们让莫丘的父亲赶快安排一下，让金柏松择日去华侨纺织厂参观。

　　参观教堂里的工厂那天，距离冠良的婚礼还有五天的时间。W 城的最高官员们陪同着金柏松进入了这座哥特式的石头老教堂。除了穿中山装的领导，还有穿绿军装的军分区司令、穿蓝色海军服的水警区司令。那个时候重要的活动每个领导都要参加的。漏了一次就会有人怀疑他已经失势被打倒了。这是一次很特别的参观，因为这些领导人都是坚信唯物主义无神论的革命者，平时是绝对不会进入一座教堂里面的。第二天本地的唯一日报《浙南大众》刊登了参观活动的照片，把这个封闭的教堂工厂里的情景透露了给 W 城的市民。在一张领导人和金柏松一起凑着脑袋看着织布机并和女工交谈照片上，人们注意到这个女工的脸相端庄而美丽，身形似乎有点是怀孕了的样子。非常巧的是这个女工就是柯依丽，大概金柏松和领导人是不由自主被她的美丽吸引到她的机台上参观了。而在这幅照片的背景深处焦距已经略微模糊的地方，有一张脸显现了出来。如果人们很仔细看的话，会发觉这张脸像是个外国人。事实上有读报的人注意到了这一点，他们以为这是和金柏松一起来的外宾。

这张出现在报纸上的模糊不清的脸孔主人是裴达峰医生。上一次他的面相出现在报纸上是在三十多年前他在德国小城市里点火柴引起大火的新闻报道上面。他被摄进照片完全是偶然的。要是往深里说，裴达峰其实是这次市里领导和贵宾参观教堂工厂的幕后策划者。是他让冠良说服他叔父金柏松到这里参观的。他知道金柏松会把当地的官员带到教堂工厂里面，报社的记者也会跟随进来。这一座在武斗的混乱中偷偷摸摸开办起来的工厂在隐秘的气氛里存在了好些年了。裴医生感觉到了局势正在变化，他想用这个机会把密闭的工厂在阳光下暴露一次，他在测试着这个乌托邦的日后命数。在整个过程中，裴医生只是远远地站在圈子的外面，带领着贵客转悠的是厂长昌恕。裴医生就像是在水底下蛰伏多年即将羽化的蜻蜓，或者是一头冬眠了很久的动物。他嗅到了什么，感觉大的变化将会来临。

几乎是在迎接金柏松和市领导参观的同时，冠良家门台里面一片喜气洋洋，很多人都在忙碌个不停。那个年代办喜酒都是在家里面摆的，什么都要自己操持。比如结婚酒桌上必不可少的鱼皮、鱼翅，都要自己拿干货来发的。冠良要办十二桌酒，那么多的大圆桌和板凳都要四处自己去借来。厂里好些人都来帮忙了。那个年代青年人通常会有很多社会上的朋友，冠良却很奇怪地没有几个。做新郎得有几个伴郎，厂里几个年轻一点男的都给找来了，莫丘也算其中一个。成为一个新郎官的伴郎对于莫丘来说是有特别意义的，这标志着他不再是少年了，因此他的内心还是有一种成长的快慰的。自从布偶事件之后，莫丘一直有一种掉入冰窖的冷感。他总是觉得自己和厂里的其他成员格格不入。如果说厂里是一锅粥的话，那么他就是一粒沙子；如果说是一个蜂窝的话，他一定是一只蟋蟀。即使此刻在冠良的家里当帮手，他觉得和周围的人还是不合群的。然而他依然是情绪高涨在干着活儿，尽量想多做出一点有用的事情。比如，他在搓鲨鱼皮上的沙子，那些个鲨鱼皮的沙子很难搓，有的人用刀子刮，有的人用石头磨，莫丘的办法是干脆在水泥地上搓。搓到最后，他的手都搓出血来了。他还削了一麻袋荸荠的皮。W城的菜式里会用到很多荸荠做料子，但必须是削了皮的荸荠白。莫丘以前过年的时候在家里也削过荸荠，通常是削上几个会往嘴里丢上一个，在这里他可是一个荸荠没去吃。做完了这些，他去剖鲤鱼。鲤鱼的身体两侧有条腥线，得在头尾处各割上一刀，再用刀背轻轻拍着鱼体，把腥线的头拍出来，然后就可以用手指头把腥线轻轻拉出来。

  终于到了冠良结婚的那一天。经过了许多天的筹备。大厨师金次凡带领的厨师班已经把三十来桌的酒席备妥，只等天黑了之后热腾腾地上桌来。冠良家大门洞开了好几天，可是在最后这天却把门紧闭了。因为在那段时间，政府的移风易俗办公室正颁布了一道禁令：为反对铺张浪费，凡本地居民结婚摆酒女方中午席不得超过三桌，男方晚上席也不得超过三桌，双方合办的不能超过五桌，违禁者当场将超出桌数的酒席掀翻，主人还会被带到派出所讯问。按照W城本地的风俗，一般的人家婚嫁都要办上十来桌酒席的。为了躲过这道禁忌令，这段时间结婚的人家只得分开几次摆酒，以免被巡逻队掀翻酒席。但是冠良家这回情况不一样，因为有金柏松在这里，老人喜欢热闹，不能摆个三桌酒了事的。再说呢，他们家的院墙很高，和周围邻里不搭界的，所以三十桌酒就一次摆下去了。不过，冠良还是觉得心里有点不踏实的，他让几个厂里年轻工友留点神，在客人到来这段时间守在外边，万一有什么事情也可以抵挡一下。于是莫丘和其他几个人担起了任务，在门口的周围游走着，注视着四周的动静。

　　天擦黑之后，客人陆陆续续到来了。莫丘站在不远处的门外，看到了一部分人是认识的，都是厂里的人。和上裴家花园做客不一样，这回他们不是坐的小马车，而是骑着自行车来的，或者是步行，还有些是坐着三轮车来的。那个晚上唯一的一辆汽车是华侨饭店的那辆伏尔加牌轿车，是送金柏松来赴宴的。因为巷子太小，那辆车在门口掉头时遇到了麻烦，引得四周邻人来围观。很多人还没见过小轿车呢，更何况是开进了皮坊巷里面。这个晚上裴医生来的时候比较早，他是骑那辆蓝翎自行车来的。莫丘对于他的到来印象深刻。他远远地出现，车座的坐垫拔到了最高点，这样骑着车就像是骑着一匹马似的。他戴着一顶礼帽，身上的大衣后摆向后飘动，让莫丘想起了书里边看过的骑士罗宾汉。裴医生到了之后，轻捷地从车上跳下来，把车停在门外墙下，那里已有一大排车停在那里。但是裴医生的车头的篮子里还放着一大捧鲜花，莫丘认出了这里面有很多的玫瑰花。裴医生走进了院子的小门，他带来的花香气味还留在门外的晚风中。

　　不久之后，莫丘看到又一辆自行车出现了，是一个熟悉的身影，他的父亲来了。父亲事先没有对莫丘说会出席冠良的婚宴。而且说实话，父亲根本也不认识冠良。他是因为工作的关系才来的。金柏松日前邀请市里的领导来喝他侄儿的喜酒。市里的领导觉得眼下正是移风易俗反对铺张浪费的运动期间，去民间参加婚礼不合适，就把这事交给侨办主任莫丘的父亲,让他去代表市领导去参加冠良的婚宴。莫丘看到父亲过来的时候,不自觉地退开来了。他看到父亲穿着那件蓝色的中山装,脚上是那双换过鞋底的皮鞋,头发有点零乱上翘。让莫丘有点难为情的是父亲骑的自行车。那是一辆不知是什么牌子的自行车,钢圈的钢丝特别地粗,而且那个牙盘比普通的车子要小好多,所以骑起来腿蹬得很快,速度却起不来。莫丘琢磨着这个钢圈和轮子很可能是三轮车的,和另一辆旧自行车拼凑起来的。这辆车是公家的,还是父亲升职之后才分配到的。在这以前,父亲都是走路上班的。在父亲分到这辆杂拼的车子之后,莫丘才有机会在晚上的时间去学骑自行车。不过父亲晚上经常要骑车外出开会,轮到莫丘的时间其实不多。这车子的轮胎已经全秃了,一点摩擦力都没有。莫丘有一回骑着这车到了八字桥的时候,转弯时因路上泥泞加上轮胎打滑,车子一下子倒了,把一个煮鱼丸子的胖女人撞倒了。那女人挣扎着站起来,抬头看见了他,顺手挥起手里捞鱼丸子的竹笊篱对着他的脸就是一下子。父亲今天就是骑着这样一辆自行车代表地区革委会侨办来赴宴的。

现在客人基本上都齐了,只等着新娘一方的到来。忽然有人来报信,说新娘一方的三轮车队已经到了巷口了。于是等在门口迎亲的人们忙碌了起来,一些人忙着要点百子鞭炮,还有的要点燃地上那一堆刨花火堆。"文革"时期民间风俗里很多的迎亲细节都取消了,只有这堆火还保持着,新娘要从这火堆上跨过去,把所有的坏运气都在火上烧掉,这个环节叫作"踏红"。火刚点上,莫丘看见了在巷子的黑暗处出现了一队带篷的三轮车,嘎吱嘎吱地向前而来。车子停下后,那个戴着鸭舌帽的车夫掀起了车帘,让车里的新娘走出来。当身穿红色丝绒上衣的新娘雨燕从黑暗中走出来时,仿佛是从一幅深不见底的黑色油画里走出来似的。莫丘以前曾经见过她两次:一次是一个下大雨的天气她来给母亲送雨伞，还有一次，是她临时经过厂里和母亲在食堂一起吃饭。他已经领教过她的美貌。但是，今天晚上他所见到的新娘雨燕则让他有点透不过气来地惊讶。她实在是太美丽了，美丽得高不可攀，美丽得像圣母一样。莫丘有一回去一个远房亲戚家吃结婚酒，是他的表姐出嫁。他发现平时黑不溜秋的表姐那天突然变得白皙起来，那张五官平平的瓦刀脸也出现了女人的妩媚。就那次他听人说女人在做新娘时会变得比平时漂亮，这种现象叫"新娘红"。小城的民女受到即将到来的洞房花烛夜情欲驱动，分泌了大量荷尔蒙使得皮肤变细腻、眼睛有神采了。而雨燕的美丽则不是属于这种情况。她的亚麻色头发被高高地盘起来了，这样她的象牙色脸庞就完全显示了出来。她的眼神深不可测，当她走出三轮车向前望时，闪烁着宝石一样的亮光。那是一种坚毅的目光，带有一点伤感，更有一种对于未来生活的好奇和无畏的向往精神。这个时候，冠良家的大院的中门开启了，从院子里射出了无数盏耀眼的灯光，完全是一个光的海洋。她抬起了头，勇敢地迈过了门槛，后面的女傧相跟随而进，然后大门再次关上。

现在该是到了开席的时间了。W城的婚礼已经简化得没有任何仪式，宴席开始婚礼也就开始了。这座院子虽然比较宽大，可摆了这么多的酒席还是显得拥挤了，好些桌子是摆在露天的，上面张挂着油布做天棚。客人都坐齐了，食欲都已经提了起来，等着上菜来。可是，这个时候在新娘桌的上席，一个位置明显还空着。最重要的客人——新娘的父亲梁家豪还没到来。雨燕和冠良说好的，今晚一定要把父亲请来的。冠良以为事情已经搞定，现在却发现关键地方出娄子了。按照风俗，老丈人还没来，酒席是不能开始的。这个时候金次凡厨师只能把火稳住，耐心等候。雨燕看着父亲的空空的座位，差点掉下眼泪来。她对冠良说：算了吧，不要等了，他不会来了。于是这话立刻传到了厨师那里，炉火马上升腾起来了。

　　新娘雨燕是做了一个正确的决定。她知道父亲的性格，此时不来一定是不会来了。事实上也是这样，这个时候梁家豪正坐在小南门口一个叫作"工农兵"的小饮食店里面一个临窗的座位边，叫了一斤黄酒、一盘糖醋茄子、一小盘煮花生，还有一盘炒猪肝，慢慢地喝着。桌子上还搁着一盒大前门的香烟。他喝了一口酒，心里说：女儿，祝你幸福！然后用筷子搛起一块猪肝放进了嘴里。

　　就在昨天的早上，梁家豪还是满怀激情准备要去参加女儿婚宴的。女儿终于长大成人了，为了这一天，他已经等了很长的日子，他怎么会不去喝这杯喜酒呢？这天早上天还黑的时候他已经到松台山了。他每天醒来很早，醒了就睡不着了，就会到山上去。山上天没亮就有人活动了，有遛画眉鸟的，有"定境"（做气功）的，有打太极拳的。大清早的时候可没人听说书的。山顶的茶馆里已有不少人在喝热茶。那里有口水井，号称仙人井，旁边还有几棵桂花树。梁家豪近来无事就在这里下棋闲话。近几年来，梁家豪讲评书越来越少了。山上的人爱听的是《三侠五义》《说岳全传》《隋唐》之类的古书，但眼下的形势这个封建书目是不能讲了，三天两头有"打办"的人上山巡逻。梁家豪试着改讲一些革命故事，可讲着讲着围在边上的人群一个个走散了，只有他一个人还在那里讲。没有办法，那些听书的人的口味是改不了的，就像狗改不了吃屎一样。梁家豪只得还讲那些帝王将相才子佳人。不过是在偷偷摸摸讲哦，而且次数和时间比以前少多了。这样他的收入也相应减少，口袋越来越瘪，有的时候连吃饭都成问题了。

　　他叫了一壶茶，茶水热气腾腾，香气扑鼻。他的心里连日来保持着深深的幸福感觉。女儿明天要出嫁了，他得去喝一杯喜酒，他得穿得光鲜一点出现在宾客面前，这可是女儿的人生大事啊！他今天要在这里等待那个在阀门厂当供销的老张。老张也是个基本以山为家的人，整天泡在山上下棋喝茶。前些天。梁家豪和老张说起了自己女儿要结婚的事，说自己得去准备一套新衣服去喝喜酒的时候穿。可是要做一套新衣服要花很长的时间和手续。首先是买衣服得有布票的。他十几年前独自从新疆跑回来之后一直就没有户口。没有户口就领不到布票。他要想做新衣服得先去百里坊的榕树下从那些买卖黑市证票的女人手里买下布票。然后还得去百货公司去挑颜色剪布料。眼下都流行"涤卡"的了，如果再去买普通卡其布很不合算，可是"涤卡"不是轻易能买到的，必须等有货来，而且还是计划供应的。就是说，除了有布票，还得有计划票。而计划票则是要内部开后门才能搞到。就算你把布料搞到了，你还得去找裁缝老师。一个裁缝老师从去量尺寸到拿到衣服通常要个把月时间，最快也得十来天的。所以梁家豪一想起做新衣服，觉得简直是一件无法完全的任务。那个爱下棋的老张倒是个热心的人，说你现在做新衣服倒真是来不及了。他说看在梁家豪多年和他下棋的交情分上，愿把自己最近刚添上的一身深灰色"涤卡"中山装借给他穿着去喝喜酒。这句话可是解决了梁家豪的大问题。老张说好在梁家豪去喝喜酒的前一天会把衣服带来给他。梁家豪这个早上就是在茶馆等待着老张。

　　七点钟的时候，老张还没见来，平时这个时间他早来了。梁家豪不觉心里有点着急了。这时候，只见很多人往山的西坡那边方向走，说西坡那边有个女子尸体躺在那里。梁家豪本来不想去管这些闲事，可转念想兴许老张也跑去那边看热闹了，所以他也跟着人群过去了。好多人已围在那里，而且人越来越多，梁家豪个子高，稍微一踮足就看见那个倒在地上的年轻女子。

　　她是侧卧在地上，她的脸部看不清，好些头发散乱了盖住了脸。

她的周围干干净净，没有一点血迹，大概是被人掐死的。梁家豪看了一眼觉得心里难受，他看到这女孩大概是个乡下来的，穿着短裙，还穿着长长的彩条纱袜子，那两条小腿显得略微发胖。他还看见了女孩后面的土坡上是一堆古旧的坟洞，封口的砖已经塌了，露出了里面的残缺的骷髅。这松台山虽然在市中心，早年时候也有人在山上筑坟的。这个时候公安局刑警队来了。有几个人开始了拍照片。梁家豪在人群里没有看见老张，就离开现场，回到山顶的仙人井茶室那里去了。

从这个时候开始，梁家豪心中的幸福感蒙上了一层乌云般的阴影。一大早看见了死人，总让人会觉得有点晦气。但这还不是主要的。他到现在还没看见老张的出现才是他心神不宁的原因。他一直等到太阳都高出树头了，还没见老张的影子，这让他有点慌了神。这到底是怎么回事呢？老张怎么在节骨眼上就不见了呢？梁家豪正纳闷着，看见了那个外号叫"单只脚"的独腿人拄着拐杖正从台阶上走过。"单只脚"是老张的邻居，或许会知道老张的踪迹。梁家豪向他一打听，心里凉了半截。原来老张昨天在厂里接到大庆那边打来的业务电报，今天早上火速赶往大庆去了！

这可怎么是好呢？老张这突然一出差，他明天去喝喜酒的衣服就没着落了。他立刻思索起来：现在要是去做新衣服完全不可能了；再向其他人借衣服呢？看来也没希望。因为像他这样的高个子除了老张之外，山上的山友里挑不出第二个了。这样的话，他只能从自己现有的衣服里想办法了。他有十几年时间没有添过衣服了。他唯一一套纱卡其的中山装还是雨燕生下不久的时候添置的。这套衣服他省着穿，破倒是没有破，只是颜色褪得非常厉害，海军蓝色褪成了灰白色。"青，取之于蓝而胜于蓝。冰，水为之，而寒于水。木直中绳，輮以为轮，其曲中规……"他的脑子里浮现过《劝学篇》里面的古句，敲打着茶杯盖吟诵着，紧接着一个主意如闪电一样从脑子里闪出：为何不把褪色的中山装染一下颜色？他马上觉得这个主意不错。在他年少的时候，他家的不远处就有个染坊。他的衣服穿旧了，母亲就会拿去染一下。

但现在染坊是没有了，得自己动手染了。梁家豪依稀记得染色的青粉是可以买到的。于是，他赶紧下山了。这城里最大的五金化工商店在康乐坊口，叫东风五金店，但城里的人们还是习惯叫这店的老名字"益泰源"。梁家豪赶到了"益泰源"，店员说现在不卖这东西了，还觉得很奇怪，怎么现在还有人找这种东西。一个老店员记得后面的货架上有批陈货里面可能还会有染青粉，试着去找找看。他还真的找到了，是上海光明化工厂的双枪牌染青粉，老牌子，矿物染料，质量很好的，只要一毛两分钱一包。他一回家，马上行动了起来。那个煤炉子老是引不起火，干脆用柴炉烧了。他只有一口铁锅，平时烧菜煮饭用的，不管它了，先用了吧。他按照了那包青粉上的使用说明书，用十斤的水，加上青粉，慢慢搅拌均匀。他坐在柴仓凳上，点火烧水。这个时候他的心情平静了下来，那种深深的幸福感又回来了。

他的脸被灶膛里的柴火照亮着，显得安详满足。此时他的心中流淌着古典的优雅，他的文思又开始涌动了。他想念着古代江南的染布作坊、楠溪江边的织布女，还有他自己写的那部惊艳京城的古戏《高机和吴三春》的舞台盛况。我多想以后可以再写一部戏，我其实还可以写很多戏的，好吧，下一部我就要写一个染布的书生和织布的民女的戏曲了！自己染布有什么不好？古人都是自己用靛蓝草染衣服的。与染织有关的民间故事总是那么美妙。他想起来《诗经·陈风》里那首《东门之枌》：在东门的榆树下，在宛丘的栎树林，男人女人扔下了手里绩麻染纱的活儿，都跑到南方的平原尽情跳舞了。古代的人多么自由,什么都那么简单,快乐的事情那么容易得到,只有互赠一点木瓜握椒之类瓜果就可以在树林里野合。这样,他想到了另一首诗《宛丘》:"子之汤兮,宛丘之上兮。洵有情兮,而无望兮。"每回他想起了这首古诗,心底就会涌起一种最原始的情欲。这诗里写的是对一个跳舞的巫女深情思慕,说她在宛丘的山坡上径直欢舞,而完全是不会察觉到诗人对她的肉体和灵魂的刻骨铭心的暗恋。"坎其击鼓,宛丘之下。无冬无夏,值其鹭羽。坎其击缶,宛丘之道。无冬无夏,值其鹭翿。"在欢腾热闹的鼓声缶声中,巫女不断地旋舞着,从宛丘山上坡顶舞到山下道口,从寒冬舞到炎夏,她一直举着鹭鸶和野鸡的羽毛舞具舞个不停。梁家豪不知多少次地读过这首诗,这个女巫是他心底的恋人。当他的精神穿过几千年时空到达宛丘这个地方,看着她举着羽毛舞具不停舞动的时候,他的生殖器会坚硬地举起来,他会在梦想里与她云雨,以致他后来要限制自己过于频繁进入《宛丘》这诗的魔界里。今天,当他为自己染一套衣服的时候,不可避免地又和自己的巫女相会了。巫女热闹而凄清的鼓声缶声在他耳边响个不停。可这个时候锅里的水开了,溢了出来。他吃了一惊,赶紧把锅盖开了,然后把火烧小了,慢慢地煮。

煮了二十分钟之后,待锅内温度稍稍下降,他用一双竹筷子将衣服挑了起来。刚煮过的衣服热气扑面,还有一种碱水的气味。他看到这条颜色灰暗的旧衣服变得鲜亮了,还似乎发着一种亮光。他还没来得及高兴,很快发现了一个小问题:在衣服的前襟的位置,有好些梅花似的斑迹,让印染的结果大打折扣。他百思不得其解,这些斑迹是怎么回事?过了半晌才明白过来,是上回吃一个肉馒头的时候,吃得太急了,一口咬下去里面的油汤溅了出来,溅到了前襟上。而他在染衣服之前,没有很认真地去洗这套衣服,所以有油渍的地方就留下了斑点。这个现象的原理像是民间的蜡染法。古人用蜡浇在布料上，随心所欲做成图形，然后在染缸里染色。最后把蜡溶掉，那有蜡的地方就会出现图案。

　　但是梁家豪明白自己这会儿不是在搞蜡染创作，而是在给自己染一套出席女儿婚宴的礼服，这样有斑点的衣服可是穿不出去的。他用指头尖戳了戳斑点，斑点消失了，可是很快就又回来了。这个时候，他的指头已经沾到了染料水，变得黑了。他觉得如果挤压这些斑点，有可能会让染料渗透进去。于是用筷子不停地鼓捣着衣服的前襟。但是斑点非常地顽固，让他有点烦躁起来，他不知不觉地把手指头都染上了黑色，而且，他对这种黑色竟然放松了警惕。在他觉得筷子的作用不够时，改用了手指，到最后竟然是整只手在黑水里搓揉，终于，把那些斑点都搓去了。而这个时候，他才明白过来自己的右手手腕以下完全被染成黑色了。他以为用肥皂洗一下就会洗掉。可是，肥皂只能去油污，对于褪色的功能却没有。

　　他把染过的衣服挂起来在太阳底下晒。衣服现在皱巴巴的，不过这个问题不大，等衣服干了，他会用自己喝茶的大搪瓷杯装上开水，当作熨斗把衣服熨平。现在的问题是右手的颜色，完全黑了，成了名副其实的黑手。他已经洗了十几次的手，用热水冷水都试过，颜色一点也不见得褪去，反而开始放出一种矿物的光泽。通常人的皮肤染上了颜色比衣服染上颜色好褪色一些。因为随着细胞的凋亡、皮屑的代谢，皮层的颜色会逐渐褪去，但是这需要时间，尤其对于这样一种染料，至少得有一个星期时间。梁家豪认识到了问题的严重性。明天就是女儿结婚的时间，他却把自己手染成了黑色！在沉重的心情下，他想起了鸡的爪子被开水一烫，那整个黄色的蜡质的皮套可整个脱下来。他要是能把这黑色的皮脱下来多好，哪怕用开水烫一下。

第二天的一大早，梁家豪离开了家门。与往常不一样的是，他今天两手都插进了口袋里面，而不是像往常那样大人物似的把双手背在后背。他一直走到了益泰源门口，店还没开门。他等了约半个钟头，才见到了那个老店员来了。他问有没有卖能褪去手上颜色的化学药剂。老店员笑着说这个牌子的染色剂质量还真不错哩，想褪去可不容易。漂白剂对它是不起作用的。如果用硫酸、盐酸之类的，你的手可吃不消的。也许你可以到华盖山脚找那些卖褪色灵的人问问看。梁家豪感谢了老店员，顺便还从店里买了一双白纱劳动手套。他把手套戴起来，这样就不需要老把手插在口袋里了。

　　他开始往华盖山走去，那里就是中山公园的对面。在经过南洋照相馆的时候，他看到了女儿雨燕的彩色放大照片还陈列在橱窗里面。他看了好一阵子，想着她小时候的事情。他对女儿说：等我把手弄干净了，就去参加你的婚宴。瞧我现在的手，你看了一定会发笑。

　　华盖山也叫工农兵山，因为在山上的石级之上有一座工农兵的塑像。那个石级很宽大的。很多闲人和游民都会坐在石级和石栏杆上，眼睛盯着公园门口川流的人潮。这里是公园门口，人流量很大，很多人是从W城所属的县里来的，样子看起来都比较土气。这些人东张西望，对什么事情都觉得不可思议。卖褪色灵的人把无色的褪色灵装在青霉素针剂的瓶子里，卖一块钱一瓶。人们买褪色灵主要是用来修改户口，那个时候户口的用途很大，出生年月经常需要修改。还有人买褪色灵是用来修改介绍信之类的公文，那个时候买火车票住旅馆都要介绍信，那些做地下生意的人外出接业务提包里都得放一瓶褪色灵备用。当然，还有人用来涂改护照什么的，那就是属于犯罪的事了。梁家豪的地盘在松台山，到了华盖山脚下才知这里是另一片天地。松台山上是本地百姓自娱自乐，这里却是处处有陷阱的。山脚下路边的

"三张牌儿"、象棋残局、算命占卦都是坑乡下人的把戏。梁家豪把手伸给一个卖褪色灵的人看,问这颜色能不能褪。那人用棉花签涂了一点药水在他的手背,半天也不见反应。那人说这个药水对他的颜料不起作用,因为这个颜料是矿物的,不是化学的。不过他相信过个两三天,他手上的颜色自然会掉了去。

这个时候已是下午三点钟了,离天黑也就两三个小时了。梁家豪知道他已经没有办法把手上的黑颜色褪去。怎么办?怎么办?这件事变得非常严重。他要是去参加宴席,必须伸手拿筷子去搛菜的。这样,他的这一只黑色的手必然会显露在众人的眼睛底下。如果是左手还好一些,他就把手藏在桌子底下。可这是右手啊,拿筷子的手啊!也许,他可以坐着,什么也不吃,可这样人家会觉得他是个怪人了。或者就戴着手套去吧?可是戴着劳动手套拿筷子搛菜,人家会觉得更加可怕了。算了吧,我就不去了!他一旦这样决定了,心里反而不觉得烦乱了。为了参加女儿婚宴的事,他紧张了好长时间,现在终于解脱了。他甚至还暗暗庆幸,他总算有了一个不去参加女儿婚宴的理由了。

但是这喜酒还是要喝的,而且要喝好的。于是他前往了"工农兵"餐饮店。遇到高兴的时候,他都会到这里来。在这个昏暗的国营小店里,桌上满是油泥,地下满是烟蒂痰迹。在这里,你的一只手是黑色或者是绿色甚至是金色的,也不会有人来管你。在他旁边的桌子上,坐着的干脆是个没有右手的人。这里的厨娘他认识的,满身油腻,有点风骚。厨娘问他要吃什么,他拍了一下桌子说:一盘炒猪肝,两碟冷菜,一壶黄酒,黄酒要温过的!他喝了一杯酒,说:女儿,祝你幸福快乐!

差不多在梁家豪点的酒菜送上来时,冠良家的婚宴也开始上菜了。那个时候的电力供应不好,电压不够高,所以还加点了几盏煤气灯。

其中一盏挂在新郎席上方,一盏挂在新娘席上方。酒席很丰富,有了侨汇券的优待,很多市场上没有的东西都买到了。普通人家结婚宴席喝的是本地的西山老酒,而这里喝的有青岛啤酒和张裕葡萄酒还有汾酒。普通人家分的烟是大前门,而这里是每个人一包精装的牡丹烟。第三道菜上来之后,新郎新娘开始逐席敬酒,宴席的气氛开始活跃起来了。人们已经吃了一点东西填饱了肚子,喝下的酒也开始上头了。现在他们得给轮流敬酒的新郎新娘设下一些障碍。设障碍的方法通常是让新郎新娘回答一些难以启齿的问题,或者让他们做一些有难度的动作,比如要他们同时去吃一个樱桃。新郎新娘如果过不了关,那就要罚香烟,就是说要分给桌上的宾客额外的香烟。W市的民间就是用这样的方式庆祝婚礼的。莫丘坐的这一桌全是厂里的工友。他们正在嘻嘻哈哈准备着一套把戏,把一个酱鸭头用细线吊在筷子上,等新郎新娘来敬酒时让他们闭上眼睛一起去啃鸭头。他们的诡计是新郎新娘闭着眼同时去啃鸭头时,他们会偷偷把吊在空中的鸭头升高,这样新郎新娘会扑了个空,嘴巴就吻在一起了。他们正在等待着这个有趣的时刻来临。

而就在这个欢快的时刻,突然响起了一阵敲门声。小门一打开,只见有两个样子丑陋的老人抬着一个庞大的花圈挤了进来,慢慢悠悠将花圈摆在了中堂,还顺手撒了两把白纸钱。而在门外边,猛然响起了一阵唢呐呜咽的吹班声音。这是送丧的乐曲。吃酒的宾客全惊呆了,不知是发生了什么事。知道这突发事件内情的只有少数几个人:新郎新娘、巫姗姗、冠良母亲、裴医生。紧接着,更令人吃惊的事情出现了,几个样子凶猛的年轻人冲到了酒席间,拿着一个纸盒子,将一把把照片撒出来,那上面的照片全是新娘雨燕和那个小提琴手的非常亲密的合照。虽然都是穿着衣服的,可这样的合照在当时看起来已是不堪入目了。新娘这个时候当场昏了过去,裴医生指导冠良和一群女眷抬着她到新房里面给她做检查康复。这个时候婚宴场面一片混乱。门外的送丧吹班还在呜呜呀呀吹得正欢,把周围的邻居再次招来了围观。婚宴的宾客虽然对闹场的人感到愤怒,可还是忍不住好奇地仔细观看着他们撒下的照片。新娘和一个男人搂在一起,摆出各种姿态,都非常的挑逗。一些不认识新娘的人不能不对她的品行产生怀疑了。尤其是今晚的贵宾金柏松,一脸的不快,差点拂袖而去。好些人跑到外面维持局面,给了外边扛花圈和吹丧乐的吹班好些红包和香烟,才把他们打发走了。

  雨燕前男友最后这一闹虽然是垂死挣扎,却一时还是起到了作用。婚宴经这么一闹,欢快的气氛就没有了。宾客们勉勉强强等最后一道甜点上过之后,都起身告辞,而本来很多人是会留下来闹洞房的。冠良对莫丘和厂里另外两位工友林杨平和朱百药说:你们可不要走,再待一会儿吧,要不太冷清了。于是他们留了下来,在新房里造出点热闹的气氛。新娘已经从昏厥中苏醒过来,看起来还是筋疲力尽的样子。朱百药提议新娘来一段小提琴,新娘顺从地接受了。她把那只作为嫁妆带来的小提琴盒拿过来,打开盒子取出琴。她调了几下弦,开始拉了起来。是一段练习曲,大概是门德尔松什么的。莫丘虽然不会拉提琴,还是觉得她拉得不怎么好。她的琴声不动听,她好像是没有拉琴的才能。她只是在很机械地拉着。她是个拉琴的洋娃娃。

  这时从窗外九山大队菜田的田野上,有一阵提琴的声音跟随着雨燕的旋律悄然响起。那才是提琴的声音,非常美妙。雨燕在听到这个声音之后拉不下去了,可是那个琴声还在继续,独自拉下去,如泣如诉。冠良只得把窗户关上了,打开了收音机,把这个声音盖过去。他的心里对这个拉琴的家伙充满了轻蔑。本来,冠良还有点怕他会出什么损招。想不到他已是黔驴技穷,没有什么更厉害的招了。这样的琴声算什么?无非是深秋里的蟋蟀哀鸣罢了。

这个夜里在田野上徘徊的还有一个人,那就是梁家豪。他在喝过两斤黄酒后,心里想念着女儿,无法入眠,便来到了冠良家附近的九山湖边,看着远处华侨屋里的那盏灯。女儿今夜在这盏灯光下要成为新娘了。他在一棵树下坐了下来。他要守望在这里,一直到那盏灯熄灭为止。

## 十一

冠良的婚事办了,厂里的人为这件事兴奋了好几天,然后慢慢地冷却了下来。裴达峰医生松了一口气,这件事终于做成了。这时另一件事情开始浮现出来。在裴医生的日历本上,12月份某一天被做了一个红色的圆圈记号,那是他推算的柯依丽的预产期。柯依丽怀孕的事实他早就掌握了,在她第一次走进他的医务室那天就掌握了。他当时就把这个事实通知了红玉。红玉在得知这个消息后如五雷轰顶,她把女儿关在房间里,一整夜在审讯她,要她把事情交代清楚。女儿好像是变了个人儿似的,显得很镇静,承认了事情是真的,还准备要去做人工流产。红玉找裴达峰医生商量,裴医生的意见是柯依丽先天性体质很弱,子宫壁很薄,如果做人流会冒很大风险。裴医生这些话都是真的,而从他的心底来说,他不知为何有一种愿望:不要毁灭掉一个女孩子肚子的生命胚胎,尽管这个胚胎的诞生过程是非正常的。就这样,红玉一犹豫,柯依丽肚子里的胎儿已有三个月大了。

柯依丽从验布间调到织布车间做挡车工已有一些时日了。她天性聪慧，跟着翠芬阿姨学了一段时间后，没多久就能独自挡车了。她戴着白色的劳动帽，系着白色的围裙，围裙后的小肚子正在微微拱出来。她的脸变得发白发胖，还出现了一点蝴蝶斑一样的花纹。在轰轰隆隆的织布声里，她在十几台机器之间穿梭。织布机有时会停下来，这是因为经线或者纬线断了。她得把断线找出来接上，或者换上新的梭子，然后推动操纵杆让机器慢慢加速运转。她的工作范围就是在那么几十个平方米里走来走去。莫丘能看见她的身影，可是无法听见她的声音。每当他鼓起勇气向她走去的时候，她就会提早转到另一台机器的后面，总是和他隔着距离。而在上班下班的时候，她总是跟在她的母亲身边。有一种无形的玻璃或者空气的护罩在罩着她，莫丘看得见但无法接触到她。

这段时间，莫丘的生理上也发生了明显变化。他的喉结变得很大，唇边长出了黑黑的胡子，脸上出现了很多粉刺疙瘩，声音也变得粗了起来。造成这一变化的原因可能是因为他知道自己的生命在柯依丽身上已经延续了，他的一个精子正在她的身体内长大。这个事实让他害怕，他肯定会因为此事受到父母的重重责罚。他根本还没有做父亲的条件。他也知道自己和一个准备外嫁到西欧的华侨子弟不会有建立家庭的可能，他和她是两个阶层或者是两个阶级的人。她最终会到遥远的西欧去，而这个时候西欧的概念对他来说和月球、火星的距离是差不多一样的。自从那次在验布间里遇见布偶之后，柯依丽一直在回避着他，一次也没找他商量怀孕的事。这让他相信那个布偶的出现不是偶然的，所以事情可能和它有关，只是他无法知道事情的真相。

但是有一个事情越来越明显了，随着时间的变化，他发现自己对于的柯依丽的情感在与日俱增。在参加过裴达峰医生的花园晚会之后，他一度以为自己的感情已经死了，已经摆脱了。不！结果是相反的，和裴医生的预料也是相反的！他发现那貌似已经死亡的情感很快重新升腾了起来，根本无法抗拒它的力量，一下子就爬满了他全部的身心知觉。如果说他和柯依丽的初次媾合是出于对性的好奇和对沉闷的反抗的话，现在他则是深深地爱上了柯依丽的灵魂。他喜欢她纤弱的外貌、古怪的想象、水晶一样的内心。现在他的情感已经完全超越了物质世界，超越了社会的阶层隔阂，他无时无刻不在想念着她。他感觉到柯依丽尽管在回避着他，但是她的心里一定不是这样的。从一个眼神、一个肢体语言都能看得出来，她的心里还在想他的，她的表面的冷静下一定存在恐惧和痛苦，她只是在一种压力之下无法动弹。除却精神的因素，生理方面的原因也使他不能安宁。如果她没有怀上孩子或者去医院流产了的话，那么他的这种关切会安静下来。明摆着她的肚子在日益长大，那可是他的孩子。她在承受怀孕的苦难，而他却无法接近她。就像一株植物的藤蔓会朝着有阳光的地方顽强生长一样，他在这段时间的所有行为和心思都和柯依丽日渐膨胀的肚子有关联。

  红玉在这天中午穿过了圆形回廊到达了裴医生的医务室。最近一段时间她经常会来这里。她显得非常懊恼，女儿已经怀孕三个月了，她竟然还不知怎么去处理这件事。还有让她愤怒的是，搞了她女儿的这个小子莫丘还不死心，还在企图接近她女儿。而她居然没有一点办法对付他，她可不想再弄出点对她女儿不利的风声来。

  "哎呀呀，这可如何是好？前些日子你只关注冠良的婚姻，把我的事都放一边了。现在冠良的事儿成了，可我的事情麻烦得不得了。一转眼胎儿都三个月大了，开始会动了。虽然穿了宽松的衣服，细心的人还是能看出来的。这事可让我操心了，万一葡萄牙那边知道了可如何是好？现在想想不如当时就冒点风险去把孩子打掉还好些。"红玉说。

"保留下孩子是你们慈悲善良的行为，是一个正确的选择。上帝会保佑你们的。"裴医生说。留下孩子的选择，符合了他内心深处隐藏着的一个情结。当他想起这个被他保留下来的身份暧昧的孩子，就会想起了自己记忆里的孤儿院。这是一条通往他内心深处的路，因为这个孩子而重新开启了。从某种意义上，这个孩子好像是他的童年的一个拷贝。"孩子不会在柯依丽的身体内待很久的。半年多时间之后，孩子就会脱离开母体，那样柯依丽还是一个和原来一样的人。没有人会对外边走漏风声的，葡萄牙那边不会知道这件事。这个厂里的人绝对不会对外边散播内部的事情，因为他们会因此付出非常高的代价。"裴医生说。

"你总是这样不急不忙。可我总不能让柯依丽大着肚子在人们面前打转吧。还有那个可恨的莫丘近来好像还不死心，整天在围着她转，一直想和她接近。"红玉说。

"是的，这件事我是考虑到的。我认为从现在起，柯依丽不要再上班了。她应该离开公众的视线，和莫丘隔离开来，在一个安静的环境下面完成孕育到分娩的过程。我还想到了，她不能到医院里生孩子，那样她就成了正常生育，生下的孩子会登记在户口上，她就成了法律上的母亲了，这会是一件非常麻烦的事。还有，孩子生下来后怎么办？放在什么地方抚养？这些事我都在考虑，我会安排好的。"

"裴医生，你说孩子生下来以后怎么办呢？我女儿要是带在身边岂不是人人都知道了？"红玉说。

"不，不能带在她身边。把孩子送到乡下去养吧。你如果乡下没有了亲戚，那就送到我青田的老家，我的养母还在那里。那是个风景美丽的地方，我可就是在那里养大的。"

"哎呀呀，裴医生，你真是一个有办法的好心人，你这么一说，我的心就不那么慌慌的啦。现在也没什么别的办法，我就照你所说的去做吧。"

"没有什么大事，一切都会安排好的。"裴医生说。他现在对这件事有点底了。

在红玉和裴达峰医生这场谈话过后的第二个星期一，莫丘上班时发现了本来是柯依丽挡车的机台组被另外一个人看管了。柯依丽没有来上班。他的心觉得慌慌的，虽然她在这里的时候也不会和他说话。他在厂里转了一圈，都没有发现柯依丽的踪迹。他还看见车间的调度班次牌上，写着柯依丽名字的那块牌子不见了，好像从来没有过这个人一样。他好生奇怪，可是他没有一个人可以询问柯依丽为什么没有来上班的原因。他努力去捕捉别人谈话中有关柯依丽的只言片语，企图找出点消息来，可是却没有听到任何人讨论这件事。一连三天，柯依丽都没有出现，这让莫丘觉得十分蹊跷。他看到了红玉每天还在上班。莫丘以前感到红玉时刻提防着他，始终把一双眼睛对准了他。在柯依丽从厂里人间蒸发之后，她看起来对莫丘放松了。倒是莫丘开始在暗里观察着她，想从她的行为上看出点柯依丽的去向来。可是他始终还是无法得到一点柯依丽的消息。他感到自己被这件事搞得快要发疯了。在还没发疯之前，他决定做一件事情。在这天下班的时候，他远远地尾随在红玉的身后，想去追寻柯依丽的踪迹。他知道柯依丽家住得很远，是在东门那边，可不知具体的地点。他总得做点什么，这样心里才会好受一些。

红玉一走出厂门，只管往东门的方向快走而去。因此莫丘贴着路边的商店，顺利地跟住了她向前。他跟着她走过了长长的解放北路，看到了红玉拐进了瓦市殿巷的菜市场，一下子就消失在人群中了。瓦市殿巷的菜场很大，很多市民会在下班的时候来这里买菜，所以显得非常拥挤。这条巷子里还有一个小学，刚放学，学生从大人们手里提着的菜篮子下面钻出来，也有的学生干脆在杀黄鳝和青蛙的摊子边看热闹。莫丘一头挤进人群时，红玉已不见了影子。越是往前，人越发挤得水泄不通。他只能看见一个个买菜人的后背，还有人脚下的路边卖青菜、葱头的摊子。莫丘一条巷子挤到了头，还是没见着红玉的影子。突然他想起了那句小时候听熟的话：华侨人都是吃烧鹅的。于是如梦初醒，赶紧挤着前往卖熟食的摊子那里去。可是卖烧鹅的摊子前并没有红玉的人影。他失望地退回来，可猛然间，他听见了红玉的声音，就在他身边，不是和他说话，是在和一个卖螃蟹的下山人在讨价。红玉说他的螃蟹不肥，也不是红膏的。下山人则赌咒这些螃蟹不是红膏的他就是乌龟。红玉和下山人争了一阵没结果，什么也没买。然后逛到了卖活鸡的摊子面前。那个卖鸡的人从笼子里摸出一只咯咯叫的公鸡，用稻草绑住了鸡脚，挂上秤称过。这个摊贩是本地人，面目凶狠，容不得讨价。红玉付了钱提着鸡就走了。这以后莫丘比较容易能跟住红玉了，因为那只鸡在她手里一直叫个不停。红玉从菜市场出来，进入了康乐坊，一直往东门方向走。莫丘和她再次拉开了距离，跟在后面走。他看着那只倒提在红玉手里的公鸡，觉得奇怪，原来华侨人不仅吃烧鹅，也吃鸡的！普通人家只是过年或者生孩子的时候才有鸡吃。突然有一个想法浮上了心头，这鸡红玉一定是给柯依丽买的，她怀孕了，开始补身体了。普通人家是产后才吃鸡，华侨人提早开始吃了。他对这只鸡产生了好感，因为这只鸡被柯依丽吃了之后，会变成养分滋养着她肚子里的胎儿。而这个胎儿，跟他可是大有关系的。他看着红玉进入了一条巷子，那条巷子名字后来他一直忘不了：白塔巷。

红玉又拐进了一条弄堂，这是巷子里的弄堂，没有名字，只是标着32弄。她进了一个大门台。那里面是一个大院子，临着路边是一座两层的房子，外墙有两个窗子。莫丘记住了门牌号码，退了回来。

当天的晚上，莫丘回家吃过饭后，骑着父亲那辆带三轮车牙盘的自行车出发了。东门头的地盘他不大熟悉，因此他有一种到了很远很远陌生地方的感觉。他知道东门头那里偷自行车的人很多，所以不敢乱停车子，花了五分钱把车寄存在看车点的老太太那里，把老太太给的收据小心翼翼装进了口袋。然后他开始步行朝白塔巷走去。他越是接近柯依丽的家门口，心里就出现了想呕吐的紧张，喉咙似乎被什么东西堵住了，嘴里有一股浓重的金属的腥味。他进入白塔巷，拐进了32弄的时候是最紧张的时刻。他只是从她家的大门口经过一下，连转头看一下院子里面的情况都不敢就过去了。这条小弄通到了另一条巷子，那叫朱冠巷，从朱冠巷走到巷子底，是天窗巷，再转过来又回到了白塔巷。莫丘这个晚上绕着这样的圈子走了不知多少个来回，就像一架飞机在空中盘旋似的转个不停。

天早就黑了，那个院子大门已经关了，偶尔有人出入是从大门中的那个小门进出的，而且进出之后都会顺手带上门。莫丘现在所能看到的只是大门左边的那两扇窗门。窗门里点着灯，能看见里面的情景。但是莫丘每次都是快步从窗口下经过，就像飞机掠过似的快。他只看见了那个窗里的墙壁上似乎挂着一张黑白的照片，像是一个老人的遗像。还有是挂着蚊帐的床，还有一盏带灯罩的电灯。然而就在他一次次鬼打墙了似的转着圈子时，突然一下，他看到了窗子里出现了柯依丽的身影。她只穿着一件圆兜衫内衣，站在灯下。她在明亮的室内，对于窗外黑暗里的事情一点也看不见的，因此，当莫丘在窗下看到她时，她完全是没有察觉。她处于一种很放松的状态，头发蓬乱，在灯光下显得楚楚动人。莫丘的血一下子涌上了脸,心狂跳不已。可是他不能停下步子,一直在向前走动,她在窗格子里一闪就过去了。莫丘这个时候已经变得像个机械,只会一个劲往前走,不会后退,在他顺时针又转了一圈后回来时,窗内柯依丽的身影不见了。他又转了一圈,这回房间里的灯熄灭了,柯依丽一家大概都睡觉了。

　　总算看见她了!在黑夜的小巷子里闷头转着圈的莫丘想着。我的天!我怎么会这么想她?要是刚才没见到她的话我不知今晚会怎么过呢。我多想再看她一眼啊!莫丘在这里转了好几个小时,开始觉得身心疲惫,准备去取回自行车回家睡觉了。他是那么舍不得离开这间住着柯依丽的屋子,在回家之前,决定再转一个圈子。而就在这一次,他发现这个大屋里有个人往外走。那人是推着自行车出来的,大概是喝醉了,浑身冒着酒气,车轮在小门的门槛上磕磕碰碰的,好像被什么卡住了。那人骂骂咧咧地从小门中拖着车子出来,却没有关上那扇小门。莫丘这个时候正好经过这里,看到这个人出来,只觉得紧张。那扇小门开着的事实进入他的注意力。他想:我再转一圈,如果这扇门关上了我就一定回家。但是,在他再次转来时,那扇小门依然还开着,里面黑洞洞,一点动静也没有。好像有一种鬼使神差的力量在推着他似的,他一躬身就进入了这个小门。

　　当他进入了里面,发现自己其实根本没有理由这样紧张。这个院子里面是住了很多人家的。在进门之后,迎面便是一个四方的天井。天井的四周围着石条阶,上面是一圈通道。然后便是整排带糊着窗纸的玻璃窗的排门。那些屋里还点着灯,看起来白亮白亮的,屋里面人的影子都投射到了窗纸门上。然而莫丘感兴趣的不是那些屋子,他能判断出方位,柯依丽出现的窗口位置是在大门的左侧,而这个左侧单元和那些带糊窗纸的房间不同,自成一体,外面带着两扇古式的带门臼的木门。而令人奇怪的是，这扇黑黑的高到屋梁的木门这个时候竟然还开着。当莫丘接近这个门户的时候，他唯一的选择是进去或者是赶快逃走。那个半掩半开的门后边没有人，莫丘屏住气，一脚慢慢踏进了门槛。这个晚上一切的事情都是那么巧合，所有的因素都似乎在促成一个引导莫丘进入陷阱的游戏。而不可思议的是平时显得腼腆的莫丘此时竟然会有这样的胆量，因为他这个时候的行为已经和一个人室行窃的偷儿没什么区别了。这个时候莫丘变得十分地机敏和冷静，爱情这个迷魂药就像是海洛因一样，使人会忘记了危险，同时会让他的能力比平时放大了好几倍。他一走进了门，所处的位置是对着楼梯的背面。在左边，有两个房间的门，刚才柯依丽就是出现在这两个房间中，不过现在房间的灯已经熄了。还亮着的灯光是从楼上的房间传出来的。而他的右手方，还有一个门开着，黑黑的不知是什么房间。就在这个时候，他听到了楼上有脚步声响起。他本能地往边上开着门的屋子里躲，原来这里是厨房间。这些老房子和他奶奶家一样，都有灶台，还有柴仓。他小时候常喜欢躲在灶台后面的柴仓里，所以这个时候也躲到了灶台后面。楼上的脚步急匆匆地走下了楼梯。莫丘没有办法知道这个人是柯依丽还是红玉，但是听到了一串钥匙的沙沙响。然后听到了一声咔嚓的落锁声。这个老式的门被一把挂锁倒锁上了。然后，又是一阵脚步声上了楼，接着是关灯的声音。屋子里完全变得黑暗了。

　　莫丘长长松了一口气。危险暂时过去了。可他也明白了自己的处境，他被倒锁了，无法离开这个屋子了。事情发生得太快，就像是变魔术一样，顷刻之间他由在屋子外边的逡巡变成了被困顿在了屋子里面。这就像是他玩过的捕鸟把戏，在笼子里放上一点鸟食，那些鸟明知有危险还是会钻进来。如今他就是这样一只误入笼子的困兽了。莫丘让自己镇静下来，想想接下去该怎么办。他最初想到的居然是父亲那辆旧自行车。那个自行车保管点只开到夜里十一点，过了这个时间那个老太婆会走掉，那辆车会不会被人偷走呢？这件事让他心焦，急于想从这个屋子里脱身。但是他知道这个时候屋子里的人还没睡熟，他要是弄出了动静一定会惊醒他们。他现在什么都不能做，等屋里的人睡熟了，再作计议。

他于是一动不动地坐在柴仓凳上，灶台上的煤球炉子是蜂窝煤球，炉子闷在那里，所以还散发出了暖气，让他不至于觉得冷。他发现了原来自己在这里还有一个伙伴的，就是红玉在菜市场买的那只鸡也关在一个笼子里面，会发出咯咯的梦语。莫丘虽然心里恐慌，可也有一种特别的甜蜜的感觉在心里，因为他和柯依丽这个时候是在一个屋子里面。他和她隔得很近。这会儿她的肚子里的孩子正在膨胀，正在踢着她的肚子吧？哦！要是能让她知道他现在就在她家柴仓里才有意思呢！这不是比《罗密欧与朱丽叶》故事里爬窗户相会更加浪漫吗？她是睡在哪个房间呢？要是能找到她，她就会把钥匙给我，这样我就会可以脱身了。可是我这样在黑黑的房间里出现可不会把她吓死了吧？何况，我不知道她是在哪个房间。万一摸到了红玉的房间或者老奶奶的房间那就闯大祸了。我得看看那张寄存自行车的存根，千万不要弄丢了。莫丘在上衣口袋里摸摸索索找到那小纸片，又放了回去。

大概到了十二点钟的时候，莫丘料定屋里的人都已经睡熟了，于是慢慢地起来，摸到了那个门边。他在门上摸索着，发现这个背后的门闩是铁的，模样像是一支冲锋枪，一把很大很沉的铜挂锁把铁闩锁死了。这门根本没有打开的可能，除非是拿到了门钥匙。他绝望地摸着锁，知道是无法离开了。他所藏身的厨房里没有窗门。窗门是在靠弄堂的房间里。而那几个房间里分明有人睡在里面。他退回到了柴仓里，坐下来。沮丧万分。有什么办法才能逃出来呢？他胡思乱想着，想起了《西游记》孙悟空被那个铜钹倒扣在里面的故事。是天上一个大神用头上的角钻进了铜钹里面，孙悟空在大神的角上钻了个洞把自己变成了菜籽藏在洞里才让大神把他救出来。这个办法当然不可能的啦，他的另一个想法接踵而来。那本叫《红岩》的书里面关在监狱的政治犯不是在挖一个地洞要逃出来吗？他们的地洞都快要挖成了结果还是没逃出来。看来我也得去挖一个，从灶台的下面开始挖比较不容易被发现。他发现自己开始打盹了，赶紧坐正了身体。柴仓凳后面堆了好几捆新柴火，散发着一股熟悉的香味。莫丘闻到这是那种狼鸡草的味道。狼鸡草的学名叫蕨菜，梗里面有根筋，抽掉了之后变成了空心的可以用来吸水喝。还有一种柴火叫"树毛"，其实就是小松树的树枝，带着一束束松针，还有一个个小松果，烧起来有松烟。树毛的松针很刺手，所以他从小就不喜欢它们。他摸到了柯侬丽家的柴仓里的是狼鸡草，很松软的。他可以靠在上面。他听到那只公鸡又在咕咕地自言自语了。他最怕的就是听到公鸡的咕咕声，因为这让他变得睡意昏沉。到下半夜了，他实在是坚持不住，倒在狼鸡草柴堆上睡着了。

  他大概只睡了极短的工夫，可是睡得却极其深不见底，像掉入一个黑色深潭，没有一点梦迹。突然他惊醒过来，最初的感觉是在自己的家里，他父亲在大声地责骂着他还在睡懒觉，还不赶快去上班去。他坐了起来，摸到了坚硬的柴仓凳板，还有窸窣作响的草柴，这样他才明白过来，他还困在柯侬丽家的柴仓里。由于他睡了一下，头脑变得非常清醒了，知道了自己的处境有多糟糕，因此心里变得很烦很烦。他想现在夜已经很深了。他该有所行动了。如果他现在什么也不做，那么明天早上一定会被第一个上厨房的人发现。那么谁会是第一个上厨房的呢？如果第一个是柯依丽的话，他怎么对她说呢？有一点可以肯定：她是会拿钥匙开门悄悄放走他的。然而这种可能性是很小的。莫丘知道自己就从来没有第一个起床。通常起床最早的是母亲，也有可能是父亲，最可能的还是老奶奶。他想象着如果是柯依丽奶奶第一个进厨房发现他时，他该怎么办？他相信老太太一定会惊叫起来，那样的话红玉一定会马上赶来。红玉会怎样看待他呢？还有柯依丽的爸爸会怎么样呢？

他决定不能坐着等待出事情，必须想办法离开这里。他现在最好的办法是找到那把门挂锁的钥匙，但这种可能性会是非常小。然而他现在已经没有退路，再过一个小时，那只可恨的公鸡就要打鸣了。这样的话屋子里的人会变得比较清醒了。于是莫丘潜出了厨房，在过道的楼梯口停留了一下，决定先进入楼下那个房间试试看。

这个房间的门是虚掩着的。他轻轻地推开了，只发出很细微的门轴转动声。刚才看见柯依丽就是在这个房间里。嘿！要是没有看到柯依丽在这个房间的窗口出现，他才不会贸然进入她家的房子呢！他踮着足尖潜进来，还是在地板上弄出了声音。这些地板是空心的，板层下面是地板池，人们经常会掉一些硬币或者什么有趣的东西到地板缝的。他已经走进来了，他的右侧就是一张大床，上面悬挂着白色的帐幔。帐幔后面有一道间隙，那是放马桶的地方，散发出他儿时在奶奶家熟悉的气味。他屏住了气，一寸一寸挪向前。那窗门尽管已经拉上了窗帘布，还是有外面的星光透进来。他已经到了床的边角上，但还是看不到床上睡的人。他这个时候非常紧张，内心很奇怪，怕看见的是柯依丽。他把头慢慢地从床边探出来，那床上睡的人影隐隐约约出现了，但是很模糊。但是从发出的气味来判断，那不可能是柯依丽的床。果然，随着他的瞳孔渐渐适应环境，床上的人脸像是从洗照片的显影水里一样慢慢出现了，那是一张老人的脸，睡得很死，嘴巴张在那里，眼睛看起来就是一个洞，样子非常可怕，就像去年纪录片电影里放过的西汉马王堆出土的那个没有腐烂的女尸一样。老太太睡得很深，看样子一时不会醒来。莫丘想也许这个门的钥匙她身边就会有。他这么想的时候，似乎看见了老太太床头靠近脸的地方有一把钥匙状的东西。这让他心跳起来。他盯住了这个东西看，越来越觉得这是一把钥匙。如果他能拿到这把钥匙，那么，他就可以从这里脱身了，他甚至还想到也许那个看自行车的老太太还没走，他还可以拿回自行车呢！但是他还是害怕。不敢走到床前去拿那把钥匙。他后来是趴到了地板上，从床的下方爬到了床头的位置，终于伸手够到了这个东西。他把这东西一把抓在手里就退着爬出来。但是，他感觉到手里的东西有点不对劲，有点发黏的，形状也不像是一把钥匙。在退出房间的过程里他无法看，一直到退出了房间后，他摸了摸这东西，怎么是月牙形的？突然他想起了这是什么东西，这不是钥匙，是一口假牙。他以前看见奶奶的假牙晚上是泡在水里的，这个假牙怎么就放在床头呢？也许是老奶奶睡着的时候牙齿掉出来了。他的手像被蛇咬了一口，赶紧把假牙丢了。

　　他又回到了门边，楼梯的背面。现在，他知道了柯依丽一定是睡在楼上的了。他贴着板壁顺着楼梯慢慢往上走，木板的楼梯还是发出些吱吱的响声。终于，他到了二楼的楼梯口。他看见了，在楼梯口边上有个木窗开在那里，从这里可以望见天井，波浪状的瓦背一直通向前方，他还能看见一根电线杆。有电线杆的地方就是马路或者是巷子了，这就表示那个位置下面就是可以自由行走的巷子了。他要是能变成一只猫就好了，或者像故事里的侠客会轻功，那样就可以轻松地从瓦背上跑出去。虽然还没脱身，他还是受到了鼓舞，毕竟能看到屋子外边的路了。

　　楼上的光线比楼下的好多了。他能看见四周的环境了，还能看见一张墨铅放大的老人画像挂在楼梯口。画像里的老人戴着瓜皮帽，好像还是拖着长辫的，瞪着眼看他。这是她家什么人呢？男人怎么还有辫子？楼下的房间里好像有了一张，怎么这里还有呢？他正想着，觉得左前方似有影子在动。猛一惊，发现那是镜子，闪动的人影就是他自己。他突然想起了柯依丽以前说过的话，说她家的楼梯口有很多面镜子，是她爷爷的爷爷的年代就有了的。这些镜子会互相反射，她的先人坐在书房里就可以看见楼梯口的动静。莫丘想起了这事，心里害怕，觉得真有什么古代祖先在镜子终端处看着他的所有行动。他得赶紧行事。

　　从楼梯口转出来，就面对着二楼的两个房间了。他的运气似乎稍稍好起来了一点。因为从右边一个房间里传出了一阵打呼噜的声音，虽然不是特别厉害，还是能听出是男人的声音。莫丘想这一定会是柯依丽父母的房间，那么左边这个就是柯依丽的房间了。

　　左边房间的门是虚掩的。他刚把门推开了一点，根据里面散发出的气味他就知道了他正在进入柯依丽的房间。那是他熟悉的气息，虽然他和她只有那么短暂的接触。没有人的气息是和她一样的。那是一种薰衣草、玉兰花、紫罗兰、冰山上的雪莲花的香气；也许是阿拉伯沙漠上的名贵的沉香；……什么美好的词汇都涌上了他心头。是的，现在他看见了她睡在床上，窗子外面的星光照着她的脸庞。她的一只手缠绕着自己的头，她的嘴角在动着，好像梦里在吃着什么好吃的东西。她大概睡得很不老实，把被子都推开了。莫丘站在她的床头，只觉得很想流泪。他甚至忘记了自己危险，就那么凝视着她。莫丘为自己给她带来的麻烦感到了揪心的痛苦。

就在这时,他发现她睁开了眼睛。她一动不动看着他。莫丘以为她一定认出他了,会压低声音问他怎么会在这里。可是她什么也没说,只是紧张地收缩着四肢,把被子紧紧抱住,眼睛里充满了恐惧。莫丘慌了,知道她没有认出他来。他想对她说话,让她醒醒,不要害怕不要出声。而就在这时,他看见了她猛地坐了起来,退到了床角,死命地惊叫了起来:"救命!救命!"

莫丘第一反应是想堵她的嘴,让她知道自己是谁。但是她以为他是来攻击她,更加剧烈地挣扎起来。莫丘知道事情坏了,赶紧掉头退出房间,在柯依丽的父亲抓住他之前从楼梯口的木窗跳到了瓦背,然后,踩着瓦背狂奔起来。他感觉到脚下的瓦片在发出迸裂的声音。但是他不管了,对着那电线杆的方向死命地往前跑。当他跑到了电线杆边,看到了自己站在墙头上,下面大概有四五米高。他纵身一跳落了地,脚腕像被电了一下扭伤了。不过这个时候脚腕的伤并没有影响他快速从巷子里跑出去,进入了另外一条不相连的巷子。当他觉得自己脱离了危险之后,他走到了黎明之前黑暗中的涨桥头。那个看自行车的摊子早就没了人的踪影,而且一辆自行车也没有留在这里。还有更令他魂飞魄散的事,他在口袋里掏来掏去,那张存车票子的存根不见了。他不知是丢在了路上,还是丢在柯依丽的家里。

## 十二

莫丘狼狈不堪地从柯依丽家里脱身出来之后,找不到自行车,只得步行先回家了。

父母亲因为莫丘一夜未归担心得早早就起来,想出外去找他。莫丘回到家时,父母亲正好要外出找他。看他回来了,追问他去哪里了,自行车哪里去了。莫丘说自己在同学家打扑克,自行车被人偷了。父亲一听自行车丢了暴跳如雷,倒是把他宿夜未归的事忘了。他近来在单位里的日子很不好过,政治形势在变化,他的派系可能会受到清算。他是个小官吏,一点小小的政治风浪都能淹没他。现在丢了自行车,他把这事看成是触霉头的预兆。如果是早几年,他大概是要抽他了。只是莫丘现在长到一米八以上了,父亲才不敢贸然出手。但是父亲也没有多少时间可以生气,小市民一天的生活开始了。按计划父亲是要趁天黑去府前街水产店排队,凭第十一期水产票购买冰冻杂鱼。父亲一怒之下就让莫丘替他去了,以此作为对他的惩罚。

于是,莫丘接过父亲手里的菜篮子,手里攥着第十一期水产票和钞票,前往府前街的水产店去排队买冰冻杂鱼。天开始蒙蒙亮了,排队的人很多,边上还站着不少想加塞的人。莫丘一夜没睡,这个时候瞌睡极了。他好几次都睡过去了,头垂下来抵到前面那个瘦子的脑袋,气得那瘦子要和他打架。莫丘就这样半睡半醒地看到了水产店的店门板一块块卸下来,里面的营业员开始拿起秤卖鱼了。队伍开始了骚动,每个人都挤着向前,怕鱼会被卖光了。莫丘来得还不算太晚,排在了队伍的前方。他远远看到了那个水产店的女营业员。他大概半年以前来这里排队买过鱼,那回看到过这个女营业员是很漂亮的,个子很高,辫子很长,脸色红润,可现在他却发现了她憔悴得很厉害,好像是生了病似的。她一定是很不快活的!她看起来好像是嫁了一个不好的男人似的!他想着,又觉得睡思昏沉。不知过了多久,他终于买到了一斤的冻带鱼,提着菜篮子回家了。他感到脚腕开始肿胀了,走起来很痛。

经过一整夜的折腾，莫丘的生活总算回到了本来的程序。每天他都是这样开始的，起床后父亲会让他到水井边去洗中午吃的鱼肉和菜。他回家后提着篮子水盆水桶到水井边去了。今天他感到很不对劲，不仅头昏脑涨全身无力，在内心里面还有一种死一样的心灰意冷。他明白昨晚的事情还没结束，他不知接下去的事情会怎么样。要是能把事情退回去，什么也没发生该有多好呢！他一边想一边给冰带鱼剖肚子。那些带鱼不是很新鲜，剖开肚子后还可见被带鱼吃下去的小鱼。父亲交代过这些小鱼不扔掉，可以烧了吃的。还有一条带鱼肚子里面有鱼钩，这让莫丘知道带鱼原来是钓上来的。剖完了鱼他开始洗菜。他把系着长长绳子的吊水桶扔进了水井里打水。这个外国人造的水井井壁滑溜溜的，是水泥浇的，长满了青苔，深得好像能通到地狱。莫丘心里忽然感到了一种快意，这个深不见底的水井吸引着他。只要他往前一倾即可被那黑洞洞的死亡接受过去，从而就什么也不要烦恼了。然而这只是瞬间的想法。他把带鱼和青菜洗好之后，就硬着头皮到厂里去上班了。

莫丘一进厂门，就觉得气氛和往常不一样。厂里的人聚在一起三三两两地谈论红玉家夜里有小偷进来的怪事。本来这个时候已经开机器了，可今天没人开，车间里全是谈论的声音。大家都在传说那个小偷偷了老奶奶的假牙，又扔到了门边。还进入了柯侬丽的睡房，好在她警觉，大声呼救，那小偷才跳窗而逃。小偷是从屋顶上逃走的，很多户邻居的瓦背被踩碎了。莫丘也站在人群中间，他只是希望机台快点开起来，好让轰轰隆隆的机声掩盖掉人们谈论的声音。他在车间的外边看见了红玉，红玉在和人说话，但是莫丘感觉到她的眼角在瞄着他。

整整晚了二十分钟，机器还没有开起来，直到戴金丝眼镜的昌恕厂长下楼到车间里一个个人盯着，才听见机器三三两两地开了起来。在没有机器声音的时候，莫丘觉得好像自己是一丝不挂似的站在众人前面。直到机器声响了，漫过来的声浪才让他有了可以躲藏起来的感觉。现在，他又不自觉地前往回廊尽头的傅西科师傅那里去，似乎在那里可以得到一些治疗精神伤痛的油膏。可是，他感觉到了脚腕越来越肿胀了，痛得要命。他得走慢一些，才不会显出脚腕的伤势来。但是他又不想在走廊里走太久，只想快点通过这里，到达安全的傅西科师傅那里去。他正在挣扎着向前走，突然有一只大手搭在他的肩上。莫丘一惊，脑际闪过表哥说的一件事，如果在树林里突然有人伸手搭在你的双肩时，千万不要回头，因为这很可能是一只狼。你一回头狼就咬住你的喉咙了。然而，不用他回头，搭住他肩膀的裴医生已走到他的平排，和他说话。

"年轻人，昨天晚上有球赛吗？"裴医生说。

"没有啊。昨天我没有打球。"莫丘说。

"不，你打球了，打了一场很激烈的比赛。瞧，你的脚都受伤了。"

"没有，我的脚没有事，一点也不痛。"他这么说时，脚开始钻心地痛起来。

"你受伤了。让我来给你治疗一下吧。"裴医生说着，揽住他的肩膀把他带进了医务室里面。

莫丘没有意志力能抗拒裴医生的意愿，顺从地跟他走进来。裴医生让他躺在那张表面漆成黑色的检查治疗桌上，慢慢地转动着他的脚腕关节，那里竟然发出了咯吱咯吱的声音。

"年轻人，你昨天打的是什么球啊？好像不是在一个平坦的地方吧？"

"篮球。我只会打篮球，其他的球不会打。"

"你一定跳得很高啊。你的脚腕关节的挫伤看起来至少是从五米高的地方跳下来的。"裴医生把他的脚腕一扳,莫丘痛得浑身打战。

"那怎么可能?"莫丘说。他的身上开始出汗。但是他看见了裴医生和蔼的眼睛,他的眼睛里微笑着,让他顿时放松了下来。

"不用担心,没有什么事,你很快就会好起来的。但是你得少走路。想想吧,你的腿伤了,你应该怎么办才好?想想吧,你是不是看到了湖上的水,你可以划着船在水上走啊。"

莫丘听着裴医生的话,思想马上跟着他的话走了。他无法控制要睡觉的欲望。他觉得自己已经在水上滑行了。但是他不喜欢在水上,他想在路上骑自行车。他把自己的想法说出来了。

"我想要骑自行车。"

"好吧,你就骑自行车吧,你要骑我的蓝翎车吗?"裴医生说。

"不,我要骑自己的车。我得找到我的车,我的车丢了。"莫丘自言自语着,但是他的睡意越加浓重,眼皮都搭上了。

"你的车怎么会丢了呢?你的车丢在哪里了?"裴医生轻声地追问着,可他看见莫丘的眼睛闭上了。他完全睡着了,睡得很沉很沉。

裴医生疑虑地看着他。突然裴医生站了起来,因为他明白了红玉给他看的那张小纸头是什么了。红玉早上一来就向他说了昨晚有人潜入她家的事。裴医生问这个人有没有偷走东西,她说什么也没有偷走。她还说这个人在灶房的柴仓前面丢了一张小纸片,也不知是什么东西。裴医生看过这纸片,上面有个油印的号码,看起来像个存根什么的。他当时就对红玉说,这个纸片要保存好,也许会用到,纸片这事先不要说出去。现在他从莫丘睡眠状态无意识说出来的话里,明白了这纸片一定是保管自行车的存根!他让莫丘安睡在检查台上,自己脱去了白大褂,走出了医务室。他从红玉那里要了那张纸片,骑上了自己的

167

蓝翎自行车，飞快地前往东门涨桥头。他在周围转了一圈，逐个查看几个存放自行车的摊子的寄车存根，最后他看到了有一个自行车摊上那些夹在车头的保管票子和红玉交给他的这张是一样的。而这个自行车保管摊子和红玉家的距离最近。

"这辆车不是你存的。"老太太看着他递过来的存车单，说。

"你说得对。不是我存的，是一位个子高高的小伙子存的对不对。"裴医生说。

"就算他自己来了也不行，除非他把隔夜的保管费也交上。"

"算起来要多少钱？"

"一毛钱。"

"好吧。我给你一块钱。这车在这里再保管一些时候。记住，什么人来也不给车子。除非他带着这张存车票。"裴医生。

"这个我知道。没有存车票我谁也不会给车。"老太太把他的一元钱对着阳光看了又看，怕是假的。

"车子在哪里呢？我要看看。"裴医生说。

老太太把他领到邻近的一个院内，给他看了那辆自行车。过夜没人领的车她只得搬回家里。裴医生很容易就认出这是莫丘的车，因为它的牙盘特别小，跟三轮车的一样，莫丘曾骑着它到过厂里。裴医生记下了牌照号，然后就走了。

老太太一大早得了一块钱的横财，高兴得合不拢嘴。裴医生走了不久，莫丘也找上门来，要领回昨晚放在这里的自行车。老太太记住了裴医生的话，只认存车票不认人。莫丘拿不出存车票，老太太便不理睬他。莫丘见老太婆不认账，便想说几句重话吓唬吓唬她。不料老太太的儿子就在附近，闻声过来了。她的儿子一脸凶相，莫丘一见就吓跑了。

当天晚些时候，裴达峰医生把自己的调查结果告诉了红玉，并把存车票还给了她。红玉这才明白过来，原来竟然是他！

"实在是太过分了。"红玉涨红了脸，气得说不出话来，"到现在为止，即使我知道了他搞大了我女儿的肚子，我还是强忍着，打碎牙齿往肚子里咽。可是他竟然还追到了我家里来。我是怕事情搞大了对我女儿名声不好。以前我害怕那些当官的，他们会毁掉一切。可现在我就是鸡蛋也要和这个石头碰了。"

"这是绝对不可接受的！"裴医生说，他的眉心皱紧，眼睛里发出了亮光。他知道现在必须要做点什么了。前些日子他一直在考虑这个问题，但一时还不明白该怎样着手去处理这件事情。现在，莫丘深夜进入了她家屋子的事情让他一下子明白了他下一步该怎么办。他已经开始了行动，那辆存放在老太太院子里的自行车是最好的武器。

"这件事必须报告到轻工局的保卫科，让他们出面来处理这件事。既然莫丘是官员的子弟，就让他们公事公办，通过组织去处理。"裴医生说出了自己的意见。

"到轻工局里报告？"红玉一听这样说，心里一忖。她起先说是要拼了，可真的要这样做，倒是有点犹豫了。

"这件事我们自己处理不了。只能用他们的力量。我也不能容忍这件事再发展下去了。"裴医生说，作为工厂里的精神领袖，他觉得这个时候应该得有所行动了。至少，他要把这个外来的少年狠狠教训一顿，尽管他有时对莫丘这个年轻人的气质还会欣赏。他现在要做的事可不是对莫丘个人而言的。

"可是他们会听我们的话吗？不是说官官相护吗？"红玉说。

"我们得先发出自己的声音。他们是不是会听那是下一步的事情。"

裴医生说。

　　裴医生话是这么说，其实他心中还是有底的。在做出这个决定之前，他已经考虑过很多的事情。

　　当初他们这些人创建了这个工厂时，只是想给自己建造一个避难之所。这样的避难所在中国是没有的，比较接近的样板就是桃花源的故事，而桃花源只是一种传说，不是真实的。工厂成立最初，他们用简单工具打制绳索，生产方式和几千年前的作坊差不多。但是后来生产发展了之后，外部社会那种模式不知不觉地也渗入到了厂里面，不可避免地出现了权力的位置。裴医生一直拒绝这种权力，只是做一个医生。他几乎用了所有的力量才维持厂内部的纯洁和平衡，而最重要的事情是阻止上面的政治部门派人进来。他们防备着外派干部进来的主要方法就是连年亏损，福利非常不好，让人家不愿意来。可是，形势还是跟着地球慢慢旋转着，他们的工厂逐步有了主管局，有了集体企业的名号，而且还有个侨办的"婆婆"。当他们的集资方案被侨办压在那里，最后用了一个免费名额才把事情搞通的时候，裴医生已经隐隐感到，在这个社会，孤岛是不可能长久存在的。潮水将会慢慢把这个孤岛淹没的。也许在那个时候，他就已经预见到了日后这个乌托邦的溃散的景象吧。但是，他不想就这么无动于衷地看着他们的公社衰落下去，他时刻准备着不惜打一场个人的战争。

　　六年之前，也就是工厂将买进五十台1511自动织布机的时候，裴医生曾经带着厂里一队人马前往萧山纺织厂去学习。这批先进的纺织机本来是要支援阿尔巴尼亚的，后来因中阿关系冷淡了，这批机器才转为内销。裴医生和三十多个女工和四个男保全工是坐"工农兵18号"客轮先到上海，再转乘火车到杭州萧山的。那个时候，轮船上还有一大群一大群的红卫兵。他们这班人外表上看起来和红卫兵也没什么两样，可是他们的内心向往则完全是另一码事。白天的时候，他和大伙待在了甲板上看蔚蓝的大海，看一大群的海鸟在船尾跟着叼食被螺旋桨打昏的小鱼，看高空上一行行大鸟从相反的方向飞来。后来，太阳跌入了海里，光线暗淡了下去，风也变得冷了。除了一些狂热的红卫兵还在跳忠字舞，大部分人都离开了甲板。

裴达峰还记得他们是住在气味恶浊的五等舱。从甲板上下来，要经过好几层的楼梯，一直走到了最底层的舱位，这里便是五等舱。那个时候买四等舱以上的船票要介绍信的，他们打不出介绍信，只能买到最底层的船票。五等舱里有一种让人头晕恶心的气味。空气不流通加上人的脚臭汗臭厕所气味机油气味呕吐物的气味混杂在一起，这就是五等舱的气味。大家是在睡觉前才能领到一张席子和毯子，那毯子至少有一个月没有洗过了。他们男女不分就挤在舱里一起睡。他给女工们吃了晕船药，还告诉那些没结婚的女工以后她们怀孕的时候也会有这样晕船的感觉。裴医生不会忘记那回即使在这样的恶浊的空气中，队员们的情绪始终高涨而快乐。他们在通铺上打扑克、玩跳棋，去餐厅排队买饭买面。然后又挤在餐厅门口，等待着买电影票。这条轮船的餐厅在结束餐饮供应之后会放一场电影，这就是人人向往的海上电影。

裴医生还记得那天他在半夜里起来了，坐在五等统铺舱外面的一张公用的长凳子上，在恶浊的气味中沉思。那三十几个成员这会儿都在统铺里面沉睡着。他在这里抽了好几根烟，然后起身往厕所里走。那个厕所的小便池很长，可同时供几十个人使用，用浑浊的海水冲洗着便槽。在小便池上方钢铁的墙壁上，和W城里的厕所一样也写着"史银池入土匪"的字样。从厕所出来后，裴达峰医生在钢铁做的铁梯之间向甲板上层走，不经意间竟然迈进了主轮机室里面，顿时有强烈的机器轰鸣声和带着浓烈机油味的热气包围了过来。那巨大无比的蒸汽锅炉和各种各样的其他机器发出暗然的火光，蒸汽在嘶嘶作响，沸水和滚油到处流淌，锅炉房被煤炭的火光照得通红，在锅炉的炉膛里正在咕嘟咕嘟地聚集着强大的动力，这些动力通过杠杆原理被传送到巨大的曲轴凸轮，传送到了深不见底的底层结构，传送到火炮口似的隧道尽头的螺旋桨，推动着巨大的轮船向前开去。从这里上去，他再次到达了轮船的上甲板。这个时候天黑沉沉地不见一颗星星，风在狂烈地刮过去，海在猛烈地摇晃着。甲板上现在没有一个人了，只有他独自站在后甲板船尾部。从这里看去，船后的海水被猛烈地撕开了，泛着白色的泡沫，好像海水被分开了一条裂缝似的。裴医生不由自主地想起了《旧约·出埃及记》里那段经文：摩西带着以色列人逃离埃及时来到了红海边，红海的海水被分了开来，摩西带着以色列人的队伍逃离了出来。他在这一个瞬间似乎得到了启示，《圣经》的另一段经文浮现在他的眼前：

  摩西回答说，他们必不信我，也不听我的话，必说，耶和华并没有向你显现。耶和华对摩西说，你手里是什么。他说，是杖。耶和华说，丢在地上。他一丢下去，就变作蛇，摩西便跑开。耶和华对摩西说，伸出手来，拿住它的尾巴，它必在你手中仍变为杖，如此好叫他们信耶和华他们祖宗的神，就是亚伯拉罕的神，以撒的神，雅各的神，是向你显现了。耶和华又对他说，把手放在怀里。他就把手放在怀里，及至抽出来，不料，手长了大麻疯，有雪那样白。耶和华说，再把手放在怀里。他就再把手放在怀里，及至从怀里抽出来，不料，手已经复原，与周身的肉一样。又说，倘或他们不听你的话，也不信头一个神迹，他们必信第二个神迹。

这两个神迹若都不信，也不听你的话，你就从河里取些水，倒在旱地上，你从河里取的水必在旱地上变作血。

　　转眼间，六年就这么过去了。裴医生已经意识到，社会的形势发生了很大变化，这个特殊群体在不久之后一定会分崩离析的。他们的大部分人（包括他自己）会离开这里，远行到各个遥远的国家。这将又是一次大规模的迁徙，就像他们的祖先在一二百年前就开始做的那样。但是这个时机还没到，他们还要坚守在一起度过一段时间。也许这是最难熬的时刻，就像水下的蜻蜓在羽化之前要经受巨大的痛苦。

　　巴黎侨领金柏松的来访带来了强烈的信号。出埃及的时刻似乎快要到了！就像经文里所写摩西在带领众人离开埃及之前要和执政的法老谈判，裴医生也开始找机会和地方的当政官员接近。他安排了金柏松来教堂工厂里面参观，把W市的执政官员都带进了教堂里面了。那个穿灰色西米呢中山装的革委会主任是山东人，面相威严，是W市的最高执政官。他身边的几个副主任，也都是说的北方话，他们一律都是北方来的南下干部。还有那几个军区的首长更是气宇轩昂，"文革"时期W市曾经是军政府的时代。裴医生对莫丘的父亲没有多大在意，他是个小官吏，气度平平。在那些脸色威严推动政权机器的北方籍大官员面前，他显得是那么卑微，就像契诃夫小说《套中人》里那个别里可夫。

　　这个上午，红玉挽着着柯侬丽的膀子，前往W市的轻工纺织局，这是华侨纺织厂的主管局。红玉今天不去上班了，要去做一件重要事情。她和柯侬丽是步行去的，柯侬丽走路有点变样了，老是用一只手叉着腰。天正下着阴雨，柯侬丽的脸色苍白，一语不发。红玉在一边给她打伞，生怕冷雨会淋到她。昨天的晚上，红玉花了整整三个钟头在给她洗脑子，让她彻底打消对莫丘的幻想。而且，去轻纺局保卫科报告是唯一结束这个噩梦的办法。要不然，莫丘会一直纠缠住她不放。他既然可以像小偷一样半夜钻到她房间来，说明他是什么坏事都可以做得出来，这样的人还有什么可以留恋的呢？得想办法阻止他，他们这些官员的子弟还得让官方去治他。所以呢她们要去轻纺局保卫科去反映情况，让他们教训莫丘一顿，让他别再缠着她不放。再这样下去她怀上孩子的事情一定会传开来，闹得满城风雨，她就没有机会到葡萄牙去了。柯依丽一直在迷迷糊糊地听着，不置可否。红玉下了决心，这样一是可以让莫丘不再纠缠他的女儿，而且，让女儿自己到保卫科告发，这样也会让莫丘死了这条心。

走了半个多钟头，终于到了轻纺局的院子。红玉的嘴唇紧闭。自从她的父亲被政府镇压之后，她就没有进入过政府部门的大门一步。她痛恨他们又怕他们，这回可是豁出去了。现在她走进来了，这是一座两层的楼房，每个房间门口都挂着一个木牌标志。有劳动工资科、办公室、设备科。红玉抬着头张望，一直看不到有保卫科。有人问她找什么，她说找保卫科，那人说保卫科在楼上。

保卫科里坐着四个人。科长老邵正在磨钢笔笔尖。他的笔尖总是磨得很平，写出来的字像是毛笔书法似的；副科长老邓在写一份要求解决住房的报告；海军复员的老郑在画漫画；还有个年轻的科员温慧勇把杂志藏在抽屉里面偷偷地看。这是一个百无聊赖的上午，他们都在等待着下午快点到来，好去局机关大院的内部澡堂洗个澡。局里每个礼拜六下午会把锅炉烧起来开放澡堂，给内部的工作人员服务，外边的一些关系部门也会有人来的。因此，到了星期六上午局机关的人们都没心思了，准备着去洗澡。

就在这个时候，老邵看到了门口进来了一个中年妇女，后面还跟着个纤瘦的女孩子。那女人问道：请问这里是保卫科吗？老邵答道：是的，这里正是。你有什么事？我是科长。

那女的一听，跪下来便磕起头来，嘴里喊着：科长救救我们！保卫科里的四个人都被吓了一跳，不知出了什么事。而最受惊吓还是那个女孩子，忙着去扶那妇人，一边大哭着。

因为是个女的，他们不便动手去扶起那女人，只叫那女孩赶紧扶起她，有话好好说来。

邵科长在来访者起来之后，把公文信纸铺开，把磨过笔尖的钢笔取下套，准备做笔录。同时让年轻的干事温慧勇把门关上，不要让闲人进来。温慧勇是个文学青年，这突然而来的访客让他很是好奇，他想自己得把素材记下来。

那女人抹了一把眼泪一把鼻涕之后，坐到了椅子上，开始叙述起了自己的来由。邵科长的粗大的笔尖在公文纸上滑动着。半个多钟头之后，纸上写满了字。老邵的字很多人认不出写的是什么，老郑说他写的是甲骨文，只有老邵自己还有经常给他抄写文稿的温慧勇能大致认出来。那上面做了这样的笔录：

　　**来访者自述**：我叫卞红玉，华侨纺织厂的工人，住东门白塔巷32弄4号。今天我来这里是要组织上救救我女儿。我的女儿被厂里的一个刚进厂不久的干部子弟莫丘缠上了不放。我女儿已经决定和他断绝关系，他还不死心，缠着她不放。甚至还追到了我们家里，半夜三更摸到我女儿的床上，让我们紧张至极。我女儿已经定好要嫁给葡萄牙的一个华侨，这样他还缠着她，人家那边知道了可要断送我女儿前途的。

问:"你说缠上了你女儿指的是什么?是普通的谈恋爱吗?"

答:"哪里是这样啊。他和她见面的第二次就和她发生了关系,让她怀孕了。"红玉这句话一出,房间里的人精神都为之一振。事情有点大了。他们的眼睛都不自觉地瞄了一下女孩子的脸,那女孩子的脸上泛起一阵红潮。

"我可以问你女儿问题吗?"邵科长问红玉。

"是的,你可以问她的。"红玉说。

"你的名字?"

"柯依丽。"

"今年几岁啦?"

"十八岁。"

"文化程度?"

"初中。"

"你能详细述说一下当时的情况吗?"

"什么当时的情况?"柯依丽说。

"就是他和你发生性关系的那次。"

"妈,这让我怎么说啊!"柯依丽对母亲说。

"你就说吧,现在没什么难为情的。"

"你们要我从哪里开始说呢?"柯依丽低着头说。

"从你们第一次见面开始说吧。"邵科长说。

"那天他到楼上去给我修理电灯,和我认识了。第二天他又来了。"

"第二天他来干什么?"邵科长问。

"他又是来修电灯了。"

"你的电灯怎么老是会坏?"

布　偶

"没有坏。是我关掉了一盏灯，他看见灯不亮，以为又坏了，所以他又来了。"柯依丽说。事实上那次她关掉灯的时候就是因为太无聊了，恶作剧地想让他来修。但是她没有说出这一点，而且还没办法说。

"后来怎么样？"

"后来，我和他爬到了教堂的塔顶，去看城市。"柯依丽说。

"是谁提议要去教堂塔顶的？"邵科长说。这是个关键的问题。

"这个……是他先说的。"柯依丽心里挣扎了，因为那天几乎他们是同时想到上教堂塔顶的。但是后来在暴怒的母亲面前陈述事情经过时，她害怕了，就像一个小女孩常会犯的错误一样，她把责任推给了莫丘，说是他提议要到塔顶上去的。现在，在回答保卫科长时，她只得再次这样说了。但是她不明白这会有什么后果。

"在塔顶的时候，发生了什么事情呢？"邵科长问。

"没有什么事情发生，我们在上面只是在看看远处的风景。在上面能看到很远很远的地方，能看到瓯江上的轮船，还有江北岸那边白水池的瀑布，还有江心寺的塔。"她的眼前还浮现出西山陶瓷厂那些大烟囱冒出的白烟，一群白鸽正在松台山的顶部上空飞翔。她泪水已经满上了眼睛，翻转手背擦了一下。保卫科科员温慧勇的喉结动了动。他在心里记下了这个细节。真是生动，不在保卫科可接触不到这样的素材。

"你说在塔顶上什么也没发生，那么后来的情况是怎么发生的？"邵科长说。

"那是在下楼梯的时候。那个楼梯很小很窄很陡，在最后的

177

一层，堆满了白色棉纱。我从上面经过的时候，被棉纱绊倒了，连着他也一起倒了在棉纱堆里。"柯依丽说。

"好，那么后来呢？接着说。"邵科长催促着。

"后来，后来……"柯依丽说不下去了，涨红了脸，看着母亲。这个时候邵科长知道以下会说到敏感的事情了。于是他起身，到隔壁把一个管档案的女秘书带了过来。然后对科里的几个科员说让他们到隔壁办公室回避一下。这样温慧勇就失去了直接听到下面细节的机会。

邵科长对他们母女说："我把局里的女秘书叫来和我一起和你们谈话，这样你们有什么话都可以说了。当然，我还得参加谈话，因为我是保卫科长。就像医院里妇产科最好的医生通常是男的一样，你们不必有什么顾虑，把情况说清楚。"

在邵科长的笔录里面，这个过程被非常详细地描述了下来。笔录如下：

问：你说你当时倒在了棉纱堆里，是被人推倒的还是怎么样？
答：不是被人推倒，是我自己绊倒的。
问：那他怎么也倒在棉纱堆里的？
答：是他准备拉我，结果自己也倒在了纱堆里面。
问：那后来呢？
答：后来事情就发生了。
问：什么叫发生了？你要说出具体的细节。
答：我不想说。为什么要说这些呢？
问：如果你对事情经过不愿意说，那来这里干什么呢？（老邵说这话时比较严肃。这个时候卞红玉插话要女儿如实详细说来。）

整个问话过程持续了两个小时。柯依丽实在是受到了一场精神折磨。老邵的那些问题那么详细具体，对于一个十八岁的女孩实在很难启齿回答。到最后连红玉都感到这样详细问话实在是令人费解和难受。在邵科长长达十二页的笔录里面，记录了莫丘怎样解开她的衣服，从第几颗纽扣开始，具体摸了她哪几个部位，胸罩是解开的还是推开的，他的手指伸进下体的几个公分，交合的持续时间都非常细致准确地记录了。笔录里还有一节记录了那一团沾了她初血的棉纱的掩藏位置，当然近日发生的莫丘夜间进入她的睡房一事也详细记录在案了。邵科长的话终于问完了。他问她们母女有什么要求。红玉说：她们只是要组织出面阻止莫丘，让他死了这条心，以后和柯依丽断绝关系，再也不要纠缠她。

邵科长把话记录了下来，说他们会马上调查这个事情，现在她们可以先回去了，有什么事情马上会和她们联系。她们不用担心莫丘再来纠缠，因为这个事情保卫科已经受理。

邵科长对这个事情高度重视，主要还是这个事情牵涉到了华侨的事务。在他的概念里，华侨的事务和国际的事务是有联系的，那个时候涉外事务都算是大事情。而且他还听出了这个莫丘是个统战部里干部的子弟。因此，这件事情他觉得必须向市公安局二处报告。市局的一处是搞政治案件，三处管是刑事案件，二处是管企事业内部保卫，正是老邵的业务领导部门。老邵摇通市局二处电话，那边的老王说江处长正前往你们那里洗澡，可能正在路上。邵科长这才想起现在已是周六下午，澡堂锅炉里的水已经烧热了。

没过多久，二处江处长骑着边三轮摩托车来了。他的皮鞋底声音很响地响过了走廊。邵科长和他很熟了，听声音都听得出来。他除夏天之外几乎每个礼拜六都会来这里洗澡，因为市里两个公共浴室到了周末实在是太拥挤了。邵科长看见了他，说正有事向你汇报呢，这样吧，我们一边洗澡一边说事。于是江处长把手枪和外衣都脱了留在邵科长的办公室，穿着圆领的白棉毛衫和邵科长一起下到了浴室里。

泡在浴室的热水池里面，邵科长开始向江处长详细汇报了今天上午华侨纺织厂来访的母女报告的事件，请示他这个事情该怎么办才好。江处长一直在听着，没有表态。这让邵科长觉得事情有点复杂起来。洗好了澡，江处长穿好了警察制服，佩上了手枪，把湿漉漉的头发梳好，然后要过邵科长的笔录细细看起来。他看得很仔细，有几张纸看过了又返回来再看。他最后看完了，一拍桌子，说：

"这是一件流氓强奸案！"

在办公室里的人都吓了一跳，感到很意外。因为从一开始，那两个来反映的母女只是要求帮助中断关系的。邵科长一听，马上改变了态度，他也一拍桌子说：

"我也觉得是强奸案！"

这个案件由市公安局二处牵头，轻纺局保卫科协助，雷厉风行开始了侦办。

当天下午，有两组人马开始了行动。一组是前往柯依丽家查勘现场，在被踩碎的瓦背上采集脚印。

接着拿着红玉提供的那张存车票在老太婆那里提取了莫丘留在那里的自行车，根据车牌号很快就查明是统战部的公用车。和机关管理处核对之后确认这车的使用人正是莫丘的父亲。还有一组人马前往华侨纺织厂，把莫丘带到了厂长室里谈话。谈话进行了一个小时后，他们让莫丘带路，爬上了教堂的楼上，在那个挂在墙上的圣母像后面找到了那团沾着柯依丽初血的棉纱。大概在晚上七点钟左右，收容审查莫丘的批准书已经下来。莫丘被戴上了手铐，坐在边三轮摩托车的车斗里，被送往南站加油站后面的收容看守所里关押了起来。

## 十三

　　莫丘在厂里头当着众人的面被公安局铐上手铐带走，让全厂震惊莫名。他们很快知道了原来前几天说的半夜潜进红玉家里的人就是莫丘，而且还很快知道了莫丘已经把红玉女儿柯依丽的肚子搞大了。在普通的工厂里，人们也许会为了这些事偷着乐。可是在这里，人们更多的是表现出一种彷徨不安。他们感到原来的秩序被打乱了。细说起来，这厂里的人都是些胆小怕事的。他们觉得莫丘是来自上面侨办官员的子弟，那么工厂会不会因此遭受到惩罚和报复呢？人们在猜疑观望着，同时对红玉母女也表示了深深的关切。

　　事情会变成这样，实在是出于红玉的意料之外。她原来的意图只是想用管理部门的力量阻止莫丘纠缠她女儿。想不到事情会搞得这么大，让莫丘坐了班房，还让女儿被他搞大肚子的事情全传开了。事情既然已经这样了，容不得退缩了。她现在最重要的还是要稳住女儿。女儿在得知莫丘被关押的消息之后，情绪很不稳定。

　　就在这个节骨眼上，裴达峰医生接到了西德大使馆的通知，要他去北京和移民官见面谈话。德国人安排事情很精密，留下的时间刚好够他旅行到北京。所以裴医生把所有的事都放下了，和阿芸一起再次前往北京。这次见他的移民官是个男的，对裴达峰说他的签证申请和所提供的德国出生证明已由德国移民机构审查过。调查的结果是，裴达峰的生母早在一九四五年就在战争中被炸死了。然而因为他是在德国出生的，可以选择回到西德去。在这次见面会谈之后，他还得填写几张表格，再去医院做一次体格检查，就可以等待正式移民签证了。这个周期大概需要几个月时间。裴达峰在北京办好了这些事回到厂里时，发现厂里的气氛十分沉重。人们争先告诉他，听说莫丘在收容所里十分想不开，绝食抗议，到现在都快一个礼拜了。还有一个不好的消息也马上摆在了他面前：红玉走进他的医务室说，她女儿柯依丽在得知莫丘绝食之后，也基本不吃东西了，整天神情恍惚，一声不响地闷着。

  种种情况在迫使着裴医生，他得采取一些行动。他考虑再三，决定去探望一下莫丘。他以厂里医生的名义向局里保卫科要求去见一下绝食中的莫丘，很快获得批准。于是，裴医生骑着他的蓝翎自行车，带着一个药箱前往南站收容所去探监。

  南站收容所是个规模不大的看守所，所里面也没有配备专职医生。他们正在为莫丘的绝食伤脑筋，所以听说莫丘厂里的医生来探监，便给他提供了很大的方便。本来，探监的人只能在一个隔着铁栏杆的房间和犯人见上一面，时间只有十分钟。这回他们让裴医生直接进入了监狱里面，在犯人的笼子间里和莫丘说话，因为他已经虚弱得躺在地铺起不了床了。

  "你已经有几天不吃东西了？"裴医生问道。他坐在一张木凳子上，对脸色死灰的莫丘说。在铁栅栏外边有个公安兵端着枪监视着他们。

  "不记得了，大概有五六天了。"莫丘说。

"喝水吗？"

"是的，有时喝一点。"

"这样还好些。要不然你已经死了。你还打算绝食多久？"

"不知道。我觉得太冤了，活着也没意思。"

"你知道吗？如果你再有两天不吃东西，那么你的脑细胞将会因为缺少营养而休克，这样会造成你脑部的永久性伤害。"裴医生说。

"我无所谓了。最好让我早点死了算了。"

"不，这是不可能的。没有人会让你死。至少不会让你饿死。你知道，如果你继续不吃东西的话，那么可以给你打营养针，静脉注射的，我今天已经带来了，打一针可以维持三天的营养供应。当然还有办法的，监狱方面可以用几个大汉来强制你张开嘴，往里灌稀饭什么的。你知道有一种鸭子叫填鸭吗？填鸭就是这样强制灌食的。填鸭比普通的鸭子都要胖得多。"

"裴医生，为什么厂里有些人会恨我？"莫丘转过了头，看着裴医生，问道。

"你有被仇恨的感觉吗？"裴医生说。

"是的，到处都是。如果没有这种仇恨，那么我也不会误入柯依丽的家被反锁在里面了。我甚至还觉得，那次你让我参加的裴家花园的晚会也是一种仇恨的表现。"

"年轻人，你真是有着聪明的判断力！你知道，这个世界上有些人，出于选择他们会喜欢和平，但是为了生存他们有时会选择仇恨。仇恨不是一个简单的东西。"

"让我想来想去都想不通的是柯依丽会去告发了我。是的，我知道她告发我强奸了她，她把那团染着血的纱布都说出来了。连她都会仇恨我。"

"年轻人,你看问题的眼光太简单了。如果什么都是仇恨,那么柯依丽肚子里的孩子怎么一直还保留着,而且在日渐长大呢?"裴医生说。

"那孩子还好吗?"莫丘突然坐了起来,问道。从来还没有一个第三者提到这个孩子。

"不是很好。"裴医生说。

"怎么回事呢?出什么事了呢?你们要把他打掉吗?"莫丘急切地问。

"不,你又想错了。事情是这样,柯依丽最近受的刺激太多,一直不愿吃饭。这样下去对于她腹中的胎儿非常不利。可能会引起发育不良,甚至还可能会小产了。"裴医生说。他看到莫丘的神色完全变了,他已被击中要害。

"裴医生,求你给我带一句话给柯依丽,不管怎么样,她一定得吃饭,那孩子是无辜的,总得让他生出来。"

"那你先得吃饭。你不吃饭给她也造成压力。"裴医生说。

"好吧。我答应你。"莫丘说。但是他有点恨自己,为什么在裴医生的面前总是会束手就擒呢?

这一年,W市里出了好几件奇怪的恶性治安事件。先是四月某天在麻行僧街靠江边的码头边上,有一担的纱面搁在路边没人管。所谓的纱面是一种很细的面,加了盐的。有的地方叫米线。W城人通常是在生过孩子后请人家来吃纱面,问人家什么时候吃纱面汤意思就是什么时候生孩子。这担纱面搁在路边没人管,因此有人好奇地过来看。揭开竹编的箩筐盖,一层纱面铺在圆匾上。但是已经有血腥气上冒,吸引苍蝇飞来。到人家把圆匾上的纱面端起来时,血腥气升腾起来。

围观过来的人看见了这个卖纱面的人原来还捎带着卖肉。且慢！这是什么肉？肉皮怎么这么白这么细？眼尖的人看见了有一大块肉是女人的胸脯，一个发黑的乳头还清晰可见。有胆子大的人用木棒挑开来，下面是一只断到胳膊的手，还有被分割了的内脏……没有多久，公安局的刑警队赶来了，包围了现场。这个分尸案子影响恶劣，可一直没有破案，成为老百姓每天谈论的话题。

没过多久，另一个重大案件发生，位于W城东西两面的松台和朔门派出所在相差不到三分钟之内被土制定时炸弹炸毁，死伤五十多个人。当时是上班时间，派出所里挤满了人。这个炸弹是用开山的TNT炸药做的，里面加了许多用断线钳剪断的钢筋头，用小闹钟作为定时器。作案人是在事前将装着炸弹的公文包放在派出所内，让闹钟定时器去引爆。这个案件可是惊动了全国，北京公安部派了专家组过来支援。案子查得很深，全市所有的断线钳都收集检查比对了。最后这个案子也是无影无踪破不了。

那个年代什么东西都可以用阶级斗争来界定。上头认为W市接连出现恶性案件的基础就是处于地下状态的私营经济。为了彻底打击W市的犯罪活动，上头从内地调来一个十分厉害的官员当地委书记。这个官员来这里的首要任务就是搞严打，来了没多久，用乱世用重典的办法，连续杀了一大批人。那段时间法院对所有罪犯的处罚都是罪加一等，民间的说法也很坦然，说是"运动轧上了"，全城那个时候每隔三个月要开一次公判大会，通常要枪毙好几个人。在那个没有娱乐的年代，在人民广场参加公审会，或者去西山塘刑场看活人是怎样被枪毙的也算是W市市民一种特殊的消闲了。

这是今年的第三次公审会。开公审会的当天街头上和每个工厂机关学校的宣传栏或者宣传墙上会贴出判决公告。人们一眼就可以看到今天枪毙人的数目，因为要枪毙的犯人名字上会有一道红勾，笔法和后来出现的耐克鞋商标一模一样。在这天的判决公告上有四个红勾，就是说要枪毙四个人。比起上一次的十一个红勾，这次的数量让市民们不是太兴奋。但是，在看了公告上的宣判内容后，他们还是觉得这次的罪犯表现出人意料，很有特色。排在第一个的是一个二十一岁的皮件厂的工人，他是在和车间主任吵架之后用割牛皮的利刀把车间主任的喉咙割了，然后在外逃了几天。公安抓捕到他之前，他用那把刀自杀，可还没死的时候被擒获了；第二个犯人是最让人惊奇，他的罪状是"飞鸽牌"供销员。他是中频电源厂的供销员，罪行是把接到的国家计划内的业务转给了乐清平阳一带的地下私营工厂。这个飞鸽牌供销员是个非常英俊的男青年，他刚结婚的妻子是W城越剧团演新编样板戏《杜鹃山》主角柯湘的演员。想不到搞供销跑业务弄不好会被枪毙的，这倒是给那些安贫乐道的人一份大大的安慰。第三个枪毙罪犯事迹很让人激动。他是东门头的摔跤王唐憨痴，是本地崇尚武术的年轻人的偶像。这个人是南门帮势力的头人，公安局说不了的事他能摆平，号称"地下公安局"，让真的公安局很没面子。这回借严打把他给端了，处以极刑。最后一个犯人的案子最具娱乐性的。他是一个退伍军人，在喝过酒之后，手拿水果刀，在八字桥头一带刺伤了多名妇女的下身。判决公告上的用词是说他"专刺女性大腿"。（这句话后来在W市流行很久，是当年最流行的语句。）以上的四个人属于罪大恶极，不杀不足以平民愤的。在接下去的一大串名单里，有判无期徒刑和有期的。莫丘名字排在很后面，只判了七年，没有引起很多人注意。不过他的判决词里面有一句话让人印象深刻，那上面称他在强奸中当场致使女方怀孕。人们不理解，这个当场怀孕是什么意思？

　　莫丘是在前一天的下午才知道自己被定为强奸罪，判七年徒刑的。

这样的判决结果让他如五雷轰顶。他怒吼起来，不顾一切地往外冲。就在前些天，在他父亲来探望时，还说有可能从轻发落的。莫丘知道父亲已经为他用尽了所有的力量在疏通。但是父亲自从他的事一出，就被免了职务，政治上已经失势，人也明显衰老了。那个宣布判决书的收容所长倒是个会做思想工作的人。他对莫丘说：算了吧，看看隔壁号子判死刑的人，你还有什么脾气呢？你还年轻，去青海泡个五年六载回来也才二十多岁，怕什么？谁叫你运气这么差，轧上运动了？

收容所长说得没错。与隔壁号子里判死刑的那几个犯人相比，莫丘要是大吵大闹实在是有点不合时宜了。在宣布了死刑之后，他们被关到了特别的单人号子里，上了重型脚镣手铐。牢里的人都在为要去死的人做些能做的事，安慰他们的即将熄灭的灵魂。炊事员会给他们做一顿好饭菜，让他们吃饱了上路。隔墙的女监舍的女犯人会为了他们唱起歌来，她们唱了那首伤感的朝鲜电影插曲《卖花姑娘》，还唱了一首《歌唱二小放牛郎》。过了一些时候又唱了《莫斯科郊外的晚上》和《喀秋莎》。

然而让他不能安下心来的不是到遥远的青海服苦役，而是他根本无法相信自己是犯了强奸罪。他在收容所里面向很多人说了自己的事情，总是被他们取笑一番，说这他妈的算什么强奸罪？就是监狱里的牢头也这么说的。他一直抱着希望这个罪名不会成立，但现在判决书出来了。那上面明明白白写着他犯了强奸罪。

这一夜他就坐在那里，不能入睡。那几个死刑犯不时会撕心裂肺地喊起来，让人毛骨悚然。天还没亮时，他们被带了出来，外边是七八辆军用卡车，现在作为罪犯游街的囚车。

每个犯人被五花大绑了，脖子上挂上了牌子。莫丘胸前挂的是"强奸犯吕莫丘"。那几个死刑犯则被钢丝锁了牙齿，免得他们要呼反动口号。囚车队开往了人民广场，那里早已经是人山人海，全市每个企事业单位、学校都要派出大批人员打着横额标语牌参加公判大会。太阳升起了，大会开始。大会的主持人一声喊叫：把宣判的犯人带上来！每个犯人由两个背着冲锋枪的公安兵拖着膀子拉了上来。莫丘只是站在了角落里，一点不显眼。他已经有好几个月没有看到外面的世界了，因此总是想抬头看看，又被公安兵用力把头摁下去。但是他还是看到了人民广场上都是人。奇怪的是这边在宣判，那远处的球场上照样有人在打篮球。莫丘能看出打球的是什么人，这些人他都认识的。这个人民广场他是那样熟悉，从小学到中学他在这里参加过很多次的田径运动会，在大门边的篮球场他打过无数次的比赛，他怎么也弄不明白自己这会儿站在这里是在接受公判。

华侨纺织厂这天根据轻纺局要求停工了，全体人员去人民广场参加公判大会，因为他们厂里有罪犯要被公判。他们划到的位置离主席台比较远，加上早上的太阳刺目反光，看不清主席台上的犯人。好在有人带了个英国造的望远镜过来，这样看起来就清楚了。厂里的人轮流地用望远镜看着站在台上挂着牌子的莫丘。他们的反应平静，但是每个人的心里都有一种不祥的感觉。对于这个年轻人，他们并没有恶感。现在他被判刑了，他们也没有什么感到特别难受的地方。只是董和梅在心里说：原来这样也算强奸啊？这样的话我以前不知给男人强奸过多少次了。

公判进行得很快，在宣读了判决书之后马上开始了游街。开在前面的是死刑犯的囚车。死刑犯是一人一车，站在驾驶室的后面面向正前方，旁边有两个背冲锋枪的公安兵抓住肩膀按着头。莫丘这些轮不到枪毙的待遇要差得多，十来个人一辆车，除了驾驶室后面站了几个，其余都成排站在两侧。反正市民感兴趣的也不是他们，而是那些死刑犯。等在路边两侧等着看游街的人实在太多了，人们踮着足尖急切地等待着，等待着车队的出现。在闹市区五马街、信和街、解放路一带车子的速度会放得很慢，人们此时可以仔细地看到犯人的脸孔。第一车上是杀死车间主任的那个小青工。他实际上已是个死人，他自杀时刺穿了自己腹部，现在的样子是脸色死白，唯一的生命迹象是眼珠还在转动，似乎要在街上的人群中寻找亲属。那个飞鸽牌推销员是一路保持平静，他们的朋友都集中在五马街口，向他挥泪告别，飞鸽牌也向他们微笑了一下，马上被公安兵把他的头按下来。莫丘在这天毫不引人注意，连公安兵也懒得把他的头按下来。他一直睁大眼睛想在路边看到几个熟人，竟然一个熟人也没有。慢着，在最后的一条街上，他看见了一个很像柯依丽的人站在路边。他没有把握肯定是她，她的样子完全变了，头发剪了很短很短的。由于车子在这条路上速度加快了，她的影子一下子就闪过去了。这是莫丘在这个城市的最后一天。公判会一结束，他马上启程被押送前往青海的劳改场去。

　　莫丘被判刑送往青海之后，红玉如释重负。她算计着莫丘判了七年。等他刑满出来时，柯依丽出国已经很多年了，而且也一定把她和丈夫也带到国外了。这样，她就不怕莫丘将来的报复了，因为莫丘这种人是永远也到不了欧洲的。红玉还高兴地看到柯依丽也慢慢变得正常起来，饭也好好吃了，人也渐渐圆润了起来。她前些日子就把自己的头发剪成了短短的"批头"，说洗起来方便。她还愿意接受裴医生的定期检查。红玉已经准备好让这个孩子生下来。为了避免柯依丽在正式医院生产会成为法律上的母亲，她已经和裴医生说好不去医院生产，就在裴医生的家里生孩子，由裴医生亲自接生。事情就这么定了，柯依丽的肚子一天天长大，一切似乎都顺利了。可是有一天上午，她突然失踪了。

## 十四

柯依丽是在那天早上九点多钟离家出走的。这个时间父母都上班了，弟弟上学去了，只有奶奶在家里。她告诉奶奶自己想吃酱菜头。酱菜头是本地土话，就是外地人说的酸萝卜，怀孕的女人总爱吃点酸的。柯依丽家里平时买菜都是她妈妈红玉下班时带回来的，她奶奶看她想吃酸萝卜，就上菜场去给她找了。柯依丽在窗帘后面看着奶奶走远了，就从床底下拿出那只帆布军挎包，放进了一些换洗衣服和牙刷毛巾。然后从抽屉里拿出一沓钱。这些钱是她一年多的工资，她妈妈让她自己保管她挣的钱，让她早点学会管钱。她数过这钱有三百多块，应该够她路上的费用。她把钱分成了三份：一份放在军挎包里，一份在口袋里，还有一份塞到了胸罩里面。然后，她照了照镜子就离开了家门。她一出家门就快步径直去往南站，她要坐上中午那班开往金华的汽车，赶快离开这里。

这个时候离莫丘判刑有两个月时间了。对于她来说，这两个月时间变化可大了，因为她的肚子以不可抑制的速度大了起来，她的乳房本来是小小的，现在迅速膨胀，陷在里头的乳头像蘑菇一样长出来，而且颜色变黑，边上的乳晕也一样黑得让她难为情。她的食量惊人，红玉焖的一只鸡她一顿饭就吃下了。也许是吃得多营养好，她七个月的身孕差不多和人家临盆时的那么大了。她自己都暗想：都是莫丘这个家伙太高了，这孩子长得也特别大。她倒是很想知道这个孩子是男的还是女的，可是她的母亲从来不会和她讨论这个问题。最近的日子，这孩子开始在肚子里面闹起来，经常会像一头猫一样弓起背来，突然又会猛地蹬一脚。她一直想啊想啊，她得去青海去看一次莫丘，都是这个家伙把事情搞得一团糟。他干吗要半夜三更潜伏在她家里吓得她半死？她得去问问他这究竟是怎么回事。

事情该发生的已经发生了，你有什么办法呢？在起初的日子，柯依丽的情绪相当不稳定。在得知莫丘在收容所里绝食的时候，她也基本不吃东西了。她不是主动想绝食，而是内心有一种意志在抗拒她进食，她吞下的东西马上会呕吐出来。后来，裴医生告诉她莫丘开始进食了，她内心的那种呕吐的意志也消退了。然后一天天过去，她慢慢适应了莫丘被关起来了的事实。她觉得应该去和他见一次面，和他说说话。她并没有想过要去见他的理由，她只是想和他见一次面。在公审宣判那天，她守在街角上看见了游街的车上挂着牌子的莫丘时，就下决心要去他服刑的地方去看他。她在心里算计着，到了十二月份，她就要生产了。生了孩子之后，那就是要坐月子，一个月不能下床的。然后，她每天要给孩子喂奶了，她总不可能带着孩子去青海的吧？所以，她暗暗算计着，终于在十月初的这一天，她离家出走了。

柯依丽走到了汽车南站的售票处，一看心就慌了。原来售票处的两个砖头砌的窗口外面排着长龙一样的队伍，而且在窗口附近又是几十个人挤成一堆，还有一个人干脆是骑在人家的头上把手伸进售票窗的。她正在无望之际，有个样子很粗糙的女人凑过来问：

"要车票吗？到哪里去？"

"我要到金华去。马上要走。"

"你是没有办法买到票的，这么多人你挤不进去的。再说，今天的票早没有了，现在卖的是明天的票。我这里还有张中午的车票，卖给你吧。八块钱一张。"

柯依丽抬头看看窗口的价格是六块零五分，觉得这个票贩卖得也不算贵的。但是她有点不放心，问她：

"你这票是真的吗？"

"当然是真的，不是真的我狗生。"女票贩赌咒着。狗生是 W 市人常用的诅咒语，既可对人也可对自己。

"那好吧，我买一张。"柯依丽说着，一张一张把钱给了女票贩，然后心满意足地把车票装进了口袋里。

开车的时间是 12 点，柯依丽看看自己的英纳格女式指甲表，现在才十点四十五分。她开始感到紧张了，因为她很怕家里人在找不到她后会到车站里去找她。这个时候她的肚子饿了，她现在的肚子饿得很快。她不敢到外面的面摊里去吃面，就去馒头店里买了四个馒头回来，躲到候车室的最里面去吃。这里的座位是水泥板做的，地上满是痰迹、呕吐物、瓜果皮。在她坐着的附近是一个耍猴子的人，他的那只猴子肯定是饿慌了，在地上吃呕吐物的残渣。在她的右边，是一个带着提包的男人，一直在盯着她手腕上的指甲表，还企图和她搭讪。她在这里吃了两个馒头，留了一个放在军挎包里，另一个扔给了那只一直看着她的猴子。而就在这时，她看到了最恐怖的一幕。她看到了裴医生高大的身影在候车室的前排出现了。裴医生站在检票处的栏杆外面，目光在候车室里扫来扫去。她赶紧弓下身子，在裴医生快要向她所处的位置走过来之前躲到了女厕所里面。厕所里浓重的臭气差点把她熏得昏过去。十一点四十五分，她悄悄出来了，没有看到裴医生的影子。但是她还是紧张，也许他就藏在什么地方呢。直到她上了车，在位置上坐了下来，车子开动了，开出了车站，她才放下心来了。

车子沿着盘山路前行，边上是瓯江。江水碧绿，路边的山坡上开满了野花。起先的时候，她还有点恐慌，想着裴医生出现在候车室的事，猜想家里人一定在寻找她了。但是这种恐慌很快让内心强烈地升起的对于接下去的旅程的兴奋之情代替了。她想着：我真是不得了，长这么大了还没出过门。可我一出门，就要走得那么远啦！

天黑之前客车到了金华客运站。她打听到火车站就在前面，就赶到了火车站。她把钱塞给窗口里面的售票员，大声说：

"我要买一张到青海的火车票。"

那个售票员把钱扔了出来，说："没有青海这个车站！"

"怎么可能？青海怎么没有车站？"她捡起钱，大声喊着。

"你自己看站牌吧！"售票员不理她了，叫着，"下一个！"

柯依丽站到了一边，看着墙上那个巨大的列车时刻表。那么多的车站名让她看花了眼，看来看去还真的没有青海这个名字。这个时候倒是有个警察巡逻过来。她问警察列车时刻表上怎么没有青海这个车站？这个警察把她从头到脚看了一遍，说：

"我看你的样子不像个乡下人，怎么连这个也不懂？青海是一个省的名字，不是一个地方的名字，当然没有车站了。"

"那我怎么去青海呢？"她说。

"去西宁吧，西宁是省会。"

她看了看列车时刻表，这回她找到了西宁站的名字。她又挤到了售票窗口，大声说：

"我要买一张去西宁的车票。"

"没有座位了，只有站票。"

"那我买一张去西宁的站票。"她把车票买到了。发现火车票和汽车票就是不一样。火车票比汽车票小，可是纸张硬多了。

现在，她看看手表，时间还早得很，还有八个小时才能开车。刚出来不久，就用了四十多块钱了，这让她开始觉得应该节省着用钱。

她知道金华这个名字，金华火腿，还有上初中时的常识课里教到有一种猪叫金华两头乌。她很想出去到金华的市镇上走一走，可是她不敢出去。万一碰上了坏人怎么办？她发现火车站和W城的汽车站完全不一样，火车站候车室很大，有很多长长的椅子，空气也好多了。她坐在这里可以好好地休息。小卖部里面有卖吃的。金华出猪肉，所以小卖部里有卖煮熟的猪脚蹄子。柯依丽吃了猪脚蹄子，吃了茶叶蛋，还喝了一碗茶。她抹了一下嘴巴，觉得真是好吃。然后靠在椅子上睡了一会儿。

"这真是有意思，前些天我还觉得火车只是电影和画报上的东西，现在我已经坐在上面了。"柯依丽上了火车以后这样想。虽然说是坐火车，实际上她是没有座位，站在走道上，一只手紧紧抓住别人位子的椅背。在火车离开车站开始在原野上加速的时候，她抓着椅背弓下身子往车窗外面看黎明前的景色。"真是奇怪，人这个东西怎么会这样，我出去才两天，怎么就变成了另外一个人似的，什么也不怕了。其实我早该出来走走了。我的表姐表哥们早就到黑龙江那边插队落户了。他们都说我是娇生惯养的，可是今天我一出来，什么都会做了，连去青海那么远的地方也不怕了。"

话是这么说，可她很快就觉得累坏了。因为她一直是站在走道里，很快腰就坠下来，疼得受不了了。这里可不是公共汽车上，有人会给孕妇让位，因为车上的人都是要坐几天几夜的车，这一让座位，自己就得站上几天了。不过，找到座位的机会还是有的，柯依丽看到前方座位上有个妇人站起来，离开座位往车厢的连接处走去。她的眼睛一直瞄着这个座位。她忍不住问座位上靠里边的一个人：

"我可以在这里坐一下吗？"

"这里有人坐的，一会儿就会回来。"

布 偶

"我就坐一会儿。她一回来我就起来。"

那个人不说什么了。柯依丽于是就挪过去,坐了下来。但是她只是坐了一点点位子,不好意思放松地坐下来。她看到对面有个女人在注意她,当她的眼光和她相遇时,那人友善地向她微笑示意。

"你坐吧,这是我妹妹的位置,她要好久才回来,她去另一节车厢去看别人去了。"

"那太谢谢了。我实在是太疲劳了。能坐一下真是好啊。"

"你要去哪里?"

"我去西宁。"

"那是终点站,还得坐上好几天呢。不过到了前面的鹰潭车站,会有人下车的,你能找到个位子坐下来的。"

"那样就太好了,我有了自己的位子,可以放心睡一下。"柯依丽说。她的脸上始终保持着笑容。

那个妇女看看她的腹部,说:

"你有几个月身孕了?这个时候还出这么远的门?"

"我有六个月了吧?也许是七个月了。我不知是怎么算的。"她说着,脸不由自主地红了起来。

"孩子的爸爸在哪里呢,怎么没和你在一起?"

"是呀,我这会儿正是去看他呢。"柯依丽说,心里忽然难受起来。

"原来是这样的。我想,他一定是在青海当兵吧?"

"不,要是那样就好了。他是在青海劳改场。他是在三个月之前被判了刑,解送到那里的。"

柯依丽的这句话一说出来,看到那个女旅客的脸色出现一点变化。旁边那个一直看着窗外的女人也转头来看了一下她,然后又转头看着窗外。那女旅客问她:

"他犯的是什么罪啊?"

"强奸罪。"

"强奸谁啊?"

"我。"柯依丽说。

"这怎么可能?"

柯依丽抬头看看这个女旅客,看到她在十分认真地听她说话。她突然产生了十分想说话的欲望。是啊,一离开了她生长的W市,她说话的欲望突然变强了,反正路途上遇见的人以后再也见不到了,没什么可以难为情的。柯依丽开始说了。她很小的时候,就被妈妈严格地带在身边,不让她出去玩,不让她交朋友。她那时有几本童话书,是外国的童话,带彩色插图,不知妈妈从哪里弄来的。她童话看多了,觉得自己是一个被关在城堡里的公主,长大了还摆脱不了这个幻想。她的妈妈也同意她的这种幻想,而且指出将来营救她出城堡的是那个远在葡萄牙的在饭馆炒鸡蛋饭的文成人。但是她心里不相信,反而觉得那个远在葡萄牙的文成人是个黑猩猩一样在未来等着她。然后,事情变得越来越离奇,她进了母亲的工厂之后,真的被孤独地放置在教堂的楼上,和一个哑巴的少女一起挑选棉纱。那个教堂的白色穹顶、壁画、尖顶的窗门,一切都那么像小时候书里看过的城堡。因此,当莫丘拿着一根长长的日光灯管来到了她跟前时,她一下子就想到终于有骑士来救她了,顿时对他有了好感。

"这么说你是自愿的啦?"女旅客说。怕她不明白,又补充了一句,"我是指让你怀孕的那件事。"

"我想是这样的。这件事说不清是他主动还是我主动挑起的。在我们被棉纱绊住了倒在一起的时候,那个事情就不可避免地发生了,尽管从这件事本身我并没有觉得有快感。我只是喜欢这样一件事发生,而且在我所做过的等待骑士来营救的梦里面就设想好了有这么一个情节。如果说他犯有什么过错的话，那我会说他那个'前三后四'的理论是愚蠢错误的。那一定是个数学不及格的男初中生编出来的。"

"什么'前三后四'理论？你已经提到它好多次了。"

"他说在月经来之前的三天或者月经之后的四天把东西流进去是不会怀孕的。我说我两天后就会来月经，可一会儿我想起来我的经期没规律，经常会推迟好多天。可是这个时候已经来不及了，都已经流进去了。"

"这个理论并没有错，是科学家总结出来的，而不是什么数学不及格的男学生编的。看来问题还是你的月经时间不准确，或者你们还做过第二次，这样才会出差错。"

"这是我唯一的一次和他的身体接触，后来就再也没有机会了。"

"这怎么可能？你和他后来都没有约会过吗？"

"是的，我除了上班的时间，平常的时间被妈妈管得很紧，几乎没有单独外出的可能。特别在她察觉到我和他好上了的苗头之后，更加严格地把我盯住了。"

"你既然不希望怀孕，为什么不早点去做流产呢？你知道，流产并不很麻烦。"

"我不知道。好像我妈害怕什么东西，可能是听了我们厂里的裴医生的话。他说我的身体单薄，有先天的毛病，不能做流产的。后来一犹豫，时间就过了，肚子就大了。"

"你说你母亲管得你很紧，就没有再和他见面了吗？"

"起初还不是的。不久后我从塔楼的楼上被调到了下面一个三角形的房间里面去检验布匹，他进过验布室和我见过几次面。可就是从那个时候开始，什么事情都变得怪怪的。我好像患上了一种幻想症，觉得验布室里有一双眼睛会看着我。我很快被调到了织布大车间里，在这里他可没法和我接触了，因为车间里噪音很大，连说话的声音都听不见的。后来，我妈妈在厂里的医生建议下，让我待在家里不上班了。"

"你刚才一再提到了那个医生，他好像是个很有影响的人物啊！"

"是啊，他是个很奇怪的人。我总是怕他。他是个神秘的人吧，像是童话里那些魔术师。如果他现在从天而降坐在右边那个位子向我招手，我都不会觉得惊奇啊！他的本事真的很大，他还是半个外国人呢！

"让我接着说吧，我还是第一次这么痛快地和人说这件事呢！自从我怀上了他的孩子之后，很奇怪地我越来越清楚地觉得他并不是能够救我出城堡的骑士。我越来越明显地觉得他和我不是一类的人。并不是因为我是一个成分不好的华侨子弟，他出身干部家庭，而是我从骨子里感到自己和他的不同。母亲整天像是唐僧念紧箍咒一样在我面前念叨着他的不是，搞得我很烦很烦，所以那个时候我就会顺从妈妈的意思，决定再也不和他往来了。我决定一个人把孩子生下来，以后再带孩子到国外去，总会有办法的。要不是那个夜里发生的事情，情况也就不会像现在这样糟糕了。真的，非常奇怪，那个夜里当我在一个梦里醒来时，看到有个人影站在床前。起初的时候我还是半睡半醒的，一点没害怕。我现在想不起那个梦究竟是怎么样的，好像是梦见了他来看我的。你知道，我下决心和他不再见面之后，心里其实是很不快活的，好多个夜里都梦到他来看望我。他一定是被我的梦吸引过来的。但是在很短时间我苏醒过来了，明白了这是一个真的人影，于是我吓得魂飞魄散了。我真想不到这个鬼魂似的影子竟然真的会是他！我到现在还不明白他为什么会这样做。办案的人后来说他是想来强奸，这是完全不可能的。

"是的,你一定会说最后不是我和母亲去保卫科告发他的吗?是这样的,当裴医生调查出是他夜里闯入了我的家里时,我感到十分难过。这是不可以继续的。我觉得他一定很痛苦才会做出这样疯狂的事情。只有让他死了这条心,才会结束这段令他和我都痛苦不堪的关系,我可不想他再次为了我做出像这样危险也不光彩的事情。我妈要我去保卫科,我想这样也好,让保卫科出面,把他的念头断了也好,他这样为我丢了魂似的实在不好。我在保卫科里按照事实讲述,如果有个别的差错那也只是出于姑娘家的羞涩。然而,我不知道他们会说他是强奸,给他判了七年徒刑。"

"那你现在去看他是为了什么?为了表示忏悔还是想和他说些别的?"

"我没有什么可以忏悔的。这个事情会变成这样很荒唐,谁也料不到。我只是想去看他一次。也许想问问他那个晚上究竟是什么回事?他是怎么进入我家的?他想要干什么?没有什么,我就是来看看他。他要怎么想就怎么想吧!我希望他能安静下来。他只要安静下来,就是一个很有意思的人。他才19岁。就算7年后也才26岁对吗?他可得看远一点。"

"真看你不出,这么小的年纪脑子会想得这么成熟。"

过了两个大城市的车站之后,柯依丽和车厢里的人都很熟了。服务员在车厢里搞革命大家庭的竞赛。我们都是来自五湖四海,为了一个共同的目标走到一起来了。我们要互相学习、互相帮助、互相照顾。旅客里有一个是文工团的,带领大家学唱了好几首革命歌曲。柯依丽在过了鹰潭车站之后有了自己的座位,心里就踏实了。和那个女旅客说了自己的事情之后,她觉得心里不那么闷了。她靠在座位上睡了一觉,醒来后在臭烘烘的厕所里找不到水洗脸。不过她很快学会了在中途停车时到站台的水龙头上赶紧洗一下脸。她也会去站台买吃的,和其他人一样把瓜果皮扔满地。渐渐地,她看到车窗外的景色萧瑟了,树越来越高,土地颜色黄了,远处露出光秃秃的山脊。她喜欢上了这种旅行的感觉,什么东西都在运动。在两列火车相交着停下时,有时明明是对方的车子开动了,却感觉到是自己的列车开了。直到看见了路基的地面一动不动的,才知自己的车厢还在原地等候。

五天之后,柯依丽在西宁站下了车。这里已经是终点站。当她一走出车站,车站外面街头那种西域的风情扑面而来。她最直接的感觉就是到了《西游记》里孙悟空他们走过的取经路上某个城池了。虽然街上走的不是牛头马面妖魔鬼怪,但是那种气味刺鼻的牛羊骡马,那些过路人粗糙的脸色蓬乱的头发,还有那些她听不懂的喉音浓重的话语都让她觉得这里已经是一个极度遥远的地方。好不容易经过了一家商店,在一个大镜子前她看到里面有个本地的土人在看着她。仔细一看,原来是她自己。她有好久没照镜子了。脸色也粗糙了,皱纹也有了,头发上都结成块了,肚子大得像弥勒佛。哈哈,妖怪要是见到她也不会喜欢她了。这里大概是个闹市了,有不少的店铺,她进了一家面食铺。这个铺子的碗大得出奇,还有这里的馒头,大得得两手捧着吃。她叫了一碗汤面,在她吃的时候,肚子里的家伙也忙个不停,不断地弓起背伸懒腰。现在,她得去找人了解她要去的劳改场在什么地方了。刚才下火车时,她找车站出口处那个检查车票的人打听过。可是那个人的话她根本就听不懂。所以,她还是先出来,到城里看看再说。

她吃饱了肚子回到了街头,在路上物色着能帮助她的人。走过了半条街,她看到了一个十字街头的交通警察,他的手臂上戴着白色的长袖套。这样的长袖套纺织厂的工人有时也会戴上，所以柯依丽对他马上有了亲近感。她看他正忙着指挥交通，其实这里汽车很少，大部分是一些马车、驴车、牛车，偶尔还能看见几匹骆驼呢！柯依丽觉得这个指挥交通的人一定会知道很多事情，也许还会说动物的语言，要不那些牛啊马啊骆驼啊怎么这样听他的话呢？对了，她应该还是找他帮助才对，从小时候开始，她受到的教育就是有事找警察叔叔。她在路边一直等，等那个警察从马路中央出来了，回到岗亭时，她走过去，说：

"警察同志，我要和你说一句话。"她的普通话比刚出来时好多了。

"你有啥好听的话给我说呢？"这个老警察笑呵呵地说。他的西北口音很重，柯依丽差点都听不懂了。"你是不是丢了钱了？"

"我没有丢钱。我是要去青海劳改场找一个人。你能告诉我青海劳改场在哪里吗？"

"你要去哪一个劳改场呢？咱青海其他东西没有，劳改场却是多得数不过来，你得跟我说出个地名来，或者劳改场的号码来。"

"可我真的不知道哦。"柯依丽说。

"那你跑这么远到这里干什么？你不会连你要去看的人的名字也不知道吧？"

"这个我倒是知道的，他叫吕莫丘。"柯依丽微笑着说。

"什么？他叫驴煤球？"老警察说。

"不是煤球，是莫丘。"

警察不和她争辩这事，问她是从哪里来的，为什么挺着大肚子一个人要来这里看驴煤球。柯依丽没说得很仔细，只是说肚子里的孩子是他的。老警察的脸色变得温和起来。他说在大马路上也说不清楚，还是跟他到交通队里面去说话吧。说着，他把一辆边三轮摩托突突地发动起来了。柯依丽坐了上去，飞快地穿过了西宁的街头。西宁的风里掺着沙子，把她的脸刮得好痛。

"老马，你从哪儿逮了个小妞儿来了？"老警察进入队部时，好些人在和他打招呼。这个叫老马的警察也不答话，让柯依丽坐到了一个椅子上，倒了一杯开水给她喝。

"伙计们，咱老革命今天碰上新问题了。这个小姑娘从南方浙江来的，要去找一个叫驴煤球的犯人，可是不知道劳改场的地点。"老马说。柯依丽在心里纠正：不是煤球，是莫丘。

"没有地点怎么找？咱青海的劳改场可是有几十个呢。"

"谁知道浙江的犯人关在哪里呢？"

他们合计着。最后决定打电话给公安厅的劳改处。刚好一个新警察说自己有个朋友在那里，于是电话打过去问：

"喂，小康吗？帮我查一个浙江来的叫什么吕莫球的犯人。不是驴子的驴，是双口吕，煤球的球。"他把名字告诉了对方。大概半个小时后，电话打回来了，说找到了这个人了，是在格尔木那边的513号劳改场。警察一听都面面相觑，格尔木那个劳改场离这里还有五百多公里的路程呢，而且一路上是人烟稀少道路艰险的青藏高原。

不管怎么样，总算把人找到了。柯依丽觉得十分高兴。警察把513劳改场的地址和怎么走法都仔细写给了她，还给她开了介绍信路上用。当天，柯依丽被老马送到了公安局的招待所。这里面已经烧了暖炉子，吃的东西都热乎乎的，很便宜，还有热水供应能洗脸洗脚。第二天一大早，老马来了，开着边三轮摩托送她到汽车站。老马塞给她一个手巾包，里面有几个热鸡蛋，说是他老伴煮给她的。

柯依丽再次上了路。这回，她坐的是长途汽车。老马是警察，所以给她买的票位置很好，是在前面第一排靠窗。车子一出城不久，就在高原上转起来。这里的海拔高度已有四千多米高了，她的心不时会向上浮，气都透不过来，不时要呕吐。这里的公路是沙土路，车窗也不密封，灰尘直往车里面钻，柯依丽头发就像搽上了松香似的发涩。由于高山缺氧反应，她能听见自己的心在怦怦地跳动，一阵阵的昏晕感觉时时袭上来。也正是在这样特殊的生理状态里，她看到车窗外的青藏高原景色会显得格外奇特。在起伏的群山之上，远处有一座山峰露出头来，上面积满了白色的冰雪，反射着刺眼的太阳光芒。而在山谷里面，有一条汹涌的河水在奔流着。一会儿，她还看见了河上面有一座铁索桥。南方是没有铁索桥的，她是从红军横渡铁索桥的故事才知道世上有一种桥叫铁索桥。中午时分，车子跑得稳当了一些，似乎是在一段水平的山腰里盘旋。突然，有一座湖出现在前方的两座山之间。那湖的颜色柯依丽说不出来，是一种特别钝重的绿色，好像是翡翠溶化在水里的样子。车子再往前，她就能看见湖的全貌了。湖是在一座特别大的雪峰下面，那湖水全是雪山冰川融化后流聚到这里的。这个湖真是美丽极了。柯依丽看到了车窗外面，有成群或者单独的藏族人走一步跪拜一步朝着湖泊方向走去。车子在经过这个湖泊之后，在一个山洼里停下，司机让旅客下车休息，解决大小便。这里是没有厕所的，旅客只能在低矮的树丛里找个地方解决。柯依丽在一丛灌木的后边蹲下来。不远处山崖上有几只藏羚羊在好奇地看着她。虽然是野生动物，她还是觉得害羞。

　　在天完全黑下去之后，她的车子到达了终点。这里是一个小县城，看起来非常破旧。柯依丽总觉得这里有点怪怪的，好久才明白，这是由于街路上完全看不见有树木才会这样。但是，这里还不是她的目的地，513劳改场离这里还远着呢！她在一个小旅馆住了一夜，那条被子像是泥巴做的一样硬，可是气味比泥巴难闻多了。这里的跳蚤很多，墙上全是跳蚤被掐死的血痕。柯依丽根本不敢入睡，只是紧缩身体坐着打盹。她开始感到自己有点不对劲，全身时而发热时而发冷。第二天一早她向人打听去513劳改场的路怎么走，当地人都知道513劳改场，可是这里没有通往劳改场的公共汽车。劳改场的人通常是搭他们自己的便车上县城，而这种便车不是每天都有，很难碰上的。当地人告诉她，如果真要去，那么就在城西的路口去搭顺路的拖拉机，或者马车。好些从外地来的人到劳改场去探望犯人都是这样走的。

于是她按照当地人的说法，在城西的那座石桥边上等过路的便车。她一直没等到拖拉机，还是一位赶马的老人带上了她，只收她一毛钱。但是这辆马车并不是直达的。走不了多少路，她又得下车再在路边等车。就是这样，这一天她从一辆马车换到一辆牛车再换到驴车。慢慢地走过了青藏高原的一段风光如画的路。她的心情慢慢好起来了，想：这真是了不得啊，我竟然从南方这么远的地方跑到这里来了，还能和赶车的人坐在一起挥动鞭子赶马赶牛的！用不了多久，我就能看见莫丘了。看到他之后，我的事情就完了。可不知他现在怎么样了：他会不会恨我呢？他总不会哭吧？不会不会他不是这样的人，可我得怎么和他说话啊？她的挎包里放着一盒饼干，是在西宁的车站买的，想送给他的。

现在，她终于到达了那个劳改场，大门外边有士兵端枪站岗的。柯依丽给了赶车的两毛钱，到目的地了，她高兴，多给了一毛。她走到那个站岗的士兵岗楼边，把西宁老马给的介绍信给他看。士兵给里面打了电话，一会儿，一个穿着蓝色警察衣服但没有别领章的人出来了。对她说：

"你来了，真不容易。要是早点告诉我们，我们是可以到县上接你的。"穿蓝衣服的人说。他显得挺热情的。"西宁省厅里的劳改处给我们打过电话，说你会来看吕梅秋。我们想这下子你来得正好。因为吕梅秋最近思想很不稳定，上次逃跑过一次，被抓回来。你知道，这个地方怎么能跑得掉呢？都是荒原，还有野狼，要不把劳改场建这里干啥呢？所以吧，你得劝劝他，让他安下心来。年纪轻轻的，好好改造，出来后日子还长得很哩！"

柯依丽被引进了一个房间。这里只有一张长桌和两张凳子，分开在两边。墙上写着一幅标语：认真改造，重新做人！穿蓝衣的干部让她等在这里。她听到房间那一边的通道里有了脚步声音，有人过来了。柯依丽这个时候的心开始跳了起来，气都喘不过了。

那扇门开了，一个穿着犯人条纹服装的人走了进来。柯依丽怔住：这个人不是莫丘！那个人也惊讶地看着柯依丽。很显然，她也不是他预期要见到的人。但是为了这个见面的时刻，柯依丽已经花了这么辛苦的长途跋涉，所以即使是错误她也不愿马上惊醒过来。她还是看着进来的这个人。他也是个年轻人，身材稍矮，不像莫丘是个高个子。他的脸色迷茫。她看到了他胸前别着的犯人牌子，上面的号码是：1743号　吕梅秋。

"嗨，他们把名字搞错了。我要找的人叫吕莫丘。"柯依丽对他说。

"是搞错人。"那人说。

"你这里有叫吕莫丘的人吗？他是两个多月前才解到这里的。"

"没有，我在这里一年了，认识所有的人，这里没有你说的这个人。"

柯依丽失望地深深叹了一口气。但她还是保持微笑，对那人说："真是难为情了，把人搞错了。让你笑话了。"

"你是从哪里来的？"那个人问。

"从W城，是浙江省。"

"我是镇江的,是江苏省。对于劳改场这些没有去过南方的西北人来说,江苏和浙江是一个地方。"

"是呀,我也搞不清楚,还以为青海就是一个小地方,所有的犯人都会在一个劳改场里面呢。"

"可我还是得感谢你。也许你已经救了我一命。前些日子,我知道我老婆已经跟别的男人走了。我受到很大刺激,逃跑过一次,被抓回来。后来就觉得没劲,一心想逃,这回我计划逃跑的路线很危险,可以说是九死一生。可是前天指导员告诉我西宁那边有个女人在找我,要来劳改场来看我。我想莫非是我那个跟人走了的老婆来探望我来了?我不能相信,可这是西宁公安局打来的电话,哪里会有假呢?所以啊,这些天我就改变主意了,不想再冒生命危险逃跑了。我要逃跑的原因是为了要去找她,现在她自己来了,我为什么还要逃跑呢?可我现在明白了,她是不可能会来看我的。你的男人真命好,有你这样讲情义的女人,死了也心甘了。"

"这事很奇怪。虽然是搞错人了。可我见到了你,觉得自己好像已经完成任务了,心里也不再着急了。"柯依丽说。

这两个因为搞错名字而在这里相见的年轻人在会见时显得彬彬有礼。他们拉了一会儿家常之后,就结束了会见。柯依丽从军挎包里取出那包饼干送给了他。他收下了,然后他站起来,向她鞠了一个躬,转身离开了会见室。柯依丽还坐了一会儿,才扶着桌子的一角站了起来。她觉得全身麻木,一点力气也没有了。

那个监狱干部很惊讶她的探望怎么这么快就结束了?她告诉他是搞错人了。但是,现在她已经再也没有力气去找她真正要找的人了。她问他这里的医院在哪里?她已经生病了。

监狱派吉普车把她送到了县里的医院。医生检查后说她得了肺炎,要住院治疗。柯依丽把自己家的地址告诉了他们，让他们通知她家里。

一个礼拜之后，她看见了她的父母亲走进了病房里。看她病成这个样子，红玉的眼泪哗哗地下来。在医生的照料下，柯依丽的元气恢复了过来。十几天之后，她跟着父母亲回到了南方的 W 城。

## 十五

自从那次他对红玉发出柯依丽可能已经怀孕的暗示之后，裴医生的心里就有了一种预感，他会为柯依丽接生的。那个时候产妇都是上医院分娩的，哪有在厂里的医务室生孩子的？但裴医生就是在着手准备了，不是在医务室，是在裴家花园里他的实验室边上一个一直空着的小房间。他一直没有使用这个房间。在他准备着接生器械的时候，突然明白自己一直空着这个房间就是等着作为产房用的。这种等待已经很久，从那年他假扮医生在青田医院产科病房查房时就开始了。他的内心一直有做妇产科医生的倾向，那是一种类似情结的东西，这一点，和他从小不知道自己生母来历的精神创伤有关系。

西德的大使馆已经将给他的签证文件用航空挂号信邮寄给他了。这就是说，他现在可以启程前往他出生的地方去。已经回到德国的阿芸得知消息后，又飞到了中国，准备陪他一起回到德国。裴医生接到签证的时候，正值柯依丽失踪之后的第五天，厂里处于一片愁云惨雾之时。最近工厂连续受到一件件事情的冲击，而此时，人们把裴医生收到了签证即将出国看作一件对工厂命运影响重大的事件，尽管人们还得强装欢颜轮流去祝贺裴医生取得签证。阿芸回到 W 市之后，催促裴医生快点启程，可是裴医生却一点也没有收拾行李的动静。这个时候他不会离开工厂的。过了几天，有消息传来说柯依丽在青海的一个劳改场被找到了，厂里的严重不安才渐渐平息下去。裴医生如释重负。现在，他的私人助产房已经准备停当，只等着孕妇来分娩了。他在产房里摆满了浓郁的玫瑰花。他还做了一件很重要的事情：他把那个从小跟着他的德国布偶从箱子里面找了出来，挂到了墙上。做好了这些事后，他告诉阿芸，等他给孕妇柯依丽接生之后，他就可以和她一起前往德国了。

从青海回到 W 城一个月之后，柯依丽开始出现分娩的症状。那个时候红玉已经不再上班，日夜守在她的身边，怕她再出状况。她的反应变得很厉害，老是呕吐，脸部和眼睛都严重浮肿。她的肚子大得吓人，肚皮发亮，像吹起来的气球似的。这段时间她变得很安静，很少说话。倒是红玉一直在跟她说话，分散她的注意力。红玉整天说葡萄牙的文成人来信了，说再过四五个月他就会回国来探亲。红玉说这个人呀真不错，一直忘不了写信来。可不知他有没有听到什么风声，还有四五个月之后他回国时会不会出什么状况。柯依丽一直没有说话，只是听着。但是在这天出现分娩阵痛之前，她突然问起了几个问题。

"你说那个文成人的山头底角口音是不是会很重啊，他会不会把'吃'说成'气'？"

"不要老称他是文成人，他有大名的。"

"他的大名叫什么？叫李碎银对不对？我觉得还是叫他文成人好听些。"

"不要老想他是乡下人。人家现在是葡萄牙华侨。那里说葡萄牙话，不说我们这边的话，也不说文成话。"

"我从照片上看到他的嘴里有一颗金牙齿。怎么会这样的？他是不是每天刷牙？他会不会很口臭的？"

　　柯依丽说这些话的时候，手里拿着一根又长又粗的酱菜头（酸萝卜）慢慢啃食着。她最近什么东西都吃不下，唯一喜欢吃的东西就是这玩意儿。吃好了酱菜头，她的肚子就开始痛起来了。

　　红玉早就有了预定的方案。她把产妇该用的东西早用网袋和脸盆装好了。她立即到东门头叫了一辆三轮车，同时到附近的公用电话亭打电话给厂里通知裴医生，说柯依丽要生产了。裴医生立即从厂里出来，骑着蓝翎车赶回家去。

　　坐在摇摇晃晃的三轮车里面，三轮车张着篷，裴家花园是在偏远的郊外，三轮车得骑上好一阵子。柯依丽在略为颠簸的车上摇摇晃晃着，有点神思恍惚。她似乎能记得自己出生的时候从产妇院坐三轮车回家的情景。当然这是她的错觉。她的错觉来源于她母亲生她弟弟的事。弟弟生下的时候她已经四岁了。她还能记得妈妈去的是康乐产妇院，而不是现在的产妇通常去的第一或者第三医院。她还记得那是一个下午，天井里的花坞上鸡冠花开得一片猩红，刚下过一阵雨，花坞间飞着很多蜻蜓。忽然外面有人大声报信，生了！生了！她当时并不知道这是什么意思。后来呢，她跟着父亲去了医院，看到了母亲的头上系着手帕，一个小小的婴儿躺在她的边上，然后呢，她就记得妈妈抱着婴儿坐着三轮车从医院回家了。那以后，她一直觉得自己是这一天出生的。

　　现在她自己要去生产了。可不是去医院，而是要去裴家花园。母亲把一切都安排好了，她只能去裴家花园生孩子，要是去医院生孩子，她的前途就会毁掉，母亲已经无数次和她说道理，说孩子以后会得到很好的抚养，将来也可以带到国外去。母亲说裴医生的技术很好，设备也和医院差不多，他一定比医院的医生还要细心负责。过去的人都是在家里生的,临时叫个接生婆来,也都没事。柯依丽没有反对,她也觉得裴医生是个可以信赖的医生。她多次找裴医生看过病,他不仅会开西药,也会开中医的方子。好几次她咳嗽,裴医生用听诊器听她的胸腔声音,裴医生总是两个指头捏着听诊器的头,轻轻在她的胸前移动,一点不会碰到皮肤。而她几次去医院看病遇见的那些男医生,听诊器和手指一起在她的胸前乱摸。因此,她觉得裴医生是一个品格了不起的人。所有人都在心里把裴医生看成是一个大人物,是个神一样的大人物。他在厂里投下了巨大的影子,遮蔽住了所有人,人们都习惯了这个庇护。现在,她的三轮车正在驶向那巨大翅膀下的影子。

柯依丽坐了了近一个小时三轮车,到达了裴家花园。这个时候,第一波的阵痛过去了,她轻松了一些,在母亲的陪同下走进了早已布置好的产房。裴医生已经在这里等待,他询问了几个问题,简单做了些检查。羊水还没破出,离分娩还有些时间。裴医生于是安慰了几句,让她放松休息。他还请红玉到客厅去休息一下,喝一杯茶。让柯依丽独自休息一下比较好。

柯依丽经过一番疼痛后,放松了下来,迷迷糊糊睡了一下。一会儿,她醒了过来。刚才进来时肚子太痛,对屋子里的陈设一点也没感觉。这会儿疼痛稍缓,她看到了房间里摆满了紫红色的玫瑰花,香气浓郁,这让她产生一种不舒服的感觉。但是最让她不舒服的是右边墙上挂着的一个布偶。这是一个亚麻布做的陈旧的布偶。脸部是空白的,什么也没有,只有在眼睛的部位钉了两个小纽扣。柯依丽作为一个女孩子小时候也玩过布娃娃,但是这个布娃娃完全是两样的。她总觉得它会活起来似的,所以把身体侧过去,不愿看见这个东西。

过了一会儿,又一阵疼痛开始隐隐出现,就像是一阵闷雷慢慢地漫延了过来。这时她看见了一个女人从窗外阳光灿烂的花园里走了进来。这个女人她从来没见过的，可是却不觉得很陌生。这个女人约莫三四十岁，长得有点丰腴，胸脯特别肥硕。而她身上散发出的一种浓烈的香水味，让柯依丽知道她肯定是从外国回来的。那女人走到她身边，坐了下来。让柯依丽觉得奇怪的是这个女人穿的衣服是护士的白衣服，还戴着护士的白帽子。但是她的护士服明显小了一号，而且领口没扣上，露出了乳房的半个轮廓。

"你叫柯依丽是不是？我知道你很勇敢。"女人对着她说。

"是，我是叫柯依丽。你是谁？我以前没有见过你的。"柯依丽说。

"我是从西德来的阿芸。我在国外，你当然见不到我。我是裴医生的老朋友。"她说。

阿芸有点好奇地打量着她，原来她是从西德过来的，还是裴医生的老朋友呢。她怎么会穿着护士的白衣服呢？她应该穿电影里女特务的衣服才对。阿芸按照裴医生的吩咐，把她的裤子脱了，盖上了白色床单。

"你为什么要这样躺着，背对着墙呢？"阿芸问道。

"因为我不想看到挂在墙上的那个布人。我觉得很可怕。"柯依丽说。

"一个布偶有什么好怕的。女孩子都喜欢布娃娃的。不过这个布偶是有点样子怪怪的，一点不漂亮。算了吧，我把它拿下来好了。"阿芸起身把布偶从墙上拿下来。看看没地方可以放，就把布偶塞到了柯依丽躺着的产床底下。

"听说你独自一人跑到青海的监狱去看把你肚子搞大的人了？"阿芸说。

"是的，可是最后没有看到。只是看到一个名字有点相似的陌生人。"

"你那个叫莫丘的男孩子我倒是认识的，是个很不错的孩子，怎么会做强奸这种事呢?"

"其实也不是强奸啦。他只是听了人家说的什么'前三后四'的方法,搞错时间了才让我肚子大了。"

"我也不相信他会这样。莫丘四五岁的时候我就认识他了。"阿芸说。

"真的?这怎么可能?"柯依丽说,看得出她对这句话反应敏感。

"那个时候,我从青田乡下嫁到了这个城里,刚好是在莫丘的奶奶家隔壁。我老公是个从意大利回来找老婆的人,可是在结婚的当天夜里,我才知道他是个阳痿。这可让我伤透了脑筋。你知道,我那个时候已经是个妇人。什么叫妇人知道吗?就是说和男人多次交媾过的女人。在我们的乡下,不像城里这样麻烦,有这么多人眼睛盯着你。我在出嫁之前就和好几个人交媾过。有一个是中学的老师,有裴医生,还有其他好几个人。所以在结婚之后知道老公是个阳痿的人,身体很不是味道。后来,我的老公回意大利去了,我独自一人待着过日子。就那个时候,我注意到了莫丘这个孩子。我发觉这个孩子在暗地里会盯着我看,年纪小小的,可他的眼睛似乎能穿过我的衣服看到里面的东西。有一天,我做了一件事。这件事在那个时候也算是不好的。我把他叫到了房间里,我知道他一直想到我房间里面来。我在桌子上摆了一些糖果,问他要不要吃。他看着糖果,看得出是想吃的。我那个时候的心跳个不停。因为我决定,只要他动手去拿糖果,我就摸他的小东西。我甚至想好等那小拇指粗的东西在我手里变硬了后,我就把他的手拉过来,放在自己的乳头上。可这个时候发生了一件事:他突然跑开了。"

"后来呢?你搞他了没有?"柯依丽的呼吸急促起来,她的内心充满了女性的嫉妒。

"没有。从那以后，我就觉得他对我失去了兴趣，开始害怕我了。"

在听到这句话之后，柯依丽觉得满足了一些。这个时候，她觉得自己全身心都在想着莫丘。这是一种生理的反应，因为她马上要生产了，生命的本能促使她渴望见到让她的子宫膨胀起来的那一方。接着，她又感到了眩晕，昏睡了过去。她在做梦，梦中她回到了青藏高原的群山间，她骑着一匹马奔跑着，她看见了那个翡翠色的雪峰湖，有一个破碎的布人追赶着她。她看到了有一块巨大的石头正在被那个破碎的布人撑裂开来，石头裂开时伴随着剧烈的疼痛。她醒来了，那剧痛是她自己的身体上发出的，剧痛像是巨人的手把她从昏睡中托举起来。

这个时候裴医生从隔壁的实验室里出来了。所有的准备工作已经做好，接生的器材都做过了严格的高温消毒，他穿上一套全新的医生消毒手术服白大褂，戴着白色的大口罩。在穿戴消毒手术服的时候，裴医生突然感到了一阵紧张，和十几年前他躲在青田医院厕所里换上医生白大褂的时候一样紧张。他总是摆脱不了被人抓获的那种恐惧感，尽管这次是在自己的家里。他一直拖延着进入产房的时间，直到听到了柯依丽发出的可怕的叫喊声。

红玉在一边安抚着女儿，临时的助产士阿芸则在一边抽着香烟。裴医生走进了产房，看到了柯依丽像头野兽一样在挣扎着。这是分娩前的巨大阵痛，痛的程度会像是身体被撕开了一样。她的床单下有一摊黄水渗开来，裴医生知道这是羊水破了，说明分娩在即。柯依丽的头发全被汗水湿透了，裴医生安慰了她几句，说很快疼痛就会过去。

"没事的，坚持一下，你是一个勇敢的女孩。"裴医生安慰她。

"裴医生，我实在是太痛了，你说孩子会生得出来吗？"

"会的会的，用不了多久你就是一个母亲了。"

"是吗？生下孩子就好了。我真想看看孩子是什么模样的。"她说。

随着羊水破开之后，疼痛变成一阵阵的冲击波。还没开始分娩，柯依丽已经显出十分疲劳的样子了。她的器官已经张开了，裴医生在一边让她慢慢地使劲，他看到了在那个一张一合的洞孔里有一个圆顶正在出现，对于这个柔弱的小孔，这个即将要往外钻的东西实在是太大了。裴医生还是第一次看到一个婴儿出生的情景，但他过去在青田乡村看到母鸡下蛋。母鸡也是这样的，洞孔张开，能看到里面的鸡蛋在洞孔里一缩一缩的。这就是生育的秘密，从这个洞孔里通往的就是时间。很多年以前，他就是从这样一个洞孔里出来的。多少年来他一直在追寻着他的来历，谁是他的母亲。从阿芸最近带回的文件和照片里，他终于看到了自己出生的秘密。在1939年7月31日，在德国莱茵河边的一个小城市的医院里，一个叫玛格丽特的女人像眼前的柯依丽一样，张开两腿在痛苦的号叫中把他生了下来。

但是，柯依丽好像遇到了麻烦，她的力量显得不够，那个圆顶一样的东西一直出不来，一直卡在那里。而在同时，他发现柯依丽已经处于精疲力尽的状态。这个体质虚弱的姑娘经过了在青海来回近一个月的折腾，显然还没完全恢复过来。忧虑开始出现。为了做好这次接生，裴医生已经搞得很周到。甚至他还搞到了一把产钳。只要婴儿再出来一点就可以钳住头弄出来。他在一边催促着柯依丽使劲，但是柯依丽似乎变得安静了，她已处于昏迷的状态。

而这个时候，最为可怕的事情出现了。裴医生看见了那个洞孔里的圆顶不见了，被漫延出来的红色鲜血淹没，那血一满出了洞口，就汹涌了起来，柯依丽的下腹和腿上一下子全血糊糊了，裴医生的手上也沾满了血，裴医生马上给她注射了一支止血针，但是这毫无作用。裴医生这个时候知道自己原来是毫无能力。对于大出血，他和那些古代的接生婆差不多是一样毫无办法。十多年前他在青田医院就是在一个产妇大出血呼救的时候被抓住的。那个时候他就想要救那个病人,可是他完全没有能力。现在,他同样是毫无能力。裴医生感到灾难即将降临,柯依丽的血在喷涌而出。

柯依丽突然清醒过来了,脸色死白,人很清醒。她对妈妈说:
"我好像觉得自己快要死了!妈妈。我会死吗?"她说。
"不会的不会的。"红玉在哭泣,她死死看着裴医生,像是看着神祇一样,祈求着他会释出法力。

裴医生知道情况危急,他已经无计可施。他告诉红玉唯一办法是赶紧送柯依丽上医院抢救。他给柯依丽注射一剂强心针,然后飞快扒下白大褂,推着蓝翎自行车出去。他得赶紧去打电话叫急救车。他知道距离这里最近的电话在太平岭木材厂的传达室。他得用最快速度赶到那里打电话,叫救护车来救人。

只有红玉守在柯依丽身边,握着她的手。她的手冰冷冰冷的。阿芸受不了这种紧张气氛,跑到屋外的园子里不停地抽烟。
"妈妈,我真的要死了。你不要哭,我真的很对不起你了。"
"孩子,不会的,救护车马上会来的。"
"妈妈,我很高兴去了青海一趟,这样,我就觉得不会对不起莫丘了。妈妈,莫丘不是强奸我,是我自愿的。"
"孩子,现在不要说这些。你要安静。救护车很快会来的。"
柯依丽的呼吸越来越轻,脸色越来越白,像大理石一样。

当柯依丽的血液从产床上面渗过床垫如一条细流注下来,正好注到了阿芸顺手塞到床下的布偶的身上。那个灰色的布袋吸收柯依丽的血,渐渐变成了红褐色,而且明显膨胀起来了,像吃得很饱的动物样子。后来,血流的速度减慢,断断续续地滴着滴着,越来越慢。到后来，血不再往下滴了。

半个小时后，救护车终于到达了裴家花园。柯依丽被担架抬上救护车的时候还有意识，但是在还没到达医院的途中，就停止了呼吸。

## 十六

七年后，莫丘刑满从青海回来了。

这个时候已经是八十年代初了。离开W市整整七年，他发现城市除了多了几座高楼之外没有太大的变化，而是变得更加脏乱和拥挤，厕所小便池墙上还涂着"史银池入土匪"标语，马路上还到处是水坑泥浆。但是，人们的穿戴衣着开始了变化，大量的台湾时髦走私品进入城市生活，到处是邓丽君软绵绵的歌声。

莫丘在青海的劳改场是一个露天的采石场，高原的强紫外线和繁重的采石工作让他的外貌变得和W市这个南方小城很不和谐，额头上还有一个和人打架后留下的长疤，因此老是戴着一顶鸭舌帽。他回到家里时，看到了家里因为他的被判刑而衰落得很厉害。父亲早已失去权力，现在是一个普通的科员；母亲提早退休了，腰也弯下去了。家里掩不住的一股迟暮之气。父母亲在他回来之后重新看到了希望。父亲说，回来就好啦，你现在才26岁啊，很多人这个时候还没开始生活呢。你得振作起来。父亲虽然已经失去了权力，可还是习惯用政治的角度开导人。

父亲的话听起来没劲，和劳改场的指导员说得差不多。可是你也不能说他没道理。莫丘现在的心情还比较平和，也没有自卑感。但是变得很孤独了。在劳改的期间,他开始读了很多的书,尤其是从1978年之后的几年,大量的外国名著出版了,监狱的图书室也购入了《战争与和平》《约翰·克利斯托夫》《牛虻》、卢梭的《忏悔录》《忧郁的旅人》等书,这些书成了他最重要的精神粮食。他慢慢变成了一个很安静的人,会用加倍的劳动换取读书的时间。他早已经知道柯依丽在难产中死去的消息,是父亲写信告诉他的。就简单几句话,没有详情,他也没有再去问具体的情况。他在劳改的七年时间里过得比较平静,除了劳作,就是读书。在最后的六个月,他知道自己快要释放了,才变得日渐焦虑不安,天天计算着刑满的时间,同时对将来的自由日子充满了恐惧感。

他回到W市之后,知道了他原来所在的华侨纺织厂已经不复存在,它的厂房现在已经重新变成教堂了。莫丘对于这件事无动于衷,他再也不想去碰他的刚刚结上疤的血痂。但是,W市就只有那么大,在后来的日子里,莫丘经常会从城西街走过,这样,他就不可避免地要经过教堂的门口。

他发现了教堂门面已经整修一新,里面传出了唱赞美诗的歌声。教堂的大门平时是紧紧关着的,可是五月里有一个星期天上午,教堂的大门洞开着,正在举行一个盛大的宗教仪式,有许许多多的教徒正在进入教堂。莫丘这天刚好经过这里,不由自主地在门口停住脚步。他一眼能看到教堂深处,那里灯光耀眼香烟缭绕。他控制不了自己的脚步,走进了教堂的里面。

这一天,是复活节之后的五旬斋节,教堂的里面聚集着大量的信徒,正在大主教的主持下做弥撒。莫丘压低了帽檐,跟着人们进入了教堂的大厅内。他感觉到这里完全不像原来的车间了,因为大堂显得那么庄严空阔。仔细看看,还是认出了一些东西,比如那尖顶的窗门和窗门上彩绘的玻璃。他想起来了原来的大堂是被隔成好几个车间的,现在的隔墙推到了,大堂恢复到了原样。在以前纺织机成排的地方,现在放置了一排排像是剧院的胡桃木长椅,前面还带着可以跪下的台板。

为了不影响周围的人,莫丘在一个位置上坐了下来。他注意到了前方有一个披着绣金线图案红袍的老人,他站着布道的圣坛正是那里原来保全工的工作台。那个放着鲜花圣果的台子原来是一张钳床桌,那台车床是摆在后面一点的神台位置。那个时候他就是这样无所事事地坐在这里,看着大堂穹顶上飞翔的天使胡思乱想着的。这个时候有一阵歌声在大堂里响起,是从后方的二层楼廊上传出的。是一阵童声合唱的赞美诗歌,歌声唱道:

  像一声叮咛萦绕在我脑海里
  轻轻的声音在我心
  闭上我的眼睛黑暗中那声音清晰
  将残的灯火你总不会熄灭
  忧伤的心灵你轻轻安抚
  淌血的心你以爱心眷顾
  在你的恩典中
  压伤的芦苇你总不折断

莫丘回头望着传出歌声的楼廊,楼廊已经油漆一新。唱诗班孩子的身影是看不见的,只有歌声飘了出来,有一台钢琴的声音在伴奏着。那年他第一次听到柯依丽的歌声就是从这个楼廊上传出来的。那一次她的歌声是怎么听到的?对了,是停电的。因为突然停电了她还不知道，还在使劲地唱：小杜鹃叫咕咕，少年把新娘挑。看你鼻子朝天，永远也挑不着……那时候这个楼廊上只有她和哑巴的女儿在一起挑棉纱，我第一次看见她们时觉得她们像是鸟窝里的两只鸟。莫丘沉浸在回忆里。从更加高的钟楼上面，传来了一阵欢乐的钟声。莫丘知道那钟声响起的地方，那一次他就是和柯依丽坐在钟楼上，看着远方西山陶瓷厂烟囱里不断冒出的白色浓烟说个不停。就是在那一次，走下楼梯的时候，他们被绊倒在棉纱堆里，然后发生了那一次毁灭性的错误。如今他回来了，可是柯依丽早已消失了，连同肚子里的孩子。

"年轻人，有什么地方需要我来帮助你吗？"

莫丘正在低头沉思，忽然听到有个声音在一边对他说话。他抬起了头，看见是刚才在台上讲道的披着金线绣袍的那个老者。他马上认出了这个老者就是管工具的傅西科。傅西科安详地看着他，眼神充满了慈爱和关切。但是很明显，他没有认出莫丘来。

"傅老师，你们家的煤球现在有人做吗？"莫丘对他说。傅西科的眼睛一亮，脸上露出了欣喜的神色。他也认出了莫丘。

"真是你回来了？我也想七年到了，你一定会来这里的。我们还是去我的静修室里去说话吧。"傅西科让他稍候片刻，等他把这场布道讲完就到静修室去。

没多久之后，傅西科做完了布道，回来带莫丘往教堂内部走。

他们走的路还是原来的那条回廊，傅西科的静修室原来就是他过去保管工具的仓库。只是现在那些工具货架都移走了，摆在这里的是一排排烫金羊皮封面的拉丁文教义精典。

"厂里的人都走了，所有的人。只有我一个人还在这里。"傅西科说。

"你现在在这里是做什么事呢？"莫丘问。

"我是这里的神职人员。如果要说具体一点的话，我现在是红衣主教，去年受到国家宗教事务局的委任。"

"红衣主教是个很高的职务是吗？"莫丘说。他想起了《牛虻》书里面的那个泄露亚瑟忏悔秘密的红衣主教，顿时对傅西科有了警惕。

"是的，红衣主教是整个教区的最高神职。你知道，我在这个教堂里已经服务了一生的时间，连教堂遭占领的时间也作为上帝的卧底留在了这里。"

"那个工厂后来怎么啦？为什么会解散了呢？"莫丘问。

"说来话长。这个工厂的存在肯定是不会长久的，它的衰败是不可避免的。在你被送往青海不久，这种衰败的苗头就开始出现了。"傅西科说。

傅西科开始叙说起柯依丽失踪的事迹。这个工厂在柯依丽突然失踪之后极为震撼。他们都在全力去寻找柯依丽，但是没有一个人想到柯依丽会是独自一人去青海找莫丘去了。

"什么？柯依丽到青海找过我？"莫丘说，血一下子冲上了脑际。

"怎么？你原来还不知道啊？"傅西科说。

傅西科于是慢慢地把柯依丽怎么离家出走，怎么样坐车到金华，怎么样到西宁，后来又坐着马车牛车在青藏高原去寻找他的事迹讲给他听。在这个刚刚升任红衣主教的老人嘴里，柯依丽所做的事情就像是一个圣女的事迹，完全带了一种宗教的光环。当听到了柯依丽最后找到的只是一个名字和他有点相似的不相干的人之后，莫丘的心里长长地叹息着：天哪！要是柯依丽没有找错人，他能在青海的劳改场见到她的话，那样，他在青海后来的日子一定会是不一样。也许会更加不安宁吧？那样的话，他会思念她，渴望着出狱，那将是一种煎熬。

没有让他们见面，这真是上天的安排。

接下来傅西科讲到了柯依丽生孩子的事。这就是莫丘一直想知道又怕知道的事情。这一个死亡事故不仅死了一个他爱过的女人，还有一个即将出生的孩子。他在青海时听说过她是死在裴家花园里的，他一直不明白其中的原因。傅西科述说了为什么她不在医院生产的道理，述说了柯依丽的难产致死是去青海的路上生了病，体质过于虚弱造成的。傅西科最后还说到，柯依丽在临死之前对她妈妈说过了自己去青海是做得很对的事，还请妈妈原谅莫丘，说他不是强奸，是她自愿的。这几句话经过了七年时间，现在终于到达了莫丘的耳朵。莫丘再也止不住眼泪，掩面号啕大哭起来。

傅西科说：在柯依丽难产死后的第二天，裴达峰医生被逮捕了，罪名是私设医院接生造成产妇死亡。他被判有期徒刑十年，现在还在杭州乔司监狱服刑。裴医生被判刑让全厂人员哭泣了好几天。本来，裴医生在早些时候就可以前往德国的。他是为了给柯依丽接生，推迟了行程。他的飞机票日期定在柯依丽预产期的一个月之后，但现在用不上了，因为去劳改场是不用飞机票的。裴达峰医生进了监狱之后，厂里工友的情绪落到了最低点，大家都有一种末日来临的感觉。然而裴医生在不久之后从监狱里写信给厂里的人，让大家要振作起来。后来厂里时常有人去杭州乔司监狱去探望他，看到他在里面还不错，还干起了老本行，成为监狱医生。

这个工厂风雨飘摇又度过了几年。到四人帮粉碎之后的第二年，宗教开放了，有大量的教民去市委市政府门口静坐，要求归还教堂给教会。经过近一年多时间的抗争，市委下令把教堂交还给了教会，华侨纺织厂终于解散了。傅西科说：厂里的大部分工友这几年都远走高飞了。冠良夫妇早就去法国巴黎了，董和梅去了美国，昌恕厂长去了香港。红玉一家后来也走了，很难在城里能找到一个老工友了。

莫丘这天和傅西科说了很多话，等他从教堂里出来时他已经变了一个人。他终于了解了柯依丽的心，知道了她来青海找过他，还因为这趟旅程难产而死。这是一个艰难的时刻，他获得了真相，却付出了沉重的代价。从这个时候开始他将终身背上一个精神十字架了。时间不早了，他看到尖顶彩色玻璃窗的光线正在暗淡下去。于是起身告辞。他慢慢地顺着环形石壁中的回廊前行。那冷飕飕的气流又涌来了，像推着活塞一样推他向前。走廊尽头寂静无人，多么熟悉的地方。从窗外投射的残余日光，墙上的壁画里的长翅膀的天使，哦！他看到了那架废弃的乌檀雕花木壳英国大座钟还在原地，座钟依然是停摆的，指针还是指着零点七分。这让他清楚地记起了当年裴医生就是坐在这里等人来看病的。莫丘不由自主停住了脚步，看到裴达峰医生当年的密室还照样垂着紫红丝绒幔子，只是幔子上方多了一个钉在十字架上的耶稣，看来已重新成为忏悔室了。莫丘站在痛苦不堪的耶稣像面前。那气流又飕飕涌来，吹得丝绒幔子飘来拂去。他掀开了幔子，看见密室里空空荡荡，后边还有一道黄色绸幔。他掀开黄色绸幔，又见一道白色绸幔。他掀开白色绸幔，还有一道黑色绸幔。他将黑色绸幔猛地掀开，赫然看见一扇玻璃窗。有一个穿黑衣的修女正跪在窗内的三角形房间中央。莫丘认出了他现在所见到就是当年柯依丽独自在里面验布的房间，就是在这房间里他看到了黑窗子外边有一双眼睛注视她。眼前的景象是那么熟悉。他差一点要喊出柯依丽的名字！感谢上帝，这不是她，是另一个脸色苍白的姑娘，正跪在圣母像前虔诚地祷告。现在莫丘一切都明白了：在一九七四年初，裴达峰医生站在他现在所站的位置，开始制造了一起后来毁掉了他和柯依丽包括裴医生自己的阴谋。莫丘顿时大汗淋漓，比那时看见玻璃窗后的眼睛、看见那个雪白的布偶人还要恐惧十分。

　　从那天起，莫丘开始了他的持续二十多年的游荡生活。作为一个刑满释放人员，他没有像大部分的城市人一样有一份正式的工作。但是这个年头W市的商品经济已经汹涌成潮，他没有费很大的力气就进入了做生意的行业。不久之后，他离开了W市在广州深圳一带的南方城市游荡，过了一些日子又转到了绥芬河黑河那边和俄国人做生意。他总是觉得不安宁，因为他总是有一种在寻找柯依丽游魂的倾向。他感觉柯依丽大概会是和她的父母亲以及厂里大部分人在一起的，他们像鸟儿一样早已经飞到国外去了，那么柯依丽大概也会是在远方的天空上飘浮着吧。她可能会是一片云彩，也许会是一群候鸟，甚至只是一阵看不见的气流……这种感觉在强烈地支配着他，因此，他后来一直在国外的土地上游荡。这些年来，他在不同的国家居住过。最初他去的是澳大利亚，在那里剪过一年的羊毛。后来，他就飞到了罗马尼亚的布加勒斯特，在那里开始做鞋类贸易。那以后的几年，他走遍了东欧和西欧，在非洲的埃及和突尼斯也过了几年。后来便是南美的阿根廷、巴西，最后来到了加拿大的魁北克省。冬天的魁北克真是冷啊！一连下了几个月的雪，让他觉得十分难受。他感到自己已经变老了，因为他开始怕冷，不知不觉都四十多岁了。某一个星期天，他在咖啡店里喝咖啡时在一份报纸上看到了一个旅游的广告，推销去加勒比海的国家古巴旅游。广告上说古巴那里一年四季是夏天，现在都可以在海滩上游泳晒太阳。

　　于是，莫丘在一个早晨带上简单的行李，坐上飞机飞往古巴一个叫瓦拉德罗的海滨半岛度假区。

　　果然，古巴的海水和阳光美丽至极，还有那里的美食和土著音乐舞蹈都十分迷人。可是在海滩上晒了两天之后，莫丘又开始觉得心神不宁。于是，他决定前往二百公里外的哈瓦那城转转，那里有上等的雪茄工厂，有卡斯特罗还有切·格瓦拉的博物馆。他不喜欢跟随旅游团一起去，而是自己前往汽车站，坐上了长途班车前往哈瓦那。

沿途的风光如画，有美丽的牧场、甘蔗林、香蕉园、许许多多盘旋在空中的鹰隼，还有开采好的石油油井在吸油。三个小时的路程很快就到头了。在经过一条海底隧道之后，哈瓦那海边的中世纪城堡炮台出现在巴士的前方。紧接着汽车转过头来，进入了市区，好些气势宏大的古典石头建筑出现在眼前。这里有很多的断壁残垣，墙壁的主体建筑已经倒塌，只有那几百年之前西班牙人精雕细刻的墙体被钢管组成的支架支撑着，而支架上也已经爬满了青郁的藤萝。在到达车站之前，车子经过了一座巨大的墓地。这座墓地规模如此庞大，车子围绕着它竟然开了十几分钟时间。这座墓地让莫丘十分震惊，他从来没见过这么巨大的墓地，即使是巴黎的拉雪兹墓地，比起这座墓地也算是小的了。从外面看来，这座墓地里全是精美的大理石雕像和墓碑棺盖。然而，对于中国人来说，墓地总是让人不安的。当汽车终于驶出了墓园区，莫丘才觉得放松下来。

到达终点站后，他住到了一家旅馆。当他在餐厅用餐时，顺手翻看着旅馆里的哈瓦那城游览指南。让他想不到的是，刚才巴士进城时经过的大墓地原来是哈瓦那城的一个十分著名的游览景点，叫作NECROPOLIS DE COLON 墓地，里面的坟墓数量竟然有一百万个。他继续看下去，游览指南介绍了墓园里一处特别受人垂爱的坟墓，里面埋葬的是一个叫梅·巴特兰的姑娘和她未出生的孩子。1901 年的冬天，梅·巴特兰在分娩难产中大出血死亡，孩子还遗留在她的腹中。因死得突然，人们只能在这个墓地里简单地埋葬了她。她的家人一年后终于在她的简易坟墓边上为她修了一座大理石的美丽墓园。在开棺重新安葬时,发现埋葬的时候还在她肚子里的未出生的孩子现在紧紧抱在她的怀里。这个奇迹震动了整个国家。后来,人们在墓园上建立起了梅·巴特兰的雕像。人们崇拜她为孕妇的保护女神,每天有男男女女从各个地方前来瞻仰。

莫丘看到这里,轻轻一笑。怎么可能呢?这倒是个写神秘故事的人的好素材。他在餐厅里喝了一大杯当地人用甘蔗做的朗姆酒,就把游览指南上说的事情忘掉了。这一整天,他在海边的老城区游荡,去了海港边的炮台,看那些巨大的克虏伯大炮,然后去观看古巴人的乐队和莎莎热辣舞蹈。天气奇热,他得不停地喝水和朗姆酒。但是他的心思又被那个墓地里的梅·巴特兰的形象占据了。真可笑,这怎么可能,她肚子里的孩子怎么可以在冰冷的墓穴里转移到她的臂弯里呢?真是笑话!他不愿去想,可那个姑娘离奇的故事不停地浮上他心头,他越是喝朗姆酒,那念头越是像树叶藤蔓一样爬满他的思想。就这样到了黄昏,在海岸边一条黑暗的小巷子里,他走进了一个叫"五分银币"的酒吧餐馆,这里是很多名人光顾过的地方,墙上有海明威、拳王阿里、萨特、贝利的画像和涂鸦签字。餐厅的天花板吊着老式的风扇,一个女侍者忘记了端盘子给客人上菜,只顾自己站在那里纵情唱起了歌,好多醉醺醺的客人围着她拼命叫好。吃过了饭,莫丘在黑暗的巷子里独自行走。路上全是污水,阳台上不时有人泼水下来,水里透出香皂的气味,大概是洗过澡的水。一只只流浪的狗和猫在他脚边穿梭。路边的门户内坐着年老的黑人,年轻的人在水龙头边上提水,那些楼上是没有自来水的。从楼上的窗口黑皮肤的妇人探出大半个腰,在叫喊着她们的孩子,破败的门洞内墙壁上全是露出铜线头的电表。然而,莫丘现在心里所见的东西和这些全无关系。他的脑际里全是 NECROPOLIS DE COLON 墓地的景象，他想着那个叫梅·巴特兰的姑娘。一直到深夜，他还在想着这个墓地里的故事。

于是在第二天一早，他就起身了。他在路边的鲜花店里买了一束香石竹，搭了一辆出租车前往 NECROPOLIS DE COLON 墓地。他去的时间才八点钟，墓园要到九点才开，所以呢他就在墓园马路对面的咖啡店等待着。九点时他进入墓园，花五个外汇比索买了门票。守墓人很奇怪地看着这个东方黄种人，问他是不是日本人。他说自己是中国人。他拿出导游图，问守墓人梅·巴特兰的坟墓位置。那个人告诉他沿着中间的大道往前，到达了那个黄色大教堂之后，向左转，在前方大约二十米远的一条小道上，有一个抱着孩子的姑娘的雕像，那就是她的墓。那个墓上总是摆满鲜花的，很好找。守墓人还告诉他进入她的墓园要面对着她的雕像进去，出来的时候也得面对着她倒退出来。莫丘谢了他，给了他一个比索的小费，开始往墓地里面走去。

他慢慢地往前走，心开始怦怦地跳起来。他有一种奇怪的激动，好像自己在海外走了这么多年，现在终于要到达一个目的地似的。他现在行走的是墓园的中央大道，那个黄色的教堂远远在前方的烈日下闪光。墓道边全是一些高大的雕工精致的大墓，里面埋葬的大概都是古巴的历史名人。当他按照守墓人的提示转入黄色教堂左边的墓道，向前走了几步，马上看见了一个真人比例大小的大理石的女性雕像。雕像是瘦削的，她剪着短发，怀里抱着一个婴儿，眼神忧郁看着远方。在她的雕像之下，是她的大理石墓盖。墓盖上面还有一张嵌在玻璃内部的照片，那是她的在 1901 年难产之前照的黑白照片。雕像的容貌和真实的照片是一样的。而就在看见照片的一刹那，莫丘觉得这个姑娘的相貌和柯依丽非常地相似。事实上，柯依丽的形象在他心里经过这么漫长岁月的磨损已经是模糊不清了。他没有她的照片，而且

**布　偶**

他和柯依丽的会面就那么短暂的几次。她的形象慢慢地在他心里变得抽象，不具体了。而在这个时候，柯依丽的形象获得了重塑，她几乎和梅·巴特兰合为一体了。这真是一个奇迹。他在这个世界上漂流了这么长时间，走了那么多的地方，终于在哈瓦那的墓园里意外获得了一种和柯依丽团聚的感觉。他把带来的鲜花放在了棺盖上，顺着墓道走到了她的雕像身边，也像当地人一样摸了一下她怀里的孩子的屁股。每个进来拜祭的人都会伸手摸摸她怀里的孩子的屁股。孩子的屁股因此被摸得很光滑。然后他倒退着走出来，在附近一张木椅子上坐下来沉思。

　　从那一天之后，他开始有了想在一个地方定居下来的念头。他决定不再这样游荡下去了，他有了想写一本书的念头。他后来花了一年的时间去冥想，终于把这本书的名字想出来了，就叫《前三后四》吧！这是为了纪念他和柯依丽之间那个可怕的计算错误：前三后四！如果他没有听同学说过这句话，他就不会让柯依丽怀孕，那样的话，所有的事情会完全是两个样子的。这个时候，他已经在密西西比河边一个布满马克·吐温足迹的小镇上定居下来。在冬天下第一场雪之前的一个寒冷的夜晚，他点上了一根蜡烛，决定开始写他已经构思好了的书。当他提笔在白纸上准备写下事先定好的书名时，突然改变了主意。他不想用《前三后四》了。迟疑片刻，他在稿纸的上方写下了两个大字：布偶。

2010 年 6 月 24 日一稿
2010 年 8 月 18 日二稿